後宮を飛び出したとある側室の話
海と甘い夜

Miyako Hanano

はなのみやこ

Contents

登場人物紹介
リケルメ
大国アローロの国王で、名君として名高い美丈夫。対外的には養親子となり、リードの後ろ盾となる。
ラウル
美貌のオルテンシアの王太子。リケルメを叔父にもつ。リードを唯一の妃として迎える。
リード
大国アローロの国王リケルメの寵愛を受ける側室だったが、現在は王太子ラウルの妃。

コンラート
連合公国の元首。市民革命によって混乱した国々をまとめあげる。カリスマ性を備えた指導者だが…？
ロクサーナ
留学という名目で亡命してきた可憐な姫君。なにかとラウルに近づき…？
リアーヌ
大陸でも評判の踊り子。幼い息子の実の父親がラウルだと主張するが…？
ルイス
ラウルの従兄弟。リードに一目惚れする。絶世の美女である母に似た貴公子的な美貌の持ち主。
トビアス
剣の腕が立つ寡黙な青年。将軍エンリケの推薦で、リードの専属護衛となる。

海と甘い夜

1

潮風が、ふわりとリードの髪に触れた。

かすかな潮のにおいを感じながら遠くを見れば、どこまでも続く水平線が広がっている。

昇り始めた日の光に、キラキラと照らし出された水面が揺れている。

見上げた空は青く澄み渡っており、空色のキャンバスの上を海鳥が気持ちよさそうに飛んでいた。

甲板から下を覗(のぞ)いてみれば、ごうという音を立てながらエメラルドグリーンの海を船が進んでいく。

巨大なガレオン船は、リサーケ同盟とオルテンシア海軍が共同で開発したものだ。

派手好きなフェリックスらしく、そびえ立つマストは高く、装飾も技巧を凝らされている。一見豪華な客船に見えるが、その実立派な軍艦でもあり、甲板の下には十数個の砲門も備えている。

海に面したオルテンシアの海軍は元々屈強だ。この船を沈めるのは、アローロの海軍ですら難しいだろう。

現代では、映画や歴史書の中でしか見ることが出来ない船はリードの目にはとても新鮮で、興味深く映った。

「髪が傷むぞ」

「ラウル」

いつの間に、隣に来ていたのだろうか。

気が付けば、王太子、ラウル・リミュエールが、リードの隣に佇(たたず)んでいた。

海を見るのに夢中になってしまい、気配に気付かなかったようだ。

ラウルは持っていたスカーフをリードの髪へとかけると、そのままリードの見ていた海の方を見つめる。

スカーフを巻かれたことで視界は少し悪くなったが、日の光は避けられるようになった。

思えば、以前にもこんなことがあった。確かあれは、サンモルテの教会で、のことだ。炎天下の野外で植物の手入れをしていたリードをラウルが気にかけ、スカーフを頭にかけてくれたのだ。

あの時には、ラウルの行動に戸惑いの方が大きかったけど……。

当時を思い出したリードの口に、自然と笑みが湛えられる。

王太子妃になってから半年、一度は短く切ってしまったリードの髪も、既に肩に届くまでの長さになっている。

今日も朝から念入りにルリが整えてくれたことを考えれば、あまり潮風にあたるのはよくないだろう。

「ありがとう」

礼を言ったものの、ラウルがこちらを向く気配はない。

やはり、まだ機嫌は直っていないようだ。

リードはラウルには聞こえぬよう、こっそりとため息をついた。

数週間ほど前のことだ。

いつも通り、外交部での仕事を終えたリードが部屋へと戻る途中、リケルメからリードに贈り物が届いていると女官長から伝えられた。

かねてより懇意にしているアローロとオルテンシアの間では、頻繁に書簡や贈答品のやりとりは行われている。

さらに、アローロ王の養子であるリードが王太子妃となってからは、大義名分を得たとばかりに、リケルメは事あるごとに何かしらの贈り物を送ってくれていた。

その多くはリードが興味を持ちそうな書物で、リケルメ自身も読んだ後なのか、添えられた手紙には簡単な感想も書かれている。

だから、リードも本の感想も兼ね、返礼の手紙を毎回送っている。別に誰に読まれてもかまわない、政治の話など一切書かれてもおらず、他愛もない内容ばかりだ。

そのように仲の良い親子の様子を、城内の人間もみな微笑ましく見守ってくれていた。ただ一人を除いては。

ラウルが、自分とリケルメの書簡のやりとりを面白くないと思っていることは、リードもわかっていた。

リードとリケルメが単純な義父と子の関係であれば、周囲の者たちのように温かく見守ってくれるのだろうが、二人の関係がそれだけではないことをラウルは知っている。

今でこそラウルの妃となっているリードだが、四年ほど前までその立場は違っていた。

かつてのリードは今では義父となったリケルメの側室として、その寵愛を一心に受け、何不自由のない生活を送っていた。

そんなリードが、アローロの隣国であるオルテンシアの王太子妃となるまでには、様々な紆余曲折や試練があった。とはいえ、それは既に過去のことで、リードの中では既に清算されているのだが、ラウルにとってはそう簡単なものではないようだ。

婚礼の儀も何もかもを終えた頃にフェリックスから聞いた話によれば、リードがリケルメの子として嫁ぐことも、最後まで難色を示していたという話だった。

確かに、リードもラウルと同じ立場であれば、もやもやとした感情は心に残るだろう。

過去を変えられないことはラウルもわかっているだろうし、そのことに関してラウルが触れたことは勿論、責められたことは一度たりともない。

だからリードも、事あるごとにラウルへ自身の気持ちを伝え、安心させるように努めてきたつもりだ。

けれど、それでもなお、ラウルにとってリケルメは面白くない存在であることに変わりはない。

元々が叔父と甥という関係で、リケルメもラウルを可愛がっていたし、ラウル自身、リケルメのことを敬愛していたというのもあるのだろう。

さらに、次期王としての立場もあるのだろうが、国家元首としてのリケルメにラウルは対抗意識も持っていた。リケルメ自身も、そういったラウルの負けん気の強さを小気味よく思っていた節もあったし、二人の相性は元々悪くはない。

そんな風に、どこか似た部分を持った二人ではあるのだが、それでもリードに関することには妥協することが出来ないのだろう。

リードがラウルと出会って三年、期間だけを考えるなら短いようにも感じられるが、リードにとってそれはとても濃密な時間でもあった。その時間のほとんどを、側近としてラウルのすぐ傍にいたということもあるのだろう。

王太子妃となった今では、さらに距離は近くなった。

リケルメの側室としてアローロの後宮で過ごした十年という時間に比べれば、確かに短くはある。

けれど、その十年という時間でリケルメと一緒にいられた時間は、それほど多くはない。

勿論、限られた時間だからこそかけがえのない時間ではあったのだが。

それでも、リードはずっとこの先も、妃としてラウルに寄り添っていくのだ。

ラウルの心の内にある不安も、時間と共に消えていくだろうし、リード自身もそれを望んでいた。

けれど、だからこそリードは今ほとんど使われることのない自分の寝室に、リケルメからの溢れんばかりの届け物を見た時、顔を引きつらせた。

「ルリ……これって……」

「陛下……失礼いたしました。リケルメ王からの贈り物ですよ、さすがというべきか、もう良質なものばかりで……！」

アローロにいた頃からのリード付の侍女であるルリが、嬉しそうにその声を弾ませる。

ルリとしては、単純にリケルメが今もリードを大切に思っていることが嬉しいのだろう。

確かに、リードもちらと自分に近い場所にあった箱を開けてみたが、中からは美しく輝く宝石を使った装飾品が出てきた。

すぐさま閉じようとしたが、カードも一緒に入っていることに気付き、手を伸ばす。

『愛しいリードへ　少し早いが誕生祝いだ。返礼は絨毯にくるまったお前でいいぞ。また会える日を楽しみにしている』

「絨毯……？」

リードが隣にいたルリへカードを渡せば、ルリが首を傾げた。

「クレオパトラじゃないんだから……」

昔、寝物語としてリケルメに話した古代の王国の女王の話だ。

自らの美貌を利用し、時の権力者に近づくため、一糸まとわぬ自身の体を絨毯に包ませ相手に贈ったという。

リケルメらしいエスプリの利いたメッセージに、リードの頬も緩む。

だが、すぐにはっとして目の前の贈り物へと目を向ける。

「これ……どうしよう……」

ラウルに、なんと説明すればよいのだろう。

リケルメにその自覚があるのかどうかはわからないが、アローロの資金力を見せつけるかのような品々は、ラウルにとっては面白くないものだろう。

「とりあえず、明日時間がある時に、二人で整理いたしましょう。ラウル殿下には、いつも通り贈り物が届いたとだけ伝えれば大丈夫かと」

リードの心境が伝わったのか、ルリが気遣うように声をかけてくれる。

「そ、そうだよな。ラウルだって、わざわざ見に来たりはしないよな」

見られる前に、早々に片づけてしまおう。

そう思い、とりあえず食事をするために二人は部屋を出た。ところが。


「……アローロから、また何か届いたのか」

寝室の扉を開けた瞬間、明らかに機嫌のよくないラウルの声が聞こえ、リードは内心ぎくりとした。

「あ、うん……。まあ、いつものことだよ」

努めて、なんでもないことのようにリードは言う。

それでは納得出来なかったのか、言葉を重ねようとするラウルに、慌ててリードは別の話題を振る。

「そんなことより、レオノーラ様に例の手紙、送ってくれた？」

ちょうど朝方、ラウルと話していた内容を口にすれば、ラウルは僅(わず)かに訝(いぶか)し気な顔をしたが、すぐにリードの問いに答えてくれた。

「ああ、明日には母上のもとに届くんじゃないか。ただ、母上が引き受けてくれるとは思えないけどな」

「うーん……レオノーラ様が適任だと思うんだけどな」

ラウルの母であるレオノーラは、王都であるセレーノから少し離れた場所であるフエントの離宮で、今も生活を続けている。

二人の婚礼の際には勿論(もちろん)駆けつけてくれ、国王であるリオネルや、その側室であるエレナとも楽し気に話していたものの、一週間もしないうちにフエントへと帰っていってしまった。

国王夫妻の不仲の噂が払拭されたことはよかったが、やはりレオノーラにとってはフエントでの静かな生活の方が性に合っているのだろう。

今回リードがレオノーラに依頼したかったのは、今度作られる予定の女子大学の学長の任だ。

女学校を卒業した後、大学に進む女子の数が未だ増えないのは、年頃の女子が多くの男性に囲まれることに不安を感じる父母の声が強いからだ。

そのため、女子が周囲の目を気にせず、学ぶことが出来る女子専用の教育機関が作られることになった。

さらに、王妃であるレオノーラが学長を務めるとなれば、入学に興味を持つ貴族女性も多くなるかもしれない。レオノーラ自身も様々な学問に精通しているため、女子教育には理解があるはずだ。そんなレオノーラなら、学生にもたくさんのことを教えることが出来るだろう。

そういった考えもあり、ラウルから手紙を書いてもらったのだが、学長に就任すれば生活の基盤をフエントからセレーノへ移さねばならない。

それを、レオノーラは望まないだろう、とラウルは初めから口にしていた。

「まあ……月が替わったあたりで二人で会いに行って話してみるか」

「あ、うん……ありがとう」

リードが礼を言えば、ラウルが僅かに口元を綻ばせた。

喜怒哀楽を表に出すことが少ないラウルだが、リードの前では様々な表情を見せてくれる。巷では、冷たい美貌、と称されてはいる容姿も、微笑めばとても優しい顔になる。

自分にだけに見せてくれるラウルのそんな顔が嬉しくて、リードもつられるように笑顔になる。

視線が合い、ゆっくりと二人の唇が重なる。

穏やかな幸せを感じながらリードは、静かにその瞳を閉じた。

だからリードは、すっかり油断していた。

あれだけの荷物が届けられたのだ。簡単にではあるが、中を確認した城の人間の口から、アローロから届いた贈り物の噂が聞こえてこぬはずがないことを。


翌日の午後。外交部にまで乗り込んできたラウルの表情は、明らかに苛立ったものだった。

話があると言うラウルに、観念したようにリードは頷くことしか出来なかった。

あまりの迫力に、自分も付き添う、というシモンの申し出をやんわりと断る。

どんなにラウルが憤怒を感じていたとしても、それで自分に対して手をあげるようなことは絶対にないとリードもわかっているからだ。

仕事を早めに切り上げ、寝室へ二人で戻る。

重厚な扉がぱたりと閉じられた途端、ラウルがその眦をつりあげた。

「……あの贈り物の量はなんだ」

声を荒らげることはなく、静かにラウルはリードへと問うた。とはいえ、その声音は地を這うように低い。

その言葉に、リードの顔が引きつる。予想してはいたものの、ラウルの口ぶりからは既に実物を確認していることもわかった。

「ごめん。その、別に隠したつもりはなかったんだ。確かに、いつもより量が多かったけど……」

リードにしては、珍しく要領を得ない言い方になってしまった。

そんなリードの言葉に、ますますラウルの眉間（みけん）の皺（しわ）が濃くなる。

「そんなことを聞いているんじゃない、どうして叔父上はあれだけの量を贈ってきたのかと聞いてるんだ！」

さすがにラウルも我慢がならなかったのか、言い方は思った以上に強かった。

普段から、特に公務に係わることであればラウルとの口論など日常茶飯事なのだが、今回ばかりはリードの中に後ろ暗い気持ちもあるため強くは出られない。

渋々、といった気持ちでリードはその口を開いた。

「それはその……誕生祝いだから」

「……は？」

「さすがに早すぎるし、量が多いから俺も驚いたんだ。昔から、誕生日は色々なものを贈ってくれるんだけど、今回は数年分溜（た）まっていたこともあって、あの量になったみたいで。だから、別に特別な理由があるってわけじゃ……」

贈り物の中には、マリアンヌからの言伝（ことづて）も入っていた。

リードがアローロから姿を消した後も、その誕生日の度にリケルメは贈り物を用意していた。そのため、今回は渡せなかった三年分のものが、全て含まれている、ということだった。

下手に取り繕うよりは、真実を話した方がいいと思ったリードは、ありのままを伝えた。けれどラウルの反応は、リードが想像していたものとは違っていた。

切れ長の瞳を見開き、信じられないものを見るような瞳でリードを見ているのだ。

「あの……ラウル？」

さすがに心配になり、リードが口を開けば、被せるようにラウルが言った。

「誕生日が……近いのか？」

「え？　あ……うん」

「いつだ？」

「えっと……」

リードが、自分が生まれた日、誕生日をラウルへ伝える。

同時に、頬が引きつって行く。もしかして、ラウルに自分の誕生日を伝えるのは、初めてではなかったかと。

そして、そんなリードの予想は見事に当たってしまったようだ。

「なんで」

ぽつりと、ラウルが零す。

「どうして、俺に言わなかった！」

憤りを含んだ言葉に、リードは一瞬怯む。

確か、昨年の誕生日には既にラウルの側近となっていたが、ちょうど週末が重なったこともあり、サンモルテで誕生祝いをしてもらったのだ。

オルテンシアに入国し、サンモルテで世話になるようになってから、誕生日はいつも教会の人々が祝ってくれた。

アローロにいた頃のような豪勢な食事が振る舞われるわけではないが、皆に祝われ、とても温かい気持ちになったことを覚えている。

それをラウルに説明すれば、ますますラウルの瞳が鋭くなる。

「そんな重大なことをなぜ黙っていた……！」

「いや、そんな大したことでも……」

オルテンシアでも、国王と王妃の誕生日は国を挙げて祝われる。

けれど、ラウルはまだ王太子であるし、リードも自ら自分の誕生日を伝えるような性格ではない。控えめ、というよりどちらかといえば無頓着なのだ。

ラウルの方も聞いてくることがなかったため、リードも伝えなかった。

伝えなかった、というより伝える機会がなかった、の方が正しい。

隠すようなことでもないのだ、聞かれればリードだって答えていた。

「大したことじゃない!?　何を言ってるんだお前は！」

「だ、だって聞かれなかったし！」

リードが咄嗟に口にした瞬間、鋭かったラウルの瞳が見開かれる。

そして、ほんの一瞬、ラウルは傷ついたような顔をした。

しまった、と思った時には既に遅かった。

二人の間に、なんともいえない、気まずい空気が流れる。

その夜から、ラウルの機嫌は周囲にもわかるほど、目に見えて悪くなってしまった。

機嫌が悪いと言っても、別にリードを無視することはないし、用があればラウルの方から話しかけても来る。

ただ、いつもより明らかにその口数は少なかった。

そして、その状態は十数日経った今もなお、続いている。


表情は見えないが、おそらく仏頂面のまま、ラウルは海を見つめているはずだ。

ラウルの気持ちはわからなくもないが、さすがにそろそろ機嫌を直してはもらえないだろうか。

二人で遠出をする機会などなかなかないのだから、ラウルにも旅行を楽しんでもらいたい。

そんな風に思いながら、リードが隣を見つめていれば、ようやくラウルがこちらを向いた。

自分を見据える青い瞳に、少しばかりリードが怯めば、小さくため息をつかれた。

「業腹だ」

「へ？」

やはり、まだ怒っているようだ。それにしたっていい加減、しつこくはないだろうかとリードは内心思ったが、それを言えば火に油を注ぐようなものだろう。

この件に関しては、リードだって多少なりとも責任を感じていたため、とりあえず黙っておく。

「甲板になんて絶対出てやるものかと思っていたはずなのに、楽しそうなお前の顔を見ていると怒りがだんだん収まっていく……全く、腹立たしい」

ラウルが、拗ねたように呟く。

そんなラウルの様子に、思わずリードはくつくつと笑ってしまう。

「おい！」

「ご、ごめん。だけど、ラウルがもう怒ってなくてよかった。だって、せっかくの旅行なんだからさ」

リードがそう言って微笑めば、ようやくラウルの眉間の皺が薄くなる。

小さく微笑んだリードが自身の手をラウルの手のひらにそっと近付ければ、強く握り締められた。

「旅行じゃなくて、視察だろう」

あ、機嫌が直った。

リードがそう思うほどに、ラウルの声色はどことなく弾んでいるし、その表情も明るかった。

「まあそうなんだけど。でも、こんな機会滅多にないんだし、楽しもうよ」

「……そうだな」

ラウルも、薄く微笑む。リードも、ラウルの手を強く握り返した。

国土の多くを海に接しているオルテンシアは、たくさんの島も有している。

人の手が入っていない、自然のまま残っている島もあるが、中には建国当初から貴族の領地となっているものもある。今二人が向かっている島も、その一つだ。

王都・セレーノの港から船で三時間ほどのところにある、パラディソス島。

よく晴れた日には城の上からも微かに見えていたため、以前からリードも気になっており、一度足を運んでみたいと思っていた。

今回はそういった意味でも、とても良い機会だった。


リードとラウルの結婚後、オルテンシア内の貴族からたくさんの祝いの品が届けられた。

事前に予想は出来ていたため、あまり高価なものは遠慮したいという旨を二人は伝えていたのだが、それでも希少な装飾品や他国の漆器など、様々なものが贈られた。

特に、側近だった頃にリードを平民上がりだと嘲笑していた貴族ほど、明らかに値が張るものを贈ってきた。

リードに対しての胡麻擂りというよりは、ラウルや、リードの後ろ盾となっているリケルメを意識してのものだろう。

あまり気分が良いものではなかったが、突っぱねるのも相手の顔をつぶすことになるため、仕方なくリードはそれを全て受け取った。

他領に少しでも差をつけようと、貴族たちの間ではある種の競争意識のようなものも芽生えていたのかもしれない。

リードにしてみれば、自分たちへの贈り物にお金をかけるよりも、領地のために使って欲しかったのだが、致し方ないだろう。

そういった華美なものが並ぶ中、片隅に置かれた華奢な作りの小箱に、リードは目を惹かれた。他の貴族が次々と謁見を望む中、手紙と贈り物だけに留まっていたことも好印象だった。

だから、リード自ら小箱を開き、中を確認した。

「これ……貝殻？」

箱の中に入っていたのは、青色の貝殻で出来た耳飾りと、胸飾りだった。

全て手作りなのだろう。カルトナージュで作られた外箱もとても可愛らしかったが、二つの装身具もとても丁寧な作りだった。

「まあ、とても美しいですね」

ルリも横から覗き込む。

そっと手に取れば、箱の奥底に小さなカードが置かれていることに気付く。

『親愛なるリード妃殿下へ　島でとれた貝殻を使い、妻が心を込めて作りました。お二人の幸せを心より祈っております。機会がありましたら、島にもぜひいらしてください
パラディソス島領主　ドミニク』

対になっている貝殻は、夫婦和合の象徴として嫁入り道具に使われている国もある。

何より短く、シンプルな文面は一際リードの印象に強く残った。

手作りということもあるのだろう。

多くの他の貴族たちが女性用のアクセサリーばかりを贈る中、ドミニクから贈られたのは男性のリ

ードがつけても違和感のない、シンプルなものだ。

何より、こんなに美しい貝殻がとれる島なのだ。

自然のままの島の景色は、どれほど美しいものなのだろうか。

行ってみたい。そんな思いを抱いたが、それは現在の外交部の状況が落ち着いてからだな、とリードは密かに苦笑いを浮かべた。


そして、何かラウルの機嫌を直す方法はないか。リードが頭を抱えている中、思い出したのがこのパラディソス島の存在だった。

セレーノからそれほど距離も離れていないし、あの辺りの海はフェリックスの庭のようなものだから治安も良い。

二週間後は、ちょうどリードの誕生日でもあった。

視察も兼ねて、ラウルを誘って出かけてみよう。そう思ったリードは、その日の午後にはラウルへ相談しに行った。

ラウルの反応は、あまり良いものではなかった。

結婚後、リードが外交部に移ったことにより、以前よりもラウルの仕事の負担は増えている。ここのところはだいぶ落ち着いたとはいえ、忙しさに変わりはない。週末を利用しても、二日は休暇をとらなければならない視察には躊躇いがあるのだろう。

そんなラウルを見かね、リードに助け船を出してくれたのが、隣で話を聞いていたマルクだった。

別に一日二日なら自分たちだけでも大丈夫だ。結婚後、なかなか二人でゆっくりする機会もなかったのだから、行って来ればいい。

そんな風に言ってくれたことにより、最終的にはラウルも視察に了承した。

「全く素直じゃないですよね。本当は行きたくてたまらないのに、恰好つけちゃって」

「え？」

「あの後、ラウルの機嫌はすこぶるよくなりましたから。いや、本当に助かりました」

翌日、回廊で偶然会ったマルクにそんな話をされ、リードは小さく笑みを零した。

しかし、マルクはそう言ったが、ラウルの機嫌はよくなったようには思えなかった。

視察の準備こそしているようだが、嬉しそうな素振りは全く見せない。

まあ、一緒に行ってはくれるようだし、そのうち機嫌も直してくれるだろう。

そう思ったのだが、結局当日までラウルの機嫌がよくなることはなく、今日も早朝から船に乗り込むと、そのまま室内へ籠ってしまった。

仕方なくリードは一人で甲板に出て、船旅を楽しむことにした。

そして、大きな船の上を一周し終えた頃、ようやくラウルも甲板へと出てきてくれたのだ。


「海なんて、そんなに珍しいものか？」

「そういうわけじゃないけど。でも、俺船に乗るの初めてだし……」

「そうなのか？」

リードの言葉に、少しばかりラウルは意外そうな顔をする。

「生まれた場所は内陸部だったし、大きな川や湖も見たことがあるけど、海だってオルテンシアに来て初めて見たんだ」

「そういえば、そうだったな」

どこか懐かしそうに、ラウルが言った。

過去の、生まれ変わる前の記憶を辿(たど)れば、海も船もうっすらとは覚えている。

ただ、実際目の前にすればやはり感激した。

「この海の向こうには、何があるんだろうって、そう考えるだけでもわくわくしない？」

興奮した面持ちでリードが少し上にあるラウルの顔を見つめる。けれど。

「別に。海なんて、航海訓練中にさんざん見てきたからな」

「夢がないなあ……」

しかも、妙に既視感を覚える会話だ。

さすがは、叔父と甥(おい)というべきか。こういったところはよく似ている。

「ただ、お前がこんなに喜ぶなら、もっと早く乗せてやればよかったと思う。つくづく、俺は気が利かないな」

「え？」

少ししょげたような声を出すラウルに、少しリードは焦る。そんなつもりで言ったわけではないからだ。

「そんなことないよ、船に乗りたい、なんて言ったことなかったし。まあ、実際ちょっと怖いってのもあったし」

明るい声色で言いながらも、リードは少し恥ずかしそうに笑う。

「怖い？」

「俺、泳げないから」

この世界においても、いくつかの泳法は存在するが、普及してはいない。

それこそ、軍の水練くらいのもので、泳げないということはそれほど珍しいことでもない。

「そうなのか？」

けれど、ラウルは少し驚いたようだ。

「え？　意外だった？」

「基本的に、お前は何でも出来るからな。頭もよければ、運動神経だって良い」

「そんなことないよ。俺にだって出来ないことはたくさんあるよ。……料理とか」

以前、ラウルが肩に火傷（やけど）を負った際、リードが一人で作った粥（かゆ）は、お世辞にも美味（おい）しいとはいえないものだった。

ラウルは全（すべ）て平らげてはくれたが、それを思い出したのか、ラウルの目が泳いだ。

「い、いやそんなことはないんじゃないか」

咳（せき）ばらいをしながら、その顔は笑いを必死に堪（こら）えている。

自ら言ったこととはいえ、そこまで笑わなくてもいいんじゃないだろうか。

「まあ、泳ぎに関することなら、心配しなくていい」

ようやく笑いが収まったラウルが、リードの方を向く。

「え？」

「軍の水練では、常に一位をとっていたからな。何かあった時には、必ず俺がお前を助ける」

ラウルが、真摯な瞳でリードを見つめる。

別に格好をつけようとしているわけでもない、飾り気のない真っ直ぐな言葉だ。

決して口が上手いわけではない、ストレートで武骨ともいえる言葉だが、リードは自身の心が満たされていくような気持ちになる。

そして改めて思う。ラウルのこういうところを、自分は好きになったのだと。

「うん、ありがとう」

リードが、柔らかく微笑んだ。

2

三時間ほどの船旅を終え、パラディソス島に着く頃には、既に太陽は高い位置に昇っていた。強い日差しに、思わず目を細める。

セレーノよりも南方にあるため、気温もこちらの方が高いようだ。ルリに頼み、薄い生地の服を持ってきてよかったとつくづく思う。

パラディソス島は人の手は入っているものの、それでも自然なままの姿がたくさん残っていた。遠くに見える砂浜は白く、青い海とのコントラストはとても美しい。木々の緑も鮮やかで、あちらこちらに大きく色鮮やかな南国の花々が咲き乱れている。

日頃、開発された王都に住んでいるリードの目に、それはとても新鮮に映った。

船から降り、桟橋を歩いていたリードだが、それらの景色に目を奪われ、思わず立ち止まってしまった。

それに気付いたラウルも、同様に止まってくれる。

「景色に見とれるのもいいが、ここで止まるのは危ないぞ」

すぐ後ろから声をかけられ、弾かれたようにリードは振り返る。

「きれいなところだね」

こっそりと話しかければ、ラウルも頷いた。

「そうだな」

ラウルの声色も、どことなく嬉しそうだった。

桟橋の先では、既にドミニクの使いの者が待っており、用意されていた馬車ですぐに島の中心にある屋敷へと招待された。

日除けのための布こそつけられているものの、硝子窓がないため、外の景色もとてもよく見えた。

幾人か帯同している護衛の兵士たちには、後から馬で来てもらうよう頼んだ。

「ようこそいらっしゃいました。何もない島ですが、お二人が快適な時間を過ごせるよう、最善を尽くすつもりです。ご入用なものがあれば、なんでも仰ってください」

リードが想像していた通り、ドミニクは素朴で、人のよさそうな初老の男性だった。

島の日差しが強いこともあるのだろう、肌も健康的な色合いで、年齢よりも若々しく見えた。

「急な訪問、無理を言ってすまなかった」

「話は聞いておりましたが、とても美しい島ですね」

最初は少し緊張していたように見えたドミニクも、二人がそう声をかければ皺の多い顔を緩ませた。

「とんでもありません。妃殿下からお手紙を頂いた時から、妻と二人でお二人がいらっしゃるのを楽しみにしておりました」

言いながら、ドミニクの後ろに控えていた女性へと目配せをする。

「妻のソニアです」

呼ばれた女性は、ゆっくりとラウルとリードの前に出てくると、優雅に礼をとった。

ドミニクよりは少し年下だろうか。優しい笑顔の、上品な女性だった。

けれど、佇まいを整えた女性は二人に笑いかけこそするものの、何の言葉も発しようとしない。

横に立つラウルが、僅かに眉を顰める。

慌てたようなドミニクが口を開く前に、リードは咄嗟に両の手を左右へと動かし、ソニアに対し微笑み返した。

ソニアは最初そんなリードの動きを呆けたように見つめていたが、すぐに同様に自身の手も動かし始めた。

その後、ドミニクの方を向き、同じように手を動かす。

「手話……」

ラウルが、横にいるリードにだけ聞こえるような、小さな声で呟いた。

「ああ、そうだね。……驚きました、妃殿下が博識なことは存じておりましたが、手話まで嗜んでいらっしゃるんですね」

ソニアに対し頷いたドミニクが、心底感心したという表情でリードを見つめる。

「簡単な日常会話、くらいではあるのですが」

「とんでもない。とてもきれいな手話だと、ソニアもとても驚いております」

驚いているのは二人だけではないようで、隣にいるラウルも瞳を大きくしている。

「どこで習ったんだ？」

「マリアンヌ様に教えてもらった。あと、サンモルテには目や耳が不自由な人もよく巡礼にくるから」

大国であるアローロは、資金が潤沢にあることもあり、福祉に関する考えは他国よりも成熟していた。

特にマリアンヌは幼い頃(ころ)から母に連れられ、積極的に教会などの奉仕活動にも参加していた。そのため、障碍(しょうがい)を持つ者への理解も深かった。

強制されたわけではないが、リードもそれに倣い、手話を学んだのだ。

「ああ、そういえばマクシミリアンも挨拶(あいさつ)くらいは出来ていたな」

おそらく、それもマリアンヌの影響だろう。

どうやらソニアは読唇が出来るようで、リードとラウルの話も笑顔で見ている。

「さあ、立ち話はこの辺で終わらせて、昼食にいたしましょう。島でとれた果物もたくさんあります。お二人のお口に合うとよいのですが」

ドミニクが扉を開かせ、二人に部屋を移動するよう促す。

リードもラウルと視線を合わせると、ドミニクの後へと続いた。

落ち着いた佇まいは洗練されており、よくリードに謁見(えっけん)を希望する高位貴族よりもよっぽど品のある振る舞いだった。

そういえば、今でこそ辺境の島の領主であるドミニクだが、生家は名家で、それこそ建国時からの重臣であるはずだ。

ただ、今はその家もドミニクのすぐ下の弟が継いでいる。

長男であるドミニクが、どうして小さな島の領主となったのか。

そんな疑問がふと頭に過(よぎ)ったが、リードの正面にソニアが着席したこともあり、すぐにそちらに集中した。

ドミニクが振る舞ってくれたのは、島でとれた新鮮な海の幸や野菜をふんだんに使った料理や、果物を添えたご馳走だった。

食後に出されたデザートも美味しく、それを伝えれば目の前のソニアはとても喜んでくれた。果物がたくさん使われたケーキは、ソニアの手作りだというのだ。

ソニアの年代の貴族の女性が自ら料理をすることが珍しいため、リードも驚いた。中には調理場に入ることすら忌避する女性だっているくらいだ。

けれど、ソニアの様子を見ていればその理由もわかった。

屋敷の使用人がそれほど多くないこともあるのだろうが、世話をするメイドたちに対しても、ソニアはとても親し気で、優しかった。

それだけ見ていても、ドミニクとソニアはこの島で、とても穏やかで、幸せな日々を送っていることがわかった。

食事を終えた後は、ドミニク自ら島の案内をしてくれた。

島には少ないながらも人が住んでおり、集落もあった。ドミニクもソニアも、そんな島の住人たちからとても好かれていた。

リードとラウルのことは客人だと紹介したものの、お忍びということもあり身分に関しては特に明かされなかった。

セレーノに住む人々ならば二人の顔を知っているだろうが、この島の人間からすればどこかの貴族、という程度の認識しかないようだ。

ただ、ドミニクの客人ということもあり、皆笑顔で迎え入れてくれた。

セレーノにいれば、どこにいても立ち振る舞いの一つ一つに周囲の視線が集まり、気が抜けないため、ドミニクのそういった気遣い(うれ)は嬉しかった。

平和な島だと聞いていたし、護衛も最低限にしてよかったとつくづく思った。

日々がめまぐるしく動いていく王都とは違い、この島の時間はとてもゆっくりと流れていて、景色を楽しむ時間もたくさんあった。

暖かな日差しと、緑の色、そして時折微(かす)かに香る潮のにおいがとても心地よい。

夕食を終え、二人のために用意された屋敷に戻り、少し休んだ後もリードは外を歩きたいとラウルにせがんだ。

「一日歩き回った後なのに、大丈夫なのか？」

「平気！　それに明後日(あさって)には帰らなきゃいけないんだから、勿体(もったい)ないじゃん！」

リードがそう言えば、ラウルは肩をすくめたものの、すぐに準備をしてくれた。

日が落ちた海岸沿いに、人通りはほとんどなかった。

足元すらぼんやりとしか見えない宵闇(よいやみ)に、夜はこんなに暗いものだと、久しぶりに感じることが出来た。

昼の間は暖かかったが、風が出てきているためか、少し肌寒い。ランタンの光を頼りに歩けば、遠くの海にいくつもの光が見える。魚をとるために、島民が船を出しているのだろう。思わず立ち止まれば、ラウルもすぐに足を止めてくれた。

「きれいだね」

「ああ」

暗い海に、煌々(こうこう)と光る漁火(いさりび)は美しく幻想的で、しばらく目を離すことが出来なかった。

「……なあ、ラウル」

「なんだ？」

「ドミニクさん、領主としてもすごく優秀だよな。仕事だって、若い頃はかなり出来たんじゃないかな？」

王都から離れているにもかかわらず、島民たちの生活は豊かで、小さいながら学校もあった。女性たちは天然石や貝類でアクセサリーを作り、男性は漁業によって生活を成り立たせているのだろうが、税はそれほど徴収していないはずだ。

王都のようにものがたくさんあるわけではないが、王都にないものが、この島にはたくさんあった。それも全(すべ)て、ドミニクの器量だろう。

「ああ、優秀な文官だったようだな」

ラウルの言葉を聞き、やはりそうかと納得する。

食事中も、時折ラウルとドミニクの会話が聞こえてきたが、辺境の地を治める領主とは思えない、話しぶりだったからだ。

「じゃあ、なんで……」

どうして、こんな小さな島の領主となっているのか。

ドミニク自身とても幸せそうではあるが、どこか勿体ないと思ってしまったリードの素朴な疑問には、ラウルが答えてくれた。

「奥方との結婚を、家族に反対されたそうだ」

「あ……」

ラウルの言葉に、やはり、と自分の想像が当たっていたことがわかる。

「近頃は偏見も少なくなったとはいえ、かつての聾唖者の扱いはよいものではなかったからな。ソニアと結婚するなら、家督も譲らないと言われ、子を作ることも禁じられたらしい」

かつてリードが生きていた世界に比べ、文明が未開化なこの世界は、医学もそこまで進んでいない。身体に何かしらのハンディキャップを持つ者は子を残すべきではないと、そんな差別的な考えもまかり通っている。

「ひどいな……それ」

昼間、ドミニクと共に島の案内をしてくれたソニアが、子供たちにとても好かれていたことを思い出す。

ソニア自身も子供が大好きなようで、生まれたばかりの子供に、自ら手を差し出し嬉しそうに抱いていた。

「ああ、虫唾が走るような話だ。……ただ、ドミニクは大して気にはしていなかったけどな」

「え？」

「城で働いていた頃は、仕事に追われていたし、あのまま家督を継げたとしても、今のようにゆったりとした時間は過ごせなかった。弟の方が上昇志向も強かったし、小さな島の領主くらいが自分にはちょうどいい、と笑っていた。何より、ソニアとの時間をたくさんとれるとな」

元々、繋がりが深かった両家の長子であった二人の結婚は、二人が生まれる前から決まっていた、という話はリードもソニアから聞いていた。

ドミニクの方が年長で、近くに住んでいたこともあり、毎日のようにソニアに会いに来てくれたのだという。

嬉しそうに、幸せそうに話すソニアの話を興味深く聞いていたリードだが、二人の間にそんな経緯があるとは思いもしなかった。

「うん……確かに、二人ともとても幸せそうだった」

既に初老ともいえる年齢に差し掛かっている二人だが、穏やかな表情から、二人がとても幸福であることがうかがえた。

何十年もの間、二人は色々なものを乗り越え、支え合い、愛を深めてきたのだろう。

「二人みたいに、なれたらいいな。何年も、何十年先も仲良く、一緒に笑いあっていけるような関係でいられたら」

主賓であるラウルとリードを気遣いながらも、ドミニクは時間があれば何かしらソニアに話しかけていた。

疲れていないか、のどが渇いていないか、ささやかなやりとりではあるが、ソニアはとても嬉しそうで、互いのことを本当に大切にしているのだということが伝わった。

「……そうだな」

「あ、でもわかんないな～。二人の年齢になっても、相変わらず喧嘩してたりして」

年齢を重ねたからといって、互いの性格はなかなか変わらないのではないだろうか。リードがそう言えば、ラウルがその口の端を上げた。

「別に、それでもいいんじゃないか」

「ええ？」

「喧嘩をしても、ちゃんと話し合って、仲直りすればいい。それに、俺はお前と喧嘩をするのは嫌いじゃない」

「……俺はあんまり好きじゃないんだけど」

議論ならともかく、感情のままに言葉をぶつけあうのは、どうもリードは苦手だった。

自分も傷つきたくないし、自分の発した言葉で相手を傷つけるのも怖いからだ。

そうはいっても、そこまで互いを傷つけあうほどの喧嘩をラウルとしたことはないのだが。

「まあ、確かにお前に触れられないという意味では、俺も好きじゃないな」

「へ？」

ラウルの方を向けば、柔らかな風に煽られて顔にかかった髪を、優しくかきあげられる。

そして、ゆっくりとリードの唇にラウルの唇が重ねられる。

ほんの一瞬、触れるだけの優しいキス。

そういえば、ここのところラウルの機嫌がよくなかったこともあり、こんな風に口づけるのは久しぶりのことだった。

「風が強くなってきたな、そろそろ帰るか」

耳元で囁かれたラウルの声が、熱っぽいのはおそらく気のせいではない。

リードも自身の顔に熱が溜まるのを感じながら、ゆっくりと頷いた。

＊＊＊

いくつかのランタンの光が、ぼんやりと部屋を照らし出している。

ラウルとリードのために用意された屋敷は、元々は島に来る客人のために建てられたもので、歴史を遡れば王族が宿泊に訪れたこともあった。

日頃から清掃も行き届いていたのだろう。寝具などは新調したようだが、埃っぽさは全く感じなかった。

静寂の中、微かに波の音が聞こえた。

「ん……」

湯浴(ゆあ)みを終えた後、寝台に上ってから、ラウルは何度もリードの唇へと口づけていた。

互いに向き合って座ったまま、最初は触れるだけだったキスは、いつしか啄(ついば)むようなものになり、じょじょに深いものになっていく。

そんな丁寧なラウルの仕草は、意外ではあった。

それこそ、海岸を歩いていた時には、今にもその場に押し倒されそうな雰囲気だったからだ。

先に湯浴みを終え、ラウルを受け入れるのを心待ちにしていたリードとしては、自分ばかり求めていたようで、ひどく恥ずかしい。

かといって、ラウルも気持ちが高ぶっていないわけではないようで、その瞳(ひとみ)からは強い情欲の焔(ほむら)を感じた。

唇から首筋へ、口づける場所が下がって行き、ラウルの少し冷えた手が、リードの纏(まと)う長衣の中へするりと入ってくる。

思わず小さく笑えば、ラウルが訝(いぶか)し気にその動きを止めた。

「……なんだ?」

「いや、すごく紳士的な態度だなと思って」

ラウルの眉間(みけん)に、僅(わず)かに皺(しわ)が寄った。

決して乱暴に、雑に扱われるわけではないが、ラウルの求めはいつも性急だった。

最初の夜こそ、まるで壊れ物のように慎重に触れられたのだが、婚儀を終えた後は、それこそ箍(たが)が外れたのだろう。

互いに多忙な日々を送っているため、毎日のように身体を重ねられるわけではない。そのため、つながれる時には、それこそ空が白くなるまで幾度もラウルはリードの身体を掻き抱いた。

初めて気持ちを伝えられた後、側近として近い位置にいたものの、ラウルは常に涼しい顔をしていた。そのため、どちらかというと淡白な印象があったのだが、とんでもなかった。

怜悧で、時に冷たくも感じてしまう美貌からは想像がつかないほど、ラウルはリードを強く求めた。それこそ、翌日は昼まで起き上がれなくなるほどに。

そんなラウルであるため、ここのところしばらく行為から遠ざかっていたこともあり、てっきりすぐに身体へと触れてくると思っていた。

だから、いつもよりも丁寧なその触れ方に、リードは少しばかり戸惑いを覚えた。

「あの状態でそのまま寝台に行っていたら、自分でも理性を保てるかわからなかったからな。……湯浴みの時に、処理してきた」

「え……」

そう言ったラウルの声は、少し決まりが悪そうだった。つまり、自分の手で自身を落ち着かせてきたと、そういうことなのだろう。

「だ、大丈夫？　もうそんな気分じゃないんじゃ……？」

同じ男なのだ。生理現象はリードだってよくわかっている。

一度精を吐き出してしまえば、しばらくはそういった気持ちにならないことも知っている。

いくらか残念ではあるが、無理をしてまで身体を重ねる必要はないと、言外にリードがそう言えば。

「そんなわけがあるか。一度落ち着かせたはずなのに、寝台にいるお前を見たら、すぐさま体の熱が戻った」

「へ？」

言いながら、強い力で身体を寝台へと倒される。

華奢ではあるとはいえ、リードは決して小柄な方ではないのだが、鍛え上げた体を持つラウルと比べてみれば、力の差は歴然だった。

それほどの衝撃を感じなかったのは、寝台へと倒れる前、背中にまわされたラウルの手がクッションとなってリードを支えたからだろう。

少し長くなった髪が顔へとかかれば、ラウルの手が優しくその髪を梳いた。

「別に、あのまま抱いてくれても大丈夫だったのに」

リードも微笑みながら、すぐ傍にあるラウルの髪へと触れる。

朧げな光の下、金色の髪が額へとかかる。この柔らかな手触りが、リードはとても好きだった。

「バカを言うな。それこそ、今にでもお前の身体にむしゃぶりつきたいような気持ちだったんだぞ。お前を前にすると、自分が動物にでもなった気分になる……」

言いながら、小さくラウルが嘆息する。

これまで口に出したことはなかったが、その様子からするに、日頃あまりに性急にリードを求める自身の行いを恥じているようだった。

「こういうことは、俺だけが満足したらいいというものではないはずなんだ。それはわかっているんだが、結局、いつも抑えがきかなくなる……」

「ラウル……」

そんな風に、ラウルが思っているとはリードは思いもしなかった。

同時に、温かいものがこみ上げてくる。

ラウルが、リードの意思や心を尊重してくれていることが伝わったからだ。

「大丈夫だよ」

だからリードもラウルが安心出来るよう、柔らかく微笑む。

「ちゃんと、俺だって気持ち良くなってるから」

その言葉に、すぐ近くにあるラウルの瞳が、大きく瞠られた。

同時に、自分の言った言葉の意味に気付き、じわじわとリードの顔にも熱が溜まってくる。

「あ、えーっと……」

「悪い、リディ」

「え？　なっ」

「やはり、今日も抑えがききそうにない」

言うやいなや、ラウルがリードの首筋へ口づけを落とす。

強く吸われ、ぞわぞわとした感覚が、背中へとはしった。

「あっ………」

無意識に口から出た声に、ハッとする。

リードの性欲はそれほど強くはないが、それでも人並み程度にはある。

そして、ここのところそういった機会がなかったのはラウルだけではなく、リードも一緒なのだ。

「……反応、してるな」

ラウルが下腹部へと手を伸ばし、やんわりとリードの中心へと触れる。

恥ずかしさからラウルを軽くにらめば、その口角が上がった。


「はっ……あっ……やっ……！」

身体が、熱い。

後ろからラウルの牡（おす）を受け入れる、所謂（いわゆる）後背位という体勢で、リードの口からは細い喘（あえ）ぎ声が出ていた。

普段のラウルは、リードの顔が見えないという理由から、それほど後背位を好まない。

リードとしても、四（よ）つん這（ば）いになり、後孔を見せつけるような姿勢をとるのは少しばかり抵抗があるため、内心ホッとしていた。

けれど、この日は違った。

正常位や騎乗位で互いに精を吐き出し、リードの身体は既に限界だった。

頭の中は真っ白で、ラウルの息遣いと、自身の嬌声（きょうせい）を聞きながら、何も考えられなくなっていた。

「ラ、ラウル、もう……」

無理だ、と思わず腹這（はらば）いになり、寝台から移動しようとするリードの腰を、ラウルの大きな手がしっかりと摑んだ。

「すごいな、この体勢」

「ひゃっ…………」

つぷりと、ラウルの指がリードの秘孔へと入れられる。

既に、何度もラウルのものを受け入れ、白濁を吐き出されているため、中は柔らかくなっていた。

「やっ……ダメ…………!」

そのまま、ゆっくりと掻きまわされる。

独特の水音が聞こえ、それが自身の身体の中から出ているものかと思うと、ひどく恥ずかしい。

ラウルの指は長い方ではあるのだが、感じる部分までは届かない。それがひどくもどかしく、自然と腰を揺らしてしまう。それでもなお、ラウルの悪戯な指の動きが止まることはない。

「んっ…………!」

首筋を甘噛みされ、身体がビクリと震える。

「あ…………」

「こんなに小さな穴に、よく俺のものが入るな」

上擦ったその声に、ラウルが興奮していることがわかる。

「も、もう、無理……！」

リードは小さく首を振ったものの、ラウルの指がある一点をなぞった時、ギュッと窄まりが締まった。

「だけど、こっちは反応しているぞ」

「な……」

後ろから手をまわされれば、確かに先ほどまでは萎えていたリード自身もやんわりと起ち上がりかけている。

少し力を入れて握られれば、身体の力が抜けた。

そしてその隙を、ラウルは見逃さなかった。

「は………！　あっ………！」

リードの細腰を掴み、強引に持ち上げ、膝を立たせると、そのままズンッと自身の屹立を挿入する。

指とは比べ物にならない質量は、既に何度か精を吐き出しているはずだが全く萎えることはない。

「ひっあっ」

浅く、深く、まるで中の感触を楽しむかのようにラウルがゆっくりと腰を動かす。

さらに両腕で自分の身体を支えるのに精一杯なリードに対し、片腕で体勢をとりながら、もう片方の手を胸元へと伸ばす。

「あっ！」

軽く突起の部分を摘まれ、筋肉が収縮する。

「この体勢だと、舐められないのが残念だ」

耳元で囁きながらも、胸元を触る手が止まることはない。

ぷくりと起ち上がった両の乳首を、指の腹で交互に嬲られ、あられもない声が口から洩れる。

秘部と胸の性感帯を同時に責められ、思考が真っ白になっていく。

「ここ、真っ赤（まっか）だ」

繋がっている部分を、指でなぞられる。

これ以上ないほど襞（ひだ）が広がったその部分を、リード自身は見ることが出来ない。

あまりの恥ずかしさに、顔を寝台へと埋めようとすれば、伸ばされたラウルの手により顔を横向きにされ、口づけられる。

熱い舌が、リードの口腔（こうこう）内を蹂躙（じゅうりん）していく。

ようやく口が離された時には、リードは短い呼吸を何度も繰り返していた。

「あっあっ………！」

隘路（あいろ）を開かれ、感じる部分を何度も突（つ）かれたリードの中心は起ち上がり、とろとろと薄いものが零（こぼ）れていた。

「水みたいだな」

「ひあっ………！」

ギュッと握ったラウルは、楽しそうに蜜口に触れた。

「もうっ………」

もう、身体のどこを触られても達してしまいそうな、そんな感覚だった。

快感を追いかけるように自然とリードの腰も揺れてしまっていた。

それはラウルも同じようで、腰の動きがはやくなっていく。

「はっ………！」

最奥に、熱いものが流れ込んでくる。

高ぶりが収まった後も、ぐったりとするリードの身体を、ラウルはしばらくの間離そうとしなかった。

「リディ」

いつもより殊更穏やかな声で、ラウルがリードの名を呼ぶ。

互いの汗と体液に塗れていた寝台の上は既にラウルの手により、清潔に整えられている。

あの後、力の抜けきったリードの身体を清めてくれたのもラウルだ。

ぼんやりとしている間に薄い夜衣を着せられ、リードはそのままそっぽを向いて寝台へと入ってしまった。

ラウルとしてもさすがにやりすぎたと思ったのか、いつも以上に至れり尽くせりだった。

悪い、と何度も謝るラウルを見ていると、感じていた怒りもいつの間にかなくなっていた。

否、最初から怒りなど感じていない。単純に、恥ずかしかっただけだ。

世の中には、寝台の上で政治交渉をする人間もいるという話だが、リードにしてみれば信じられない話だった。

リードにとっての性交は、それこそ自分の全てをさらけ出してしまうもので、そこに他の意図を入れることなど出来ない。

もしかしたら、自分はとても快感に弱い性質なのかと、少しばかり恥じ入ってしまう。

毎回、自身を保つように心がけているのだが、気が付いた時には快感を貪ってしまっているからだ。

「……身体の方は、大丈夫か？」

ラウルといえば、先ほどまでの強気な姿勢は鳴りを潜め、その態度は気遣わし気だ。

「その……悪かった。久しぶりに感じるお前の中があまりにも気持ちよくて、加減が利かなく」

「大丈夫！」

悪気はないのだろうが、そのことに関しては今のリードはあまり触れて欲しくなかった。

「……怒ってないよ。恥ずかしいだけ」

言いながら、ゆっくりとリードはラウルのいる傍へとぐるりと身体を向ける。

「身体、きれいにしてくれてありがとう……」

赤くなってしまった頬を布で隠しながらそう言えば、ラウルはようやく安心したのか、その頬を緩めた。

「いや、よかった……」

嬉しそうなラウルの顔に、小さくリードも笑んだ。

今が何時であるか、正確な時間はわからないが、カーテンの隙間から見える空はまだ闇色のままだった。

今日の予定はあらかじめ入れておらず、朝はゆっくり過ごしたいとドミニクへは事前に伝えてある。

昨日は朝も早く、何より身体を思い切り動かしたせいもあるのだろう。うとうとと眠気がおそってくる。

瞳を閉じかけていれば、すぐ隣にいるラウルがもぞりと動いた。

ラウルがリードを抱きしめたり、手を繋ぎながら寝たりするのは珍しいことでもないため、されるがままにしておく。

けれど、今日のラウルはリードの手に触れると、何かを探すような動きをしていた。

そして小指の隣にある指、薬指に、すっと何かが通された。

「え……？」

さすがに違和感を覚えたリードは、左の手を掛布から外に出す。

薄暗い中、リードの指には、銀色のリングが光っていた。

「これ……」

左手を掲げたまま、隣のラウルへと視線を移す。

「プレゼントだ。今日、誕生日だっただろう？」

「あ……」

「まさか、忘れてたのか？」

「朝、セレーノを出る時までは、覚えてたんだけど……」

深夜という時間を考えても、確かに今日はリードの誕生日だ。

それに合わせて日程を組んだはずなのだが、視察に夢中になるあまり、すっかり忘れてしまっていた。

「お前らしいな。まあ、俺も人のことは言えないが」

自嘲するラウルを、リードが怪訝そうに見つめる。

「本当は、日付が変わった瞬間にお前にこれを贈りたいと思っていた。なのに、気が付けばこんな時間だ」

確かに、その時間帯は互いにそんなことを考える余裕は全くなかった。

「予定より少し遅れてしまったが……誕生日おめでとう、リディ。いつも俺の隣にいてくれて、ありがとう」

飾り気はないが、率直なラウルの言葉に、リードは幾度か瞬きをする。

「それから、こないだのことは、悪かった。実を言うと、別にお前に怒ってたわけじゃないんだ。むしろ、腹立たしかったのは自分に対してだ」

「え……？」

「人のためなら積極的に意見を言うお前が、自分のことには無頓着で、自ら要望を口に出すことは滅多にないとわかっていたはずなんだ。誕生日なんて、それこそ出会ったばかりの頃に、さり気なく聞くことだって出来たはずだ。そんなことに今更気付いた自分に、腹が立った」

「いいよ、そんなの」

リードが、小さく首を振る。

ラウルが、誕生日の話題をあまり口にしたがらない理由は、わかっていた。

腹違いの兄であり、王太子であったフェルディナンドがラウルを庇い殺されたのは、ラウルの誕生日だった。

あの時から、ラウルが生まれた日は、フェルディナンドの弔いの日となってしまった。

リードもそれはわかっていたため、敢えて誕生日の話題を自分から口にするようなことはなかったのだ。

「それに……俺は誕生日すら知らなかったのに、叔父上は山のような贈り物を贈っていて。はっきりいって、面白くなかった」

「今回は、たまただよ」

「他のことには自分を律することが出来ても、お前に関することには全く心を広くすることが出来ない。つくづく、みっともないな」

力ないラウルの言葉を、リードは慌てて否定する。

「そんなことないよ」

「いや、あるだろ……。嫉妬をするのだって、いつも俺ばかりだ……」

「だから、そんなことないって。俺だって、結構嫉妬深い方だと思うよ?」

「そうなのか?」

ラウルが、意外だと言うように首を傾げる。

「うん。ただ、ラウルがいつも俺だけを見てくれているから。その機会がないだけだよ」

少し恥ずかしそうに微笑んだリードが、自身の指へとそっと触れる。

「指輪、ありがとう。大切にするね」

「……ああ」

そういえば、機嫌が悪いながらも、ここ最近のラウルはリードの手によく触れていた。おそらく指のサイズを測るためだったのだろう。

そう考えると、嬉しさで胸がいっぱいになる。

「あ、ラウル」

「なんだ？」

今度こそ、眠りにつこうとするラウルに、リードが思い出したように声をかける。

「机の一番上の引き出しの中にね、ラウルへの手紙を入れてあるんだ。朝起きたら、読んでくれる？」

「……手紙？」

眠気がなくなったのか、ラウルがはっきりとした口調で問う。

「今読んじゃダメなのか？」

「……目の前で読まれるのは、ちょっと恥ずかしい」

よほど気になるのか、机の方をちらちらとラウルは見つめていたが、最終的にリードの頼みを聞き入れてくれた。

多分、明日の朝起きるのはラウルの方が早いであろうし、自分が起きる前に読んでくれたらいいと、そう思ったのだ。

「気になって、とても眠れそうにないんだが」

「そんなに大した内容じゃないから、あんまり期待しないでよ」

言いながらも、リードの瞼(まぶた)はゆっくりと閉じられていく。

身体(からだ)の力が抜け、かくりとラウルの肩へと頭を預ける。

「リディ?」

遠くに、ラウルの呼ぶ声が聞こえた。応えようにも、口は動きそうにない。

そこで、リードの意識は途切れた。

3

目の前には、所狭しと色とりどりの料理が並べられている。

しかも、全てリードの好物ばかりだ。

好き嫌いの少ないリードではあるが、それでも嗜好はそれなりにある。

口に出しているわけではないが、後宮の料理長には全てお見通しなのだろう。

料理だけではなく、皿と皿の間には美しい花々が飾られており、テーブルの上を華やかに彩っている。

「すごく美味しそう。だけど、こんなに食べきれないよ」

嬉しさを隠しきれず、そう口にすれば、

「陛下がたくさん食べてくださいますから、大丈夫ですよ」

笑顔のルリにそう言われ、小さく頷く。

多忙なリケルメは、食事は政務の最中や、他国や国内の賓客を招いた晩餐でとることがほとんどで、リードの宮に通う日でも一緒に食事をとれることはあまりない。

だけど、誕生日の日は一緒に食事をとろうと、数日前から約束してくれていたのだ。

朝のうちには既に、リードの部屋には溢れんばかりの贈り物が届けられていた。

時計を見つめながら、そわそわとリードはリケルメの訪れを待った。

けれど、一時間経っても、二時間経ってもリケルメが宮に来ることはなかった。

談笑していたルリや女官たちの口も、時間の経過と共に重くなっていった。

「申し上げます」

急な来賓があり、リケルメの訪れが遅い時間になるという報告が王宮から伝わったのは、それからすぐのことだった。

「仕方ないよ、リケルメは忙しいんだから」

女官たちに気を遣わせないためにも、努めて明るく言った。

「ただ、こんなにたくさんは食べられないから、勿体(もったい)ないし、みんなにも食べてもらってもいい？」

「ええ、勿論(もちろん)です」

ルリがテキパキと指示を出せば、料理はとりわけられ、片づけられていく。

テーブルの上には、リードが食べられる量だけが残された。いつもと同じ、リード一人分の量だ。

どことなく表情の暗い女官たちを気遣いつつも、リードは目の前の食事を全て平らげた。

けれど、空腹は満たされても、心が満たされることはなかった。

知らせが遅れたのは、ギリギリまでなんとかリードと食事がとれるよう、リケルメが苦慮してくれた結果だということはわかっている。

今日はリードの宮を訪れることが出来るよう、日程の調整だって事前に行ってくれていたのだ。

たくさんの側室がいる中で、これほどリケルメが心を砕いているのはリードにだけだろう。

だから、これ以上を望んではいけない。

リケルメは国王で、自分は妃の一人にすぎないのだから。

わかってはいるものの、自分一人だけが席につく誕生日のテーブルは、ひどく虚(むな)しかった。

そして、次の年からはリードもリケルメとの食事を期待することはなくなった。

勿論、年によっては一緒に食事をとれることもあったが、それも当日になるまではわからない。

リケルメにも後ろめたい気持ちはあるようで、贈り物の量も他の予定が入った年は殊更多かったように思う。

だけど、それはリードが望むものでなかった。

高価な装飾品や、希少な本よりも、リードはリケルメに一緒にいて欲しかっただけだ。

ただ、それが何より贅沢(ぜいたく)で、望んではいけない願いだということもわかっていた。

＊＊＊

重い……。そして、暑苦しい。

自身の身体に、何かが覆いかぶさっているようだ。

夢うつつのリードは、その何かから解放されるために、顔を顰(しか)めながら寝返りをうとうとする。

けれど、全く身動きがとれない。

もう少し眠っていたい気持ちはあったが、仕方なくリードはゆっくりと目を開ける。

「え……？」

リードの瞳の先、すぐ目の前に、ラウルの端整な顔があった。

眠っているようで、普段よりも少しあどけない表情をしている。

感じていた重さは、ラウルの上半身がリードの身体の上に覆いかぶさってしまっているためだった。珍しく寝相が悪かったのかと思ったが、どうやらそうではないようで、ラウルの手には見覚えのある封がしっかり握られている。

眠る前に伝えていた、リードが書いた手紙だ。

開封はされているし、既に中身を読んだ後なのだろう。

おそらく、早朝に目が覚めて手紙を読んだラウルだが、リードの目覚めを待つために隣に寝転がり、そのまま再び眠ってしまったようだ。

ラウルの寝顔は穏やかで、その表情もどことなく幸せそうに見えたため、リードはやはり手紙を書いてよかったとこっそりと微笑んだ。

リードが書いた手紙は、誕生日を伝えていなかったことへの謝罪と、ラウルへの日頃の感謝の気持ちを伝えたものだ。

幼い頃の誕生日、リードは母と、そして普段は家にいない父と過ごしていた。

ケーキを前に喜ぶリードを、父も母もとても嬉しそうに見守ってくれていた。

母と二人で暮らしていたリードは、父がいない寂しさを感じたことはなかったが、やはり会えれば嬉しかった。

そんな父が、誕生日だけは必ずリードに会いに来てくれる。

母もとても嬉しそうで、だから当時のリードにとって、誕生日は特別なものだった。

誕生日は大切な人と一緒に過ごすもの。幼心に、リードはそう思った。

だから、それが叶ったことの嬉しさと、島へ行きたいという自分の願いを聞いてくれたことへの礼を伝えたのだ。

誕生日に一緒にいてくれてありがとう。これから先の誕生日も、ずっと一緒にいて欲しい。そんな、ささやかな願いも添えて。


少し力を入れて身体を動かしたリードは、ラウルの上半身の下からなんとか抜け出す。

体格に差があるとはいえ、それ以上に自分とラウルには力の差があるとリードは思っている。

ラウルが本気になれば、リードの抵抗などいとも容易く封じることが出来るだろう。

だけど、ラウルが絶対にそんなことはしないことをリードは知っている。

立場も力もずっと強いのに、それを行使することはなく、常に一人の人間としてリードのことを重んじてくれる。

自分はラウルのそういった部分にも惹かれたのかもしれない、と目の前で眠る青年の顔を見ながら思う。

行為の後は、体力が奪われてしまっていることもあり、リードは日が高くなるまで眠ってしまうことだってある。

普段ならリードの方が早く目覚めることもあるが、こんな風にゆっくりとラウルの寝顔を見つめている時間はない。

だから、どこか新鮮な気持ちでリードはラウルの寝姿を見つめ続けた。

そうしていると、視線を感じたのだろうか。ようやくラウルの瞼が開いた。

「……リディ?」

寝ぼけ眼で、ラウルがリードの名を呼んだ。

「おはよう、ラウル」

応えるように微笑めば、意識がはっきりしてきたのか、ラウルが上半身を寝台から起き上がらせる。

「もしかして、上に乗ってしまっていたか?」

なんとなく、自分の眠っている位置から状況を察したのだろう。気まずそうに言うラウルに、リードは軽く頷いた。

「大丈夫だよ」

「重かったよな? すまん、起こすつもりはなかったんだ。手紙が気になっていたこともあって、早々に目が覚めて。読んでから、また寝るつもりだったんだ。ただ、読んだらすぐにもお前に伝えたいことが出来てしまって……」

隣で、リードが目を覚ますのを待っていたら、そのままラウルも眠ってしまった、ということらしい。

体力のあるラウルにしては珍しかったが、二人が眠った時間を考えればそれも当然だろう。

むしろ、あの後すぐに目覚めることが出来る方がすごい。

「……伝えたいことって?」

そんなことを思いつつも、リードが問えば、ラウルが少し気恥ずかしそうに視線を逸らした。

「あの手紙を読んだ後、俺がどんな気持ちになったかわかるか？　……俺に羽根があれば、おそらく地上に戻って来られないほど舞い上がっていたぞ」

「それは寂しいから、嫌だな」

珍しく早口で、感情を高ぶらせるように言うラウルの言葉が楽しくて、リードは小さく笑ってそう言った。

「でも、ラウルが喜んでくれたんなら良かった。いつも一緒にいるから、いざ手紙を書くとなるとちょっと恥ずかしくて」

だけど、とても楽しくもあった。

「それなら、礼を言うのは俺の方だ。お前が傍にいることの幸福を、感謝しない日はないからな」

「大袈裟だよ」

リードはそう言ったが、ラウルの表情は真摯なものだった。

「あと……誕生日も。来年も、その次の年も、ずっとお前の隣で、一番に祝いの言葉を言うと約束する」

「うん……ありがとう」

見つめ合い、そう伝え合えば、自然と互いの唇が重なる。

触れるだけの優しいキスに、リードはとても穏やかな幸せを感じた。

遅い時間の朝食を終えると、その後は二人で屋敷のまわりをゆっくり散策した。

最初こそ、リードはドミニクに頼み、何か予定を入れようとしたのだが、それに反対したのはラウルだった。

視察だけではなく、静養も兼ねているのだ。三日という短い滞在で、予定を入れてしまっては静養にならない。

そういったラウルの言葉もあり、二日目は二人で自由に過ごすことにしたのだ。

人を近づけないようにしてくれているのか、静かで、とても穏やかな時間を過ごすことが出来た。

日頃は二人でいると、つい政務の話が中心になってしまうのだが、それも今日ばかりは違った。

難しい話は何もせず、とりとめのない話をなんとなく続けていく。

ささやかな時間がとにかく楽しく、幸せで。ラウルの話に、リードは何度も笑ってしまった。

ラウルも、これまで見たことがないほど柔らかな表情をしていた。

島に来て良かったと。昼食を終え、部屋でのんびりしながら改めて、そう思った。

「少し眠ったらどうだ？」

空腹も満たされ、午後の陽光にうとうととしてしまっていたことがわかったのだろう。

ラウルにそう言われ、リードは照れくさそうに笑う。

「いいかな？」

「ああ。夜までに、しっかり身体を休めた方がいい」

さらりと言ったラウルの言葉の意味がわかり、リードはほんのりと顔を赤らめる。

「じゃあ、少し横になる……」

既に薄い部屋着へと着替えていたため、そのまま寝台へ横になった。

すると、それを見ていたラウルもすぐにその隣へと横たわる。

「ラウルも寝る？」

笑ってそう言えば、ラウルの手がリードの頭へと伸びてくる。

「お前が眠るまで、隣にいる」

そう言って、優しく髪を撫(な)でられる。

「ありがとう」

心地よさに、ゆっくりとリードは瞳を閉じた。

幸せだなと、意識がぼんやりとしていく中思う。

屋敷が慌ただしくなったのは、リードが眠りについてすぐのことだった。


一時間ほどの眠りから目覚めたリードは、部屋の中にラウルの姿が見えないことに気付いた。何かあったのだろうか、ぼんやりと寝台に座っていると、控えめなノックの音が聞こえた。

軽く身支度を整え、ドアを開ければ、困惑した表情の執事が頭を下げた。

ドミニクに命じられ、滞在している間、二人の持て成しをしてくれている初老の男性だ。

理由を聞けば、突然の訪問者の対応にラウルが苦心しているのだという。

「訪問者……どなたですか？」

二人がこの島に視察に訪れていることを知っているのは、城の中でもほんの一握りの人間だけだ。それこそ、ラウルの側近か、外交部の人間くらいだろう。

「ルイス殿下です」

「ルイスって……ルイス・アルバーレス公爵？」

記憶の糸を手繰り寄せ、リードがそう言えば、執事が頷いた。

ルイスはラウルの父であるリオネル王の弟の息子、つまりラウルにとっては従兄弟にあたる。

母であるゾフィーも、アローロの名のある貴族の娘だった。

絶世の美女と謳われたゾフィーに似た美しい青年で、貴公子の中の貴公子、とも社交界では専らの評判だった。話には何度か聞いていたが、リードは一度も面識がない。というのも、外交部に所属しているものの、ルイスは大使として任命されているため、一年の大半を国外で過ごしているからだ。

オルテンシアへ帰ってくるのも、せいぜい年に数度だけだった。

しかもその時も城へはほとんど顔を出さず、自領へと帰ってしまうため、会う機会すらないのだ。

二人の結婚式への招待状は勿論、派遣先の国へ送ったが、祝いの手紙と高価な品物こそ返ってきたものの、帰国することすらなかった。無礼ともとられそうな振る舞いではあるが、ラウル自身もさして気にしていない様だった。

同い年の従兄弟同士ではあるが、生粋のオルテンシア育ちのラウルとは違い、幼い頃のルイスは母と共にアローロの王宮で過ごしていた。

マクシミリアンの学友として、というのが大義名分ではあるが、実際のところはオルテンシアの質素な生活を厭ったゾフィーがアローロを恋しがった、というのが理由のようだ。

そんなルイスであるため、オルテンシアに対する親しみはあまり持っていないのかもしれない。

大使とは名ばかりの我侭な放蕩息子。ラウルの側近の中には、そんな風に口にする者もいた。

だから、ルイスがこの時期に帰国することは聞いていたが、どうせ今回も使いの者を通して報告を渡すのみで、城へ来ることはないと思っていた。

しかし、今回は何の気まぐれか城を訪れ、そこで王太子夫妻が出かけていることを知り、出国の道すがら、島へ足を運んだのだという。

しかも、目的はラウルではなくリードに会うこと、だというのだ。

「……私も行った方が、良いのでしょうか？」

「王太子殿下は、妃殿下には知らせなくてよい、と仰っていたのですが……その、ルイス殿下が、会うまでは帰らないと仰っているそうで」

気を利かせた従僕が執事へ報告し、さらにリードへ知らせに来てくれたようだ。

「なるほど……わかりました。身支度を整えるので、少し待っていただけますか？」

「ありがとうございます」

初老の男性が、ホッとしたような表情でもう一度頭を下げた。

扉を閉めると、リードはそのまま姿見へ向かい、櫛を手に取った。

何があるかわからないから、と正装を持たせてくれたルリに深く感謝した。

「いい加減、観念したらどうだ？　この俺がわざわざ、お前と妃殿下を祝いに来たんだぞ？　会わせない方がおかしいだろ」

来客用の応接室から聞こえてきた声に、リードは思わず足を止める。

聞こえてきたルイスの声は明るく、王太子相手にしては随分フランクだ。

そういったルイスの態度には、理由があった。

オルテンシアにおいてはラウルとルイスの立場は王太子と臣下でこそあったが、数年前にルイスは、他国の姫君と婚姻関係を結んでいる。小国であるとはいえ、曲がりなりにも他国の王族の一員でもあるのだ。そのため外交上、ラウルもルイスの存在はある程度重んじなければならない。

そして何より、ルイスの母・ゾフィーはアローロ王妃であるマリアンヌの実妹であった。

オルテンシアにおける王位継承権こそ第四位という立場だが、それだけでは測りきれない事情があるのだ。

「別に会わせないとは言っていない。また別の機会に、と言っているだけだ」

ラウルの、少し苛立ったような声が聞こえる。おそらく、こういった問答を既に何度も繰り返しているのだろう。

「まあ、お前が会わせたくない気持ちもわかるけどな……」

笑いを含んだ声で、ルイスが言う。

「お前には同情するよ。アローロ王の子とはいえ、年増の男を娶ることになるとはな……。しかも、伯父上も存在を表に出していなかった養子という話だろ？　全く、伯父上も人が悪いよなぁ」

同情する、とは口で言いながらも、その言葉からは全くと言っていいほどそれは感じられない。

「周囲もやたら気を遣って、稀（まれ）に見る美しさだのなんだのと言っているが……かえって痛々しいだろう。お前が俺に見せるのを躊躇（ちゅうちょ）する気持ちもわかるが、最初から妃殿下の容姿なんて期待してないから安心してくれ。まあいいじゃないか、他に側室でもとれば。伯父上の顔に泥を塗るわけにはいかないし、すぐには難しいかもしれないが、相手は男で子も産めないのだし、伯父上だって認めてくれるだろ」

「黙れ……」

「は？」

「それ以上、不快な言葉を聞かせたら、従兄弟とはいえただではおかない」

低い、怒りを含んだラウルの声が聞こえてくる。

ルイスの言った内容に関しては、リード自身もわかっていることだし、似たようなことは陰で囁（ささや）かれていることも知っている。

だから、今更傷つくこともないが、ラウルにとってはそうではない。

リードを侮辱することは、ラウルの前では絶対にしてはならない、というのは城内では有名な話だ。

長い間、他国の姫や国内の貴族の令嬢との縁談を全（すべ）て断ってきたラウルなのだ。

今回の婚姻も、リケルメ王に請われ仕方なく……と考える者もおり、それこそ最初の頃はわざわざラウルの前でリードを悪く言う者すらいたくらいだ。

見事にラウルの怒りをかったのは言うまでもなく、処罰こそ与えられなかったものの、激高したラウルに顔を青くし、平身低頭で謝罪をしたのは有名な話だ。

勿論、オルテンシア国内にほとんど留まらず、城内の事情に明るくないルイスがそういった話を知るわけはない。

「は？　何をそんなにムキになってるんだよ。伯父上に義理立てしてるのか？　別に、お前が本音を言ったってそれを伯父上に告げ口などしないぞ？」

「……俺に剣を抜かせたくないなら、それ以上その口を開くな」

おそらく、リードが来る以前からこういった会話は繰り返されていたのだろう。

ラウルの怒りが既に頂点に達していることは、その声色や言い回しからリードもわかった。

自分を尊重してくれるラウルの気持ちは嬉しいが、事を大きくするわけにはいかない。

とりあえず、リードの顔さえ見れば帰ると言っているのだし、自分が出ていくのが一番てっとり早いだろう。

リードは素早く髪を整えると、隙間の空いた扉を何度か叩き、ゆっくりと中へ足を踏み入れた。

「初めまして、アルバーレス公爵。ご挨拶が遅くなり、申し訳ありません。リード・リミュエールと申します」

よほど話に集中していたのか、今の今まで二人とも、リードの存在に全く気付いていなかったようだ。

それぞれ長椅子へ向き合って座っていた二人は、ほぼ同時にリードの方へ視線を向けた。

ラウルはリードの姿を確認すると、すぐにその眉間に皺を寄せた。

その瞳は、どうして出て来た、とばかりに不満気だ。

後で、いくつか小言に付き合うことになるかもしれないが、それも覚悟の上だ。

対して、ルイスの方だ。

ブルネットと言われる栗色のウエーブがかった長い髪を高い位置で結い上げた青年は、噂に違わぬ美青年だった。

足を組み座っている姿を見ても、身長はラウルと変わらないくらいありそうだが、体躯はいかばかりか細身だ。

そういえば、王族では珍しくルイスは士官学校には入らず、大学へ進んでいたはずだ。

服装も、アローロで流行の形のもので、時代の先端をいっていることがわかる。

外見に気を遣うタイプであることはそれだけでもわかり、きちんと正装をしてきてよかった、とリードはこっそりと思った。

リードが今着ているのは、淡い緑色の丈の長い衣装だ。

ドレスのように裾は広がっていないものの、華奢なリードの身体の線がすっきりと出ており、ルリは勿論ラウルも気に入っているものだ。

肩より少し伸びた髪も、一つにまとめ、ささやかな飾りをつけている。

これは、以前ラウルが何かの折に贈ってくれたもので、シンプルなデザインをリードも気に入っていた。見苦しい姿にはなっていないはずだ。

ところが、リードの姿を目にしたルイスの態度は、予想とは違った。

これまでラウルとの軽口でのやりとりを聞いていたこともあり、てっきりすぐに親し気に話しかけてくると思っていた。

実際、振り向いてすぐの時には、その表情にも余裕があった。

けれど、リードの姿を目に入れた途端、それはなくなった。

瞳を大きく見開き、ポカンと、形の良い唇を同様に開け、呆然としたようにリードを見つめている。

あまりに凝視され、さすがのリードもたじろいでしまうほどだ。

「……あの、アルバーレス公爵……？」

穴が開くほど自分を見つめるルイスに、リードから声をかけてみる。

そこで、ようやくハッとしたのか、ルイスの顔に表情が戻った。

「あ、いえ、申し訳ありません……」

けれど、先ほどまでの強気な態度は鳴りを潜め、しどろもどろに呟いたその頬は、うっすら赤みを帯びている。

「噂など当てにならないものですね。稀に見るどころではありません、貴方の前ではシャクラ神さえ霞んでしまうでしょうね。あまりの美しさに、時を忘れてしまいました」

照れたように、ルイスはそう口にした。

「は、はあ……」

視界の端で、思い切りラウルの片眉が上がったのが見えた。

さすが貴公子、どんな時でも甘い言葉を囁くことを忘れていないようだ。

「ご安心ください。私の止まっていた時は、貴方の美しい声で再び動き出しました」

言いながらルイスはスクと立ち上がると、真っ直ぐにリードへと歩みを進める。

やはり、身長はラウルと変わらないくらいにはあった。

「ルイス・アルバーレスです。以後、お見知りおきを、リード」

リードの前まで来ると、ルイスは優雅な動作で背を屈め、丁寧にリードの手をとり、ゆっくりと甲へと口づけた。

さらに顔を上げると、鮮やかな微笑みをリードへ向ける。

あまりに自然なその振る舞いに、思わずリードもされるがままになってしまった。

そして反応が遅れたのは、ラウルも同じだったようだ。

我に返ったらしいラウルが、ガタリと音を立てて椅子から立ち上がった。

今すぐリディから離れろ、ラウルの怒声が室内に響き渡ったのは、それからすぐのことだった。

4

「あああああ……！　ちょっとこれ、ラウル……！」

穏やかな朝のひと時。

オルテンシア王太子、ラウル・リミュエールの——今は王太子夫妻の寝室であるが——普段は静かな空間が、珍しく慌ただしかった。

鏡の前で身支度を整えていたリードは着替えもそこそこに、椅子へ座ったラウルの下へ行く。

白のテーブルと椅子は、リードがこの部屋で過ごすようになってから、新しく設置されたものだ。

オルテンシアの誇る職人により繊細な細工の施されたクラシカルなデザインのもので、レオノーラからの結婚祝いでもあった。

時間がある時には二人でお茶の時間をとることも出来、リードは勿論、ラウルも気に入っていた。

「……なんだ？」

何かの書類に目を通していたラウルが、リードへ視線を向ける。

「こ、これ」

「だから、なんだと言うんだ？」

「……！」

涼し気な顔のラウルに対し、なんと表現してよいのかわからず、顔を赤くしたリードは言葉に詰まる。

リードが指さしている、鎖骨のすぐ下のあたりには、赤い痕（あと）がありありとついている。

それが情交の痕だということは、誰が見ても明らかだろう。

ラウルが、リードの身体に吸引の痕をつけるのは特別なことでもない。

最中にはリードも熱に浮かされているため、朝になって見れば身体のあちこちに赤い痕が散らばっている、というのもよくあることだった。

ただ、ラウルも別にそれを他人に見せるつもりはないようで、普段は服に覆われている部分、例えば背中や胸元といった部分につけられている。

「その……なんでこんなところにつけたんだよ！　これじゃあ、服で隠れないじゃないか」

「隠れるような服を着ればいいだけの話だ」

冷静にそう言ったラウルの言葉に、リードは頬を引きつらせる。

ラウルがわざわざ鎖骨に情交の痕を残した理由が、ようやくわかった。

夏になったオルテンシアは、連日高い気温の日が続いている。

城内は風通しが少しでもよくなるよう、あちらこちらの窓が開けられているが、それでも日中は何もしていなくとも汗がにじむ。

そのため、リードは少しでも涼をとれるよう生地の薄い服を選んでいた。

生地だけではなく、袖も短く胸元も開いたものを着ているため、以前よりもだいぶ快適だった。

けれど、それを見るたびにラウルは眉を顰め、露出が高いと苦言を呈していたのだ。

露出が高いと言っても、下にはズボンを穿いているし、リードは女性ではないのだから、胸元を隠す必要もない。

自分の薄い身体が目立ってしまうくらいで、それほど見苦しくはないはずだ。

けれど、そんなリードの言い分をラウルは一蹴し、肌をなるべく見せないようにと耳にタコが出来るほど言っていた。

ちなみに、リードの薄着は今に始まったことではなく、側近としてラウルと一緒に働いていた頃だって同じような格好をしていた。

別に服装くらい大したことではないが、なんとなく腑に落ちず、リードはそれをラウルに問う。

「去年だって……今と同じような服を着ていた時には、何も言わなかっただろ？」

その言葉だけで、リードが何を言いたいかラウルにはわかったのだろう。

書類を机の上へと置くと、嘆息してリードの方を見る。

「今までだって、本当はやめるよう言いたかった」

「……へ？」

「お前の肌を、他の人間に見せたくない。好きな人間に対してそう思うのは、当たり前のことだろ？」

真っ直ぐな瞳で言われ、リードは呆けたようにラウルを見つめる。

そんな風に感じているとは、思いもよらなかった。

人によっては、そういった相手の気持ちを窮屈に思い、負担となるかもしれない。けれど、リードにとってはそうではなかった。

普段のラウルは、どちらかといえばリードに何かを要求することはなく、出来る限りその意思を尊重してくれている。

だからこそ、ラウルの気持ちは嬉しくもあり、面はゆくもあった。

「誤解しないでくれ、別にお前の自由を奪うつもりはない。あまり良い気分ではないが、お前には着たい服を着て欲しい。ただ、今の時期はやめて欲しい」

「ラウル……」

きっぱりとそう言われれば、さすがのリードも言い返すことは出来ない。

別に、意地をはるようなことでもない。鎖骨が隠れるラインの服でも、薄手のものはいくらでもある。

「……食事の準備が出来ているはずだ。早く着替えた方がいい」

それだけ言うと、ラウルは再び机の上の書類を手に取った。

「うん」

返事をしたリードは、着替えに向かおうと踵(きびす)を返す。

「リディ」

けれど、すぐに後ろからラウルの声がかかる。

「なに？」

「すまない。だが、お前のことが心配なんだ」

ラウルの表情は、珍しく曇っていた。

そんなに心配する必要なんてない、と笑い飛ばせるような雰囲気ではない。

だからリードは小さくかぶりを振り、そして微笑(ほほえ)んだ。

「わかってるよ。ありがとう」

そして、今度こそリードは着替えるために姿見へと向かった。

ラウルと共に朝食を終えたリードは、それぞれの執務室へと向かうため、長い廊下を歩いていた。

結婚後、側近の立場を辞したリードは外交部の所属となった。

オルテンシアでは、王妃が外交部を取り仕切るのが慣例となっている。

取り仕切ると言っても、実際に外交を行うのは国王で、王妃がするのはあくまでサポート役だ。

今の外交部門の責任者であるレオノーラが離宮にいるため、その代理を務めているといっても過言ではない。

レオノーラとは頻繁に手紙のやりとりをしているが、リードの仕事に関しては概ね信頼を置いてくれている。

当初のラウルはリードの外交部への異動を反対していた。城の文官の中でもエリート揃いの外交部は、曲者が多いことでも有名で、異動した当初のリードもすぐにその洗礼を浴びることになった。

リードがラウルの側近として働いていたことも、アローロ王の子であることも彼らにとっては全く関係のないことだった。

誰もリードの命に従わなければ、報告すらしないのだ。

リードのことを心配するラウルに命じられたシモンが一緒にいてくれたため、公務が滞ることはなかったが、さすがのリードも何度かくじけそうになった。

シモンと、そして何よりラウルに支えられ、レオノーラからは励ましの手紙が届き、時間と共に外交部の人間もリードの実力を認めるようになった。

ただ、そんな風にうまくいっていた外交部の雰囲気が、最近はあまりよくない。

それを考え始めると自然とため息が多くなり、暑さのせいか、食欲も落ちてしまった。

「調子が悪いなら、無理をすることはない。今は急ぎの仕事もないのだし、細かいことはシモンに任せてもいいいんじゃないか？」

隣を歩くラウルが、気遣わし気に声をかける。

大食漢、とまではいかないが、一般的な男性と同じくらいのリードの食事の量が減っていることに、気付いているのだろう。

「そこまで、調子が悪いわけじゃないから……」

外交部の部屋の前で立ち止まったまま、まるで引き留めるかのようにラウルが話し続ける。

それこそ、室内へリードを入れたくない、とでもいうような態度だ。

普段のラウルは、リードが公務を行うことに反対することはない。

勿論(もちろん)、あまりに帰りが遅い日が続けば心配もするが、リードがやりたいと言えばそれを尊重してくれる。

そんなラウルが、隙あらば仕事を休ませようとするのには理由があった。

それは。

「リード！　今日はついてるな、朝一番に貴方の顔が見られるなんて」

後ろから聞こえてきた声に、ビクリと肩を震わせたリードは、ゆっくりと振り返る。

予想していた通り、ちょうどそこには爽やかな笑顔でリードに微笑むルイスがいた。

「おはようございます、ルイス……」

引きつったような笑みを浮かべるリードに対し、目の前のラウルの眉間の皺はどんどん深くなっていく。

「おはよう。今日の出で立ちもとても美しいね。リードの肌は白いから、淡い色がよく似合うよ」

「あ、ありがとう。ルイスも、今日もとても素敵ですね」

頬を引きつらせながらもそう言えば、ルイスは思い切り破顔した。

「アローロにいた頃から贔屓にしている仕立て屋に作らせてるんだ。オルテンシアの仕立て屋も悪くはないんだけど、どうも俺にはあちらのデザインの方が合うみたいで」

曲がりなりにも、王族の一員としてそれはどうなんだ。

そう、指摘したい気持ちもあったが、それをやった日には「では、リードが気に入っている仕立て屋を紹介して欲しい」などと言われかねない。

ラウルの機嫌を悪くしないためにも、ルイスとの接点をこれ以上作りたくはなかった。

ルイス・アルバーレスがオルテンシアに帰国したのは、パラディソス島で出会ってから一カ月後のことだった。

曰く、国外での見聞は十分行ってきた。これからは、それを活かしてオルテンシア国内で働きたい。

そう、レオノーラに自ら直談判をしにいったルイスは、すぐに認められ、翌週から外交部の一員として城で働くことになった。

英才教育を施されているルイスは、多言語に精通しており、外交官としても優秀だった。

レオノーラとしても、義甥であるルイスを無下には出来なかったのだろう。

そして、外交部で働くことになったのが一カ月前のことなのだが。

初対面の時とはうってかわって、ルイスのリードへの態度はフランクだった。

悪く言えば、馴れ馴れしいというほどに。

仕事の合間に、隙あらばリードへ話しかけ、何かと誉めそやし、質問を投げかけてくるのだ。

これで仕事が出来なければ一蹴出来るのだが、リードが予想していた以上にルイスは優秀だった。

芸術をはじめとする様々な文化に精通しており、他国のそれにも詳しかった。

伊達に海外を渡り歩いてはいなかったようで、諸外国の政治に関してもたくさんの情報を持っていた。

コミュニケーション能力にも長けているのだろう。

最初こそ煙たがっていた外交部の面々ともすぐに打ち解け、尊敬されるようになっていた。

それこそ、ルイスを気に入らないのはシモンくらいだろう。

学年こそ違うものの、同じ大学で学んでいたルイスとシモンは元々知り合いだったようなのだが、当時から仲はすこぶる悪かったようだ。

聞けばルイスは最初こそ、シモンの美しい容姿を気に入り、何かと話しかけていたようだが、取り付く島もないシモンに、さすがのルイスも気分を害したのだと言う。

シモンがラウルのことを敬愛しているのも知っているようで、何かあれば「さっさと飼い主のもとへ帰れ」などと罵(ののし)っている。

シモンも負けてはおらず、「妃殿下の害虫駆除を任されておりますので、出来かねます」などといけしゃあしゃあと言ってのけるのだ。

外交部ではシモンも信頼を集めているため、結果的に、外交部に派閥のようなものが出来上がってしまっている。

派閥といっても、元々が協調性のない人間ばかりであるため、完全に対立しているわけではないのだが、間に挟まれたリードとしては堪(たま)ったものではない。

とはいえ、リードを困らせることはどちらも本意ではないため、話がまとまらないということもない。

ただ、そんなルイスのリードへの一挙一動を、全(すべ)てシモンはラウルへと報告していた。

別に、やましいことなど何もないし、リードが困惑していることもシモンはきちんと補足してくれている。

だからと言って、ラウルがそれを聞いて黙っているはずもなく。

すぐさまルイスへと苦情を入れに行ったのだが、それに従うルイスではなかった。

仕事はこなしているため、文句もつけようがないのだ。

「そういえばリード、後で貴方にプレゼントしたいものがあるんだ」

笑みを浮かべたルイスに言われ、リードの表情が強張る。

「え……」

「何を贈るんだ？」

リードが聞く前に、隣にいたラウルがすぐさま口を出した。

それに対してルイスが、まるで今の今まで気付かなかった、とばかりにラウルの方を見る。

「なんだ、いたのかラウル。別にお前には関係ないだろ？」

「大いに関係ある」

「なんで？」

「リディは俺の妃だからだ」

ラウルにはっきりとそう言われ、ルイスの眉間に皺が寄った。

けれど、それもほんの一瞬のことで、すぐに元の穏やかな表情へと戻す。

「全く、大した独占欲だな。リードも大変だ」

言いながらも、仕方ないとばかりにルイスはジャケットから平らな箱のようなものを取り出した。

そして、リードの目の前に差し出し、丁寧に蓋(ふた)を開けた。

「これは……？」

「東方の商人から買い付けたんだ。リードに似合いそうだと思って」

箱の中にあったのは、銀色の鎖に、いくつもの宝石がついたブレスレットだった。

そういえば、オルテンシアの東方には、宝石の産地である国があった。

様々な色の輝きを見せるそれに、一瞬リードも見惚れてしまったが、すぐに我に返る。

「こんな高価なもの、頂けません」

やんわりと断れば、目に見えてルイスの表情が曇る。

「気に入ってもらえなかった？」

「いえ、そうではなくて……」

まずい、このままでは受け取らなければならない状況になってしまう。

リード自身、元々装飾品にそれほど興味がないのだ。それこそ、毎日つけているのも婚礼の際に交換したフィータと、先日ラウルからもらった指輪くらいだ。

何より、この場でこれを受け取った日には、ラウルの怒りは頂点に達するだろう。

リードとしても、ラウルを傷つけるようなことはしたくなかった。

「私以上に、お似合いになる方がいらっしゃると思います。アリシア姫に贈られた方がいいのではないでしょうか？」

アリシアは、オルテンシアと海を挟んで隣り合う小国の姫君で、ルイスの妃だ。

夜会で出会ったルイスに一目で恋に落ちたアリシアが、父王に頼み込んで婚姻を結んだのだという。

既にルイスとの間に幼い二人の子がおり、留守がちなルイスに代わって自領の管理も行っている賢い女性という話だった。

毎日のようにルイスにあれこれとちょっかいをかけられているリードだが、それほど気にしていないのには、このアリシアの存在がある。

既婚者であるルイスが、自分に対して何らかの感情を本気で抱いているとは思えない。

揶揄われているとまでは思わないが、そこまで大した意味はないだろう。

そう思い、口にしたのだが、対してルイスは困ったような笑いを浮かべた。

「アリシアにも、勿論他のものを贈ってるよ。大切な女性だからね。ただ、俺たちのような立場の人間は、自分の意思で婚姻が結べるわけじゃない。時に愛のない、政略結婚だって行わなければならないことだってある。リードもそれは、わかっているだろ？」

どこか憂いを帯びた表情で、ルイスがリードへ問いかける。

リードは隣にいるラウルの表情が、完全になくなっていることに気付いた。

あまりの怒りに、おそらく表情を作ることすら出来ないのだろう。

ラウルの前で、リードとの関係を政略結婚だと口にするのは地雷を踏むようなものだ。

事情を知らない者からすれば確かに言葉のとおりの政略結婚ではあるのだが、実際のところは違う。

リードもラウルも、互いに相手を想い、愛しているからこそ成り立った結婚だ。

それを知ってか知らずか、どちらにせよ、ルイスの物言いにリードはいい加減頭を抱えたくなった。

しかも、これではアリシアとの間には愛がなく、自分が愛しているのはリードだとでもいうような言いまわしだ。

ルイスにとっては冗談でも、ラウルはそうは受け取らないだろう。

なんとかこの場をやり過ごせないか。そんな風に考えていた耳に、よく聞きなれた声がするりと入ってきた。

「全く笑わせてくれます。政略結婚に愛が存在しないなどと……偏見も甚だしいですね」

いつからいたのか、部屋の扉の傍でシモンが小馬鹿にしたように嘲笑していた。

視線の先にいるのは、勿論ルイスだ。

静かに見つめ合う二人の間に、火花のようなものが見えたのはおそらく気のせいではない。

「リード様」

「なに？」

「書類のことで、訊きたいことがあります。確認してもらえますか？」

「うん、勿論。それじゃあラウル、またね」

助け船を出してくれたシモンに内心感謝をしつつ、リードはようやく執務室へと入ることが出来た。

いつまでこの生活が続くのだろう、という一抹の不安を感じながら。


馬の蹄と、カラカラと車輪の回る音。

馬車に乗る際に聞こえるこの音が、リードはとても好きだった。

けれど、いつもなら心が休まるはずの馬車の中、リードはピリピリとした空気を感じていた。

原因は、リードのすぐ目の前に座るラウルだ。

「……別に、無理して来てくれなくてもよかったのに」

長い脚を組んだまま、いつも以上に仏頂面のラウルに話しかければ、視線だけリードへ向けた。

「あいつと二人で行きたかったのか？」

あいつ、というのは勿論ルイスだ。

「そんなわけないだろ。そもそも二人じゃなくて、シモンも一緒に行く予定だったんだし……」

せっかくの観劇なのだから、もう少し楽しそうにして欲しい。

そうは思ったものの、元々ラウルはこういったものに興味がないことは知っている。

リードが誘えば、一緒に見てくれるだろうが自分からは絶対に行くことはないだろう。

「一応聞くけど、ラウル、バレエって見たことある？」

「あるわけないだろ」

ラウルの回答は予想していたが、即答され、苦笑いを浮かべる。

「だよね……」

確かに、ラウルにバレエ観劇の趣味があるとはとうてい思えない。

「見たことはないが。ただ、礼儀作法の練習だと、幼い頃(ころ)に習わされた」

「え？」

思わず、聞き返してしまった。

前世の記憶があるとはいえ、リードはバレエの知識はそれほど持っていないが、妹がずっと習っていたため、発表会を毎年見に行っていたから有名な演目くらいは知っている。

それと、確か歴史を学んだ時に、バレエの基礎は全て(すべ)宮廷貴族の礼儀作法にのっとっているものだと聞いたことがあった。

太陽王と呼ばれたフランス国王の名前の所以(ゆえん)も、バレエで太陽の役を演じたからだという逸話もあるくらいだ。

だから、幼いラウルがバレエを習っていたとしても、不思議なことではない。

実際、オルテンシアでも貴族の少女たちの習い事として、根強い人気があるのだ。

小さな身体で、そしておそらく不機嫌そうに踊るラウルの姿を想像すると、微笑(ほほえ)ましさに自然と頬が緩んでしまう。

「そんなに、笑うことはないだろう」

ちらりと視線を向ければ、ラウルの頬は僅(わず)かに赤くなっている。

「可愛(かわい)かったんだろうなあって、思っただけだよ」

リードがそう言えば、ラウルは恥ずかし気に視線を逸(そ)らす。

けれど、機嫌がよくなったことに気付き、こっそりとリードは胸を撫(な)でおろした。

「お前の方が、よっぽど似合いそうだけどな」

ぼそりと呟(つぶや)いたラウルの言葉は、馬車の音でかき消された。


一週間前の、外交部でのことだ。

ルイスから、近隣諸国の文化、特に芸術に関する報告を受けていた時、ちょうどバレエの話が出たのだ。

アローロをはじめとする大陸で今人気のバレエの発祥は、オルテンシアだ。

数代前の王が気に入り、当時は城下町では勿論、城でも連日のように上演されていたこともある。

当時は大陸間をまたぐ戦争が終わったばかりだったこともあり、少しでも人々に娯楽を楽しんで欲しい、そんな思いもあったのだろう。

現在も、城下町であるセレーノでは、休日ともなれば夜はあちらこちらで芝居や踊りの見世物が行われている。

その中でもバレエは、平民だけではなく、貴族にもとても人気があった。

様々な楽器を使った壮大な音楽と、ロマンチックな物語、そして美しい踊り子たち。

観劇はある種のステイタスでもあり、チケットは競争率が激しく、特に今話題の王立バレエ団のものはなかなかとれなかった。

王立バレエ団と名がついている以上、王太子妃であるリードが望めば容易く入手出来るのだろうが、それで他の人が見られなくなってしまうのは申し訳がなかった。

そんな話をリードがすれば、ルイスはバレエ団の定期上演チケットを持っている、という話だった。

これほどの人気となる以前より、バレエ団に出資していたルイスには、今でも定期的にチケットが届くのだという。

「リードだって、王立バレエ学院の設立に貢献したんだから、観に行く権利はあるよ」

昨年行われた改革時、オルテンシア国内でいくつもの学校の開設を決めたが、その中にはバレエの専門学校も含まれていた。

無償で通うことが出来、卒業後は王立バレエ団で働く道も用意されている。

貴族向けに作られたバレエ学校の学費は高く、才能があっても通えない人間は多い。

踊り子の中には、学費を捻出するため、娼館での仕事を選ぶ者さえいるのだ。

だから、そういった少年・少女たちの夢をかなえるためにも、無償という形で実現したのだ。

貴族の中にはバレエ好きな人間が多く、さらにバレエはオルテンシアの文化の一つとして認識されているため、反対する者もいなかった。

「では……チケットを頂けますか？」

この世界のバレエはどのようなものなのか、実際目の前で見てみたい。

ふつふつと好奇心が湧いたリードは、ルイスへと尋ねた。

「ああ、勿論。いつにする？　今は特に急ぎの仕事もないから、いつでも大丈夫だけど」

まずい、話の流れからするに、このままではルイスと二人きりで出かけることになりそうだ。

勿論、護衛はつくのだろうがラウルが了承するはずもない。

やはり断った方がいいだろうかと思った時、二人の話を聞いていたらしいシモンが口をはさんできた。

「それでは、来週はいかがでしょうか。私も来週であれば仕事が落ち着きますし」

優美な微笑みでシモンが発した言葉からは、自分も同伴して当然だという強い意志が感じられた。

ルイスも、リードと二人きりで出かけられるとは最初から思っていなかったのだろう。

苦虫を嚙み潰したような表情こそしたが、シモンの言葉に特に何の言及もしなかった。

そして、シモンがラウルに事情を話したことにより、シモンに渡されたチケットは、ラウルが使うこととなったのだ。

リードとしては、ラウルが観劇などの舞台に興味がないことは知っていたため、申し訳なさはあった。

ただ、それでもそういった場所にラウルと一緒に行けることが嬉(うれ)しかった。

5

王立バレエ団の上演が行われるのは、バレエ座と呼ばれるバレエ専用の劇場だ。

外側からなら何度もリードも目にしており、当時人気のあった建築士がデザインした、特徴的な建物だ。

内部も、リードが想像していたよりも立派で、しっかりした造りとなっていた。

華麗な装飾があちらこちらに施されており、豪奢な建物など何度も見てきたリードでも驚いた。

そして何より広く、オルテンシア内でも、これだけの数の人間が一度に集まれる場所は、そうそうないだろう。

王室が主催しているため、所々に番兵が立っており、警備上の問題はないようだ。

劇場の中でも、ひときわ高い場所にある席、所謂貴賓席へと招待されたリードは、ゆっくりと舞台と、そして集まってくる人々を見渡した。

「今日もチケットは完売したって話だよ。さすが、リアーヌだね」

リードの隣へと座ったルイスが、上機嫌にそう言った。

座席は、あらかじめ決まっているわけではなさそうだが、リードを挟んでルイスとラウルが座った。

ルイスがリードに話しかけるたび、ラウルの目つきが鋭くなるのだが、ルイスは意に介することなくリードへ話し続ける。

困惑しつつも聞いてみれば、ルイスのバレエに対する知識は深く、興味深いものが多かった。

それに気を良くしたのか、ルイスも上機嫌で解説を続けてくれている。

ルイスの説明にリードは相槌をうちながらも、気になることがあればその都度質問もした。

ラウルといえば、聞いているのか聞いていないのかわからなかったが。

けれど、ルイスがリアーヌの名前を出した時、僅かに反応したのをリードは見逃さなかった。

「リアーヌ……？」

「名前くらいは、お前だって知ってるだろ？　昨年から人気がうなぎ上りの、オルテンシア国内は勿論、大陸でも評判の踊り子だよ」

「聞いたことがあります。なんでも、足さばきが素晴らしいとか」

「そう、彼女は身体に羽根がついているみたいに軽やかに踊るんだ。これまで踝まであった衣装も、足の動きを見せないのは勿体ないと振付師が膝丈サイズに変えたくらいだよ」

リードの言葉に、少し興奮したようにルイスが話した。

「ラウルも、知ってる？」

リードだってリアーヌの名前くらいは知っていたのだ、ラウルが知っていても不思議ではない。

確か、側近の中にも観劇好きの人間はいたはずだ。

「いや……初めて聞く名だ」

なんでもないようにラウルは言ったが、逸らされた視線に、なぜかリードは引っ掛かりを覚えた。

まるで、何かを隠しているような、そんな雰囲気すら感じ取った。とはいえ、問い詰めるほどのことでもない。

少しの違和感を覚えながらも、リードは上演前に貰った冊子についてあれこれとラウルに話しかけた。

ラウルは目を通していなかったようだが、演目の内容には興味を持ったようだ。

そんな二人の様子を、意味ありげな瞳(ひとみ)でルイスが見ていたのに、リードが気付くことはなかった。


華やかな踊り子たちが、舞台の上を軽やかに舞っていく。

薄暗い劇場の中、舞台の袖ではオーケストラが生演奏をしており、壮大な音楽が流れている。

行われている演目は、『リデリア』だ。

主人公はとある国の、美しく、頭も良い優秀な王子で、けれど常に他者を見下し、人を人とも思わない横暴な性格をしていた。

そんな王子は、ある日神から罰を受ける。

王子は声を失い、本当の愛を見つけなければ、永遠に口がきけぬままだという呪(のろ)いをかけられたのだ。

これまで王子の美しく、素晴らしい言葉に魅了されていた人々も、次々に王子のもとを去っていく。

そうして人望を失くした王子は、ついに王位継承権すら奪われてしまう。

その時になって、王子はようやく悟ったのだ。周りにいた人間は、全(すべ)て時期王という立場の自分を利用しようとしていた人間ばかりだということに。

何もかもを失った王子は、国の外れにある教会で、運命的な出会いをする。

修道女見習の美しく優しい少女は、口をきけぬ王子の世話を献身的に行い、王子の氷のような心は少しずつ解きほぐされていく。

タイトルのリデリアは、少女の名前だ。

最終的に、王子とリデリアは結ばれ、ハッピーエンド。身分違いに思えたリデリアが、隣国の王女だという種明かしも最後にはされる。

おとぎ話というのは、どこの世界でも似たようなものになるのか、若干の既視感は覚えつつも、リードは舞台を楽しんだ。


「良い舞台だったね……」

三時間にわたる長い物語を見終えたリードは馬車の中、どこか夢心地でそう言った。

バレエには、台詞(せりふ)も歌も存在しない。

だから、物語の全てを音楽と、踊りで表現しなければならない。

けれど、踊り手たちは見事なまでにそれを訴えかけていた。

特に、プリマドンナである主役のリアーヌは素晴らしかった。身体の作りは華奢(きゃしゃ)で、小柄であるにもかかわらず、ダイナミックな踊りは見る者の目を引くものがあった。

特にリデリアの純粋さ、愛らしさはリアーヌが演じることにより魂が吹き込まれたといっても過言ではない。

「まあ、なんとか眠らずには済んだな」

口ではそう言いながらも、横にいるラウルが舞台を真剣な眼差(まなざ)しで見つめていたことをリードは知っている。

文化や芸術には興味がない、と常日頃から口にするラウルだが、大切なものだということは理解しているし、元々の感受性は豊かなのだ。

おそらく、少しの興味を持ちさえすれば楽しめるはずだ。

そうリードが提案すれば「狭い空間で、何時間もジッとしているのが苦痛だ」とげんなりとした表情で言った。

確かに今日も、終わったとたん即座にラウルは身体を伸ばしていた。

「そんなこと言って。リアーヌさん、きれいだったよねえ……妖精みたいだった」

「そうか？」

「ラウルだって、食い入るように見てたくせに」

まるで興味がない、という風を装うラウルを揶揄うようにリードが言えば、僅かにラウルの眉間に皺が寄った。

「はあ？　別にそこまで見ては……なんだ、焼きもちか？」

ラウルとしては軽口のつもりだったのだろうが、その言葉に、リードは数度目を瞬かせ、そして小さく頷いた。

「うん。ちょっとだけ、面白くなかったかも」

「は？」

恥ずかしそうにリードが言えば、ラウルが呆けたような顔をした。

「バレエなんて興味ありません、みたいな顔をしてたのに、いざ始まったら真剣な目でずっと見てたし。ラウルがあんな風に誰かに熱烈な眼差しを送るのなんて、初めてのことだったから。まあ、リアーヌさんはそれくらい魅力的だったし、気持ちはわかるんだけどね」

隠しても仕方がないことであるし、照れ笑いを浮かべながらも、リードは素直に自分の気持ちを吐露した。

「あ、だからってバレエや演劇を観にいって欲しくないとか、そういうわけじゃないから！　もしラウルが興味を持ったなら、今度は正式にチケットの手配を」

リードの言葉はそこで止まった。

馬車の中、目の前に座るラウルが腕を伸ばし、リードの唇に自身のそれを重ねたからだ。

ほんの一瞬、触れるだけのキス。突然の行動に、驚いたようにリードがラウルを見れば、薄暗い中でもわかるくらい、その頬は赤くなっていた。

「悪い、我慢出来なかった……」

「へ？」

「お前が、そんな風に誰かに妬心を抱くなんて、思いもしなかった」

確かに、常にリードの周囲へと目を光らせているラウルに比べれば、リードはそういった感情を見せることはほとんどない。

結婚後も、女官たちや若い貴族女性に未だラウルが人気があるのを知っているが、それに対し何か言及することもなかった。

だから、ラウルの目には珍しくリードが見せたささやかな焼きもちが、愛らしく映ったのだろう。

「そんなことないよ。前にも言っただろ？　俺、結構嫉妬深い方なんだよって」

「そうは見えないが？」

「だからそれは……ラウルがいつも俺のことだけを見ててくれるから」

誰かに嫉妬心を抱く必要がないほど、ラウルは常にリードのことだけを見てくれている。

夜会に出ても、若く、美しいと評判の貴族女性にすら目もくれない。

だから、リードの心が掻き乱されるということは一度もなかった。

「お前以外の人間に目が行くはずがないだろう。そもそも、一瞬でも目を離したら、どこの誰に横から掻っ攫われていくかわからないんだ。こっちとしても、気が気じゃない」

「そんなことはないと思うけど……ラウルが思ってるほど、俺もてないよ？」

「……どの口がそれを言う」

謙遜ではなく、思ったままを口にしただけなのだが、ラウルはそんなリードを胡乱気な瞳で見つめる。

「まあ、観劇なんて一度で十分だな」

「え？」

「お前がすぐ隣にいるのに、話すことも出来なければ、触れることだって出来ないんだ」

言いながら、ラウルはリードの頬へと手を伸ばす。その表情は、どことなく穏やかだ。

リードも柔らかく微笑み、頬に置かれたラウルの手を自身の手のひらで優しく包み込んだ。

胸の中に、温かいものが流れこんでくる。

一途な愛を向けてくれるラウルの誠実さが嬉しくて、ゆっくりとその瞳を閉じる。

大丈夫、ラウルはこんなにも自分を慈しみ、大切にしてくれている。

だから、喉に刺さった小骨のように、微かに残っていた違和感についても、考えないようにした。


城での日々は忙しく、気が付けばバレエ座を訪れてから、一カ月が経とうとしていた。

あの時言っていたように、ラウルが観劇について触れることは一度もなかった。

ただ、リードとしては王立バレエ団の素晴らしさを自身の目で見たこともあり、王太子妃名義で寄贈を行い、さらに国外公演の計画も立案した。

まずはアローロでと、元々芸術分野に対する造詣が深いマリアンヌに相談したら、喜んで了承してくれた。

ラウルにも相談したところ、思った以上に協力的で、他国へ訪問する際は軍から護衛を出すことも提案してくれた。

ただ、あくまで王太子としての立場からの発言で、バレエ団に対するラウルの個人的興味は一切ないようだった。

あの時感じた微かな引っ掛かりは、やはり気のせいだったと。自然とリードも忘れていた。

そんなある日、リードはルイスから思ってもみない提案をされることになった。

「リアーヌさんを、城へ招待、ですか？」

ちょうど食事時で、皆が食堂へと出払っていたこともあり、執務室にいたのはリードとルイス、そしてシモンだけだった。

「ああ、先日バレエ団の視察に向かったら、今回のリードの寄贈と国外公演の提案をとても喜んでいてね。ぜひ、直接礼を言う機会を貰えないかと頼まれたんだ」

踊り子が、城へ招かれることは珍しいことではない。

それこそ、王族が観劇好きであれば、城内に劇場を作り、個人的に上演をさせることだってある。

ただ、それはあくまで王族の方から招致する場合の話だ。

「……一介の踊り子が、王太子妃に直接の謁見を？」

二人の話を聞いていたシモンが、横から口を出す。

どことなく棘があるのは、基本的にルイスのことを信用していないからだろう。

「一介の踊り子って、シモンだってリアーヌの名前くらいは知ってるだろ？　国内は勿論、大陸でその名を知らぬ者はいないくらい、人気の踊り子だぞ？」

「それくらいは知ってますが。リード様と何の関係が？　直接礼を言うより、その技術を磨いてリード様の恩に報いることを考えるべきでは？」

「勿論、磨いてるよ。それこそ、寝食をも忘れるくらい、一日のほとんどの時間を彼女は練習してる」

昨今のバレエ人気の高まりにより、リアーヌに続けとばかりに各バレエ団はしのぎを削り、人気の踊り子を輩出している。

リアーヌが今のプリマドンナの地位を得たのは一年ほど前だが、常にトップに立ち続けるというのは、並大抵の努力では出来ないだろう。

「リアーヌはああ見えて、苦労人でね。だから、リードがラウルの側近になってから、芸術分野への保護を率先して推進してくれたことにも、すごく感謝してるんだ。取り入ろうとかそういった考えはなく、本当に純粋に礼を言いたいだけなんだよ」

バレエ自体は人気があるものの、これまでバレエ団によっては利益のほとんどを経営者が独占し、踊り子たちには薄給しか支払われない、ということも珍しくなかった。

王立バレエ団に関しては、レオノーラが給与形態をきちんと決めていたこともあり、そういったこともなかったが、他はそうではなかった。

バレエ団同士で取り決めがあるのか、一度所属すれば数年は同じバレエ団にいなければならないと、それを破った者は他のバレエ団に入れないなどの暗黙の了解がいくつもあった。

それらの悪習を、全て撤廃したのはリードだ。

そして、王立バレエ団以外にも国からお金を提供する代わりに、内部の監査も行えるようにした。

踊り子が他のバレエ団へ移籍する際にも、踊り子本人が自由意思で行えるように法を整えた。

そのため、踊り子たちの地位は格段に上がり、今では人気の踊り子には経営者の方から頭を下げるくらいだ。

「リアーヌがリードに会えたことを知れば、他の踊り子たちの励みにもなると思うんだ」

「うーん……そんなに大したことをしたつもりもないんだけど。それなら、会わせてもらおうかな」

「ありがとう！　さすがリードだ。リアーヌも喜ぶよ」

二人のやりとりを聞いたシモンが、目に見えてその顔を歪ませたことがわかった。

機嫌を悪くすると、後が大変だ。ちゃんとフォローをしなければ、と密かにリードは思う。

そんなシモンとは対照的に、ルイスはひどく上機嫌な顔をしていた。


一週間後。

リアーヌとの面会は、城内にある「白鳥の間」で行われることになった。

舞踏会も開ける広さの「花の間」に比べると部屋自体は小さいが、たくさんの鳥が描かれた壁の装飾は美しく、懇談をするにはちょうどよい部屋だった。

面会には、リードとルイス、そしてセドリックも参加することになった。

ラウルの兄の忘れ形見であるセドリックは今年八歳となり、本格的に帝王学を学んでいる。

出会った頃は線の細い、頼りなげな少年という印象が強かったが、近頃は身長も伸び、身体つきも逞しくなっていた。

リードが王太子妃となったこともあり、以前のように毎日勉強を見ることは出来なくなったが、セドリックの希望もあり、定期的に一緒に過ごす時間は設けていた。

その際に、セドリックが王立バレエ団、特にリアーヌのファンで、何度か観劇に行っていることも聞いていた。

セドリック以外にも、城にはリアーヌのファンは多いため、女官たちを部屋に入れることも考えたが、さすがに落ち着かないためそれはやめておいた。

ただ、何かあった時のために、隅でルリには控えてもらっている。

「なんだか……緊張してきました」

隣に座ったセドリックの言葉に、リードは小さく微笑む。

「実は私も、少し緊張しています。先日初めて舞台で踊る彼女の姿を見たのですが、本当に美しくて……」

八歳になるセドリックにしてみれば、リアーヌは自分よりも年上の、美しい憧れの女性として映っているのだろう。

そんなセドリックの姿が微笑ましく、リードがそう言えば、セドリックはなぜか困ったような顔をした。

「あ、いえ……確かに、リアーヌは美しいと思いますが。僕が好きなのは彼女の踊る姿であって、別に容姿に関してはそこまでは……容姿なら、それこそリディ先生の方が……」

そこまで言うと、何故かセドリックは口籠ってしまった。

リードが首を傾げれば、セドリックとは反対隣に立っていたルイスが、愉快そうに笑った。

「セドリックの好みはリアーヌよりリードか。首都で人気の踊り子の美しさも、君の前では霞んでしまうらしいな」

「おじ上……！」

ルイスの軽口に、セドリックが気恥ずかしそうに軽く睨む。

「セドリック殿下は、気を遣ってくださるだけですよ」

「いえ、そんなことはないです。僕も、そう思います……」

一生懸命なセドリックの言葉に、リードは困ったように笑みを浮かべた。

そんなセドリックを、ますますルイスが楽しそうに揶揄い、セドリックは恨みがましくルイスを見つめている。

その距離はまるで兄弟のように親し気で、セドリックがルイスにとても気を許していることがわかる。

ルイスが帰国してからまだまだ三月ほどしか経っていないはずだが、いつの間にこんなに親しくなったのだろうか。

そんなことを思いながら二人の様子を見ていれば、重厚な扉が勢いよく開かれた。

「あれ？　ラウル？」

颯爽と部屋の中に入ってきたラウルに、リードは思わず立ち上がる。

今日のことは、事前に伝えていたが、他に仕事が入っているため、歓談には参加しないと言っていたはずだ。

「なんだ、やっぱりお前も来たのか？」

ルイスが揶揄うように言ったが、チラリと一瞥したのみで、真っ直ぐ歩いてきたラウルは空席だったリードの隣に座った。

「思ったより早く仕事が終わった」

「リアーヌに会いたくて、早く終わらせたの間違いじゃないのか？　お前、意外とミーハーだったんだな」

ラウルはリードに話しかけたのだが、それに返答したのはルイスだった。

「たまたまだ」

リードに座るよう促し、その隣に長い脚を組んで座ったラウルが、吐き捨てるように言った。

「だけど、せっかくの機会なんだし、ラウルも来られてよかったよ。ね？　セドリック殿下」

リードが話しかければ、セドリックは小さく頷いたものの、ラウルの方を見ようとはしなかった。

ラウルも、そんなセドリックの様子に気付いてはいるものの、自分から話しかけようとはしない。

最近の二人は、いつもこんな感じだ。

これまでラウルに対し明らかな思慕の念を見せていたセドリックが、近頃は自ら話しかけることもなければ、話しかけられても一言二言返すのみなのだ。

そういう年頃なのだろうかとも思うが。外見だけではなく、内面も変化しつつあるのかもしれないが、リードは少し気がかりだった。

ラウルは、少し寂しさを感じているようだが、特に気に留めてはいないようだった。

今日のリアーヌとの歓談も、セドリックの気持ちを聞き出す良い機会だと思ったのだが、ルイスは勿論、ラウルまでいてはそれは難しいだろう。

そんなことを考えていれば、すぐに約束していた時間になる。

「初めまして、王太子妃殿下。リアーヌと申します。お会い出来て、とても光栄です。このような我儘を聞いてくださり、ありがとうございます。ルイス殿下にも、なんとお礼を言っていいのか……」

舞台で見るよりも、小柄な女性、それがリードの持った第一印象だった。

バレエの特徴的な化粧をしていないため雰囲気は違うが、素顔も十分に美しかった。

金茶の髪といい、薄い青色の瞳といい、ラウルに似た色彩を持っている。

リアーヌは纏っている瞳の色と同じドレスの裾を手で広げ、優雅に挨拶を行った。

はじめにリードに頭を下げると、次にラウルとルイス、そしてセドリックへの挨拶を行った。この場で一番地位が高いのはラウルではあるが、招いたのはリードであるため、優先させたのだろう。

「初めまして、リアーヌさん。こちらこそ、お会い出来て嬉しいです。先日の舞台、素晴らしかったです。見終えた後は、しばらく夢心地でした」

「ありがとうございます」

リアーヌが、面はゆそうに微笑んだ。

称賛などされつくしているはずだが、謙虚な性質のようだ。

ルイスの話では努力の塊のような女性のようだし、プリマドンナの地位というのはそうでなければ維持出来ないのだろう。

「座ってください。弟さんも、どうぞ一緒に」

リードは事前に聞かされていなかったのだが、リアーヌの隣には小さな幼児の姿があった。

年の頃は二歳くらいだろうか。

リアーヌよりも薄い金色の髪はウェーブがかっており、瞳の色は同じ薄い青色だった。

大きな瞳は不思議そうにリアーヌと、そしてリードたちとを交互に見つめている。

こうした謁見の場に、家族を連れてくることはそれほど珍しいことではない。

勿論、安全性も考えてその際は事前に調査が入るのだが、幼児であるため必要ないと思われたのだろう。

「ありがとうございます。そして、何の説明もせずに連れて来てしまい、申し訳ありません。こちらはタッド、私の息子です」

「……そうだったのですか、それは、失礼いたしました」

平静を保ちながらも、内心リードは驚いていた。

それはラウルやセドリックも一緒だったようで、セドリックなど、大きな瞳を何度か瞬かせている。

リアーヌが結婚している、という話は聞いたことがなかった。ただ、リアーヌの年齢を考えれば、おかしな話ではない。十代での結婚や出産は、決して珍しいものではないからだ。

挨拶を行った時こそ、身体を強張らせていたリアーヌも、リードが話しかけることにより、じょじょに緊張が解けたのか、表情も柔らかくなっていった。

最初は顔を紅潮させ、リアーヌを見ていたセドリックも、時間が経つにつれ慣れてきたのか、自ら質問を行っていた。

舞台が好きだというセドリックらしく、質問はリアーヌ個人に対するものではなく、国一番の踊り子に対するものばかりだった。

大人びた質問がほとんどではあるが、時折子供らしい疑問を口にすれば、横からルイスによって茶々を入れられていた。

途中で夕食を挟みながらも、和やかな雰囲気で歓談は進み、夜は更けていった。

そのまま、そろそろお開きになろうかという頃だ。

リアーヌが、思いつめたような表情でリードへ話しかけた。

「あの、リード様」

「はい」

「今日、面会を願ったことはリード様への御礼を直接伝えたかったのは勿論なのですが。タッドのことで、相談がありまして……」

「お子さんのことで、ですか？」

伏し目がちなリアーヌに対し、リードが小さく首を傾げる。

「はい……あの、突然こんなことを申し出る無礼を許して頂きたいのですが……」

もしかしたら、身体が弱く、何かしらの治療が必要であるとか、そういった話だろうか。リアーヌが金銭的に困っているとは思えないが、高額な治療費や薬が必要な場合もある。

「いえ、せっかくの機会ですし、どうか遠慮なく仰ってください」

けれど、リアーヌの言葉は、そんなリードの想像とは全く違うものだった。

「タッドの父親は王太子殿下、そちらにいらっしゃるラウル様なんです」

悲愴なまでに思いつめた表情で、リアーヌがリードに訴える。

リードは、すぐにリアーヌの言葉を理解することが出来なかった。

「父親が……王太子、殿下……？」

呆然(ぼうぜん)としたまま、リードはリアーヌに言われた言葉を繰り返す。

そんなリードをリアーヌはどこか苦しげな表情で見つめていた。

6

誰(だれ)も、何の言葉も発しようとしなかった。

穏やかな雰囲気だった歓談の場は、リアーヌの発言により一気に静まり返った。

自分を見つめるリアーヌの眼差(まなざ)しを、リードは怯(ひる)むことなく受け止めた。

その表情には、舞台の上で見せていた可憐(かれん)さはなく、母としての強さを感じた。

リードは一度だけ、自身の瞳を強く閉じ、リアーヌを見つめる。

「事情を、説明していただけますか？」

思ったよりも、冷静な声が出たことにリード自身も驚いた。

心の内にある激しい動揺を見せまいと、口の端を少しだけ上げる。

「はい。私は現在、王立バレエ団に所属しておりますが、それ以前は小さなバレエ団に所属していました。ただ、その時には役もほとんどもらえず……給金だけではとても生活出来ませんでした。しかもレッスン料は高額で……。何より、私には病気の母がおり、どうしてもお金が必要でした。だからバレエ団の傍ら、娼館でも働いておりました」

女性が金銭を得るために働く場所は、限られている。

リアーヌのように美しく若い女性が大金を得るために、娼館で働くことを選ぶのはそう珍しいことでもない。

「王太子殿下とは、その時に出会ったと？」

「はい。軍の方々と一緒に、殿下は娼館を訪れ、指名して頂きました。当時の帳簿には、しっかりとラウル様のお名前は残っているはずです。タッドは……その時の」

「出鱈目を言うな！」

リアーヌの言葉は、途中で遮られた。

今まで黙って二人のやりとりを見守っていたラウルが、耐えられないとばかりに声を荒らげたのだ。

「その子供の父が俺だという証拠がどこにある？　過去のお前の仕事を考えれば」

「ラウル！」

リードが声を大きくすれば、ラウルがハッとしたように口を閉じる。

視界の端、リアーヌの表情が強張ったのが見て取れた。

細い手は、隣に座るタッドの手を強く握っていた。

ラウルの気持ちもわかるが、言ってはならない言葉というのはある。

「悪い……失言だった」

気まずげに顔を顰めるラウルから、リアーヌへと視線を移す。

「すみません、話を続けてもらえますか？」

リードの言葉に、リアーヌがゆっくりと頷いた。

「妊娠を知った時には、中絶することも考えました。殿下とは身分が違いすぎますし、産んだところで、一人で育てられる自信もありませんでした。けれど、長く病を患っていた母も亡くなり、天涯孤独となった私には、とても新しい命を殺すことなど出来ませんでした。その頃ちょうど王立バレエ団から入団のお話を頂き、事情を話せば、産むことを許可してもらえました。そして、この子が生まれました」

　リアーヌが、とても幸せそうな瞳で、タッドを見つめる。まるで、この世界にこれ以上大切なものなどないというような、そんな瞳だ。

　その様子に、リードは胸が締め付けられるような気持ちになる。

「どうして、今になって……」

　零れた言葉はか細く、リードの気持ちを吐露したものだが、リアーヌの耳にもしっかり届いていたようだ。

「お許しください。この子の存在が知られれば、王位継承の問題から、危険に晒されると思ったからです。ただ、リード様なら、この子を受け入れてくれるのではと思いまして」

　確かに、もしリードが女性で子を産める可能性があれば、妾腹とはいえ長子であるタッドの存在は、疎まれてしまう可能性は高い。

　ただ、当然であるが男であるリードに子が出来ることはない。

「あの、くれぐれも誤解をして頂きたくないのですが。この子の父親がラウル様だからといって、私自身がラウル様の側室になりたいなどと、そんな大それたことを思っているわけではないのです。そうではなくて、どうかこの子を……タッドを、妃殿下のもとで育てていただけないでしょうか？」

　その言葉に、リードの瞳が、瞠られる。

「それは……」

「親の欲目もあるかもしれませんが、この子はとても利発で、二歳になったばかりですが、文字も読めます。妃殿下が、サンモルテで子供たちに勉強を教えていたことは聞いております。私のもとにいるより、妃殿下のもとで育てられた方が」

聞こえてくるリアーヌの言葉が、全く頭に入ってこない。

確かに、これだけの数の大人に囲まれても、タッドはこの数時間機嫌を損ねることもなく、大人しく母の隣に座っていた。今はさすがに眠くなってきたのか、目をこすりつつ、欠伸(あくび)をしている。

リアーヌの言うように、よくしつけられた、賢い子なのだろう。

だけど子供？　ラウルの？　本当に？　いつ？　三年前？　その時、自分は……。

困惑するリードに対し、目の前のリアーヌは必死で訴え続ける。

「いい加減にしろ！」

リアーヌの話を止めたのは、ラウルの怒声だった。

「先ほどから聞いていれば、勝手なことを……！」

「ラウル……」

「その子供の父親は、俺ではない。城で引き取るつもりもないし、リディが育てる必要だってない」

険しい表情のラウルからは、確かに誤魔化(ごまか)しや、後ろ暗い点は見当たらない。

懸命に、自身の潔白を証明しようとしてるのだということはわかる。

けれど。

「……なんでそれがわかるの？」

黙って話を聞いていたルイスはそう言うと、どこか咎(とが)めるような視線をラウルに向ける。

「娼館に行っておいて、その台詞はないだろ？　リアーヌの気持ちも、考えろよ」

ラウルは何か言葉を発しようとしたものの、一瞬リアーヌとタッドを見つめ、堪えるようにその口を閉じた。

けれど、その様子をじっとリードが見つめていることに気付くと、ハッとしたように表情を変え、真摯な眼差しをリードへ向ける。

「俺の子じゃない……頼む、信じてくれ」

訴えるようにリードに向けたラウルの声は、僅かに掠れていた。眉は苦し気に寄せられており、ラウル自身もこの状況にひどく混乱していることがわかる。

リードは震えそうになる手をギュッと握りしめ、もう一度リアーヌを見つめる。

「……お話は、わかりました。この件に関しては、私が預かります」

可とも、不可とも言わなかった。

結論を出すにはあまりにも情報が少なすぎるし、簡単に返答してよい話でもない。


「リディ……」

ラウルが、困惑したようにリードを見つめる。

「また、必ず連絡すると約束します。もう夜も遅い時間ですし、今日は、お帰り頂けますか？」

穏やかであるが、リードはきっぱりとリアーヌに自分の意思を伝えた。

「ああ、そうだな。馬車は俺が用意しよう」

助け船を出すように、ルイスがリードの後にそう言った。

「はい……どうか、よろしくお願いいたします」

深々と頭を下げるリアーヌに、リードはこっそりと自身の唇を噛んだ。

隣に座るセドリックが、心配気にリードを見つめていた。


セドリックを母のナターリアのもとへ送り届けたリードとラウルは、無言で長い廊下を歩いていた。

言葉数の少ないセドリックは、一度もラウルの方を見ようとしなかった。

無理もない。多感な時期のセドリックには、なかなかショッキングな内容だったはずだ。

兄のように尊敬していたラウルが、娼館へ行き、さらに娼妓(しょうぎ)を孕(はら)ませたかもしれない。大人びているとはいえ、男性の心理を理解するにはまだ純粋すぎる年齢だ。二人の間の溝が、ますます広がってしまったことは言うまでもない。単純に、憧(あこが)れのリアーヌと会わせてやりたいと思って誘ったとはいえ、失敗だった。

どこか様子のおかしいセドリックをナターリアも心配していたが、事情も説明出来ないため、どことなく気まずい思いはした。

ラウルは、先ほどから何度もチラチラとリードの方を見ている。

話のきっかけを探そうとしてはいるのだろうが、今はそんなラウルの視線すら不快に感じてしまう。

心の中は嵐(あらし)だった。

寝室に近づいたところで、リードはぴたりと足を止め、少し後ろを歩いていたラウルもそれに合わせるように立ち止まった。

「今日は俺、自分の寝室の方で寝るから」

「……は？」

リードの言葉に、呆けたような声を出したラウルだが、すぐに焦ったように表情を変える。

「ルリにはもう伝えてあるから。明日は休日だけど、ラウルも疲れてると思うし、ゆっくり休んで」

結婚以来、二人は床を別にしたことは一度もなかった。

だからこそ、リードの発言がショックだったのだろう。我に返ったラウルは、必死な形相でリードの腕を摑んだ。

「待ってくれ、それは」

「誤解は、しないで欲しい。この件に関しては、ラウルが悪くないことはわかってる。娼館へ行ったのだって、随分前のことなんだし……」

三年前といえば、リードとは出会っているものの、まだ側近にもなっておらず、時折サンモルテへ顔を出していた頃だろう。

ラウルがいつからリードに好意を持っていたのかはわからないが、その頃の行いを責めるのは聊か酷だろう。

ただそれでも、自分とは既に出会っていたということに、胸のざわつきを感じるのも確かだった。

「リディ、俺は……」

「でも、理性ではわかっていても、感情が追い付かないんだ。頭の中はぐちゃぐちゃだし……多分、このまま一緒にいても、ラウルに対して言っちゃいけないことまで言ってしまうと思う」

その言葉に、ラウルが一瞬言葉を詰まらせる。けれど、

「別に、かまわない」

「え？」

「どんなに詰（なじ）られても、責められてもかまわない。だから、頼むから一緒に」

「……ごめん」

リードが、力なく首を振る。

責められてもかまわない、ラウルはそう言ったが、リードはラウルを責めたいわけではなかった。

責めたところで、どうしようもないことだとわかっている。

「今日は、一人でいろいろ考えたいこともあるから」

やんわりと、リードが摑まれていたラウルの手を除（の）ける。

「……わかった。お前の、気持ちの整理がつくまで待つ」

これ以上、説得しても無駄だと思ったのだろう。悲痛な表情のラウルに、リードは無言で頷く。

「それじゃあ」

踵（きびす）を返したリードは、結婚前まで自分が使っていた寝室の方へと足を向ける。

自分の姿を見つめるラウルの視線は感じていたが、最後まで振り返ることはなかった。


翌朝。

眠れぬ夜を過ごしたラウルは、朝食もそこそこに、そのままリードの部屋へ真っ直ぐ向かった。

一晩しか経っていないとはいえ、一刻も早くリードと会わなければならないと、そう思ったからだ。

けれど、部屋から出てきたのは無表情の侍女だった。

「これは王太子殿下。朝早くからご苦労様です」

「ルリ……？　リディは」

「リード様なら、お出かけになりました」

「は？」

その言葉が信じられず、すぐさまラウルは聞き返す。

「どこに……」

「存じません」

そんなことがあるはずはない。

面倒見の良いこの侍女は、アローロ時代からリードに仕えており、リードからも絶大な信頼を寄せられている。

そんなルリが、行先を告げずにリードが出かけることを了承するとは思えなかった。

「午後には戻られると思います。王太子殿下がいらっしゃったことは、お伝えしておきますので。それでは、失礼いたします」

それだけ言うと、ルリはラウルの返事を待たずに、扉を閉めてしまった。

まさに、取り付く島もないという状況だ。

昨日、唯一あの場にいた侍女であるルリは、全ての状況を把握している。

責めるような視線を感じたのも、気のせいではないだろう。

昨晩のリードの様子を知りたかったが、おそらくルリは話してはくれぬだろうし、あの頑なな態度を見ればどれだけリードが心を痛めたかなど想像に難くなかった。

人知れずため息をついたラウルは、とぼとぼと、自分の部屋の方へと足を動かした。


けたたましく診療所の扉が叩かれる音に、二階で仮眠をとっていたジャスパーの目が開く。

誰だ、こんな時間に……。

昨晩、高熱を出した子供の母親が飛び込んで来たため、眠れたのは明け方になってからなのだ。

基本的に、休日は急患以外は診ないことになっているのだが、この音を考えれば、一刻を争う事態なのかもしれない。

そう思ったジャスパーは大きく伸びをすると、がりがりと頭を掻き、仮眠室のドアを開けて階段を降りた。

戸を開けたジャスパーは、目を丸くする。

そこには、表情を滅多に変えることがない、冷静なことで有名なこの国の王太子が、焦燥に満ちた顔で立っていた。

「……リディが、アローロに帰ったか？」

「まだ帰ってない！」

軽い冗談のつもりで言ったのだが、ラウルは洒落にならないという雰囲気で言葉を返した。

一体、何があったんだ。とりあえず、話を聞くしかないだろう。

大きな欠伸をしたジャスパーは、狭い部屋の中へラウルを招き入れた。


「で？　何があったんだ？」

ラウルが、ジャスパーの診療所へ来るのはそう珍しいことでもない。

訓練中に怪我をした軍の人間が頻繁に訪れることもあり、診療費用の支払いなどそれなりに用事があるからだ。

城下の衛生状況に関しても、時折側近の医師であるアデリーノと共に相談に来る。

それに関しては、リードの助言も大きいようで、ジャスパーのもとに来る時には、ほとんどの方針は決められている。

ラウルが一人で来る時は、だいたいがリードに関する相談事で、そこには惚気や愚痴も含まれている。

それこそ最近は、ルイスに関する愚痴がほとんどだ。

眠気覚ましに豆から挽いたコーヒーを二つのカップに注ぎ、ラウルに差し出せば小さく頭を下げる。

そして、一口だけ飲むと、重たい口をようやく開き、これまでの経緯を話し始めた。

「というわけだ。だから、何か親子関係がないことの証明をする方法を……」

ラウルの話は、先ほどまでの眠気が全て吹き飛ぶような内容だった。

人生経験も豊富なことから、そうそう動揺しないジャスパーでさえ、あんぐりと口を開けたまま、すぐには反応出来なかった。

「お前なあ……それは……！」

一国の王太子をお前、などと言うのは公の場では許されることではない。

けれど、そこはジャスパーとラウルの仲だ。ラウル自身も、特に不満を口にすることはない。

「ったく……なんでお前娼館なんて……いや、軍にいればそれも仕方がない話ではあるが」

軍は未だに、男社会だ。

酒が入れば盛りあがり、そのままの勢いで娼館へ行くこともそう珍しいことではない。

それは、かつては軍属であったジャスパーだってわかっている。

ただ、このタイミングでこれはまずすぎるだろう。

「過去のことを今更どうこう言っても仕方がない。俺がリアーヌを指名したのも事実だ。それに関しては、どう言い訳しても通用しないだろう」

「開き直ってんじゃねえよ……」

思わず、頭を抱える。

娼館だけなら、独身時代の火遊び、軍人としての嗜(たしな)みとして、リードも気分の良い話ではないだろうが、目くじらをたてるに留めてくれただろう。

リード自身も男性で、さらにアローロの後宮に長くいたのだ。

その辺りに関しての理解ならあるはずだ。

けれど、子の存在はさすがにそんなリードでも、看過することは出来ないだろう。

「どうすんだよ、王太子に隠し子だなんて、洒落にならないスキャンダルだぞ……」

リアーヌがいくら人気の踊り子とはいえ、セレーノ市民の支持は圧倒的にリードの方が上だ。

サンモルテの聖人の正体が、他国の王族であるとわかったことにより、さらにその人気は高まったと言っても過言ではない。

高貴な身分でありながら、分け隔てなく平民に接したという点が、人々の心を摑んだのだ。

過去のこととはいえ、リアーヌとその子供のことが知られれば、リードへの裏切りと取られても致し方ない。ラウルにも人気があるとはいえ、清廉なイメージがガタ落ちすることは言うまでもない。

何より。

「リケの耳に入ったらどうなることか……」

ジャスパーの言葉に、ラウルがぎくりとその顔を強張らせる。

アローロ王であるリケルメの側室であったリードがアローロを出奔した理由の一つには、後宮の慣習に馴染めなかったことがある。

勿論、そこにはいくら仲睦まじかったとしても、マリアンヌへの後ろめたさや、他の妃たちへの引け目もあったのだろう。

何不自由のない後宮での生活を捨て去り、平民として教会で働くことを選ぶくらいだ。地位や権力、金への執着は全くないだろう。

そしてそんなリードがラウルの愛を受け入れたのは、やはりラウルがリードを自分のたった一人の妃に選んだから、だ。

リケルメが、未だ納得出来てはいないようだがリードをラウルに託したのも全てリードの幸せのためだ。

リードの立場を少しでも悪くするようなことがあれば、離縁させてしまう可能性は十分にある。たとえそれが両国間に大なり小なりの諍いをうんだとしても、リケルメならばそれよりリードを優先するだろう。

奇しくも、現在アローロでは結婚した夫婦の離縁を認める法案が作成されている最中のはずだ。

そうなれば、法的にもリードとラウルを別離させることだって出来る。

勿論、リケルメはそこまで考えて法案を作っているわけではないのだろうが、とにかく絶対にリケルメの耳に入れてはならない話であることは確かだ。

「箝口令は……まあ、その辺はリディがしてあるだろうな」

「あ……」

思い当たる節があるのだろう。ラウルはホッとしながらも、どこか決まりが悪そうな顔をした。

「なんとか、医学的な観点から、俺とリアーヌの子の親子関係を否定することは出来ないのか？」

「……子供の特徴は？　髪や瞳の色は？」

胡乱気にジャスパーが問えば、ラウルが逡巡しながら答える。

「髪は明るい金色で……。瞳の色は薄い青だったな」

「それは……お前の子じゃないと証明することの方が難しいと思うが？」

ブルネットや、赤毛の子も稀に生まれることもあるが、基本的に王室に生まれる子供は金髪が多い。

「リアーヌだって、同じ色の髪と瞳をしている」

「子供ってのは母親だけに似るわけじゃないんだよ。父親の髪や目の色だって関係ある。特に瞳の色は、誤魔化しようがない」

眉間の皺を濃くするラウルに、ジャスパーは嘆息する。

「子供を、引き取るわけにはいかないのか？」

「は？」

「リアーヌは、側室になろうとしているわけじゃないんだろ？　お前たちに子が出来ることはないんだし、リディなら育ててくれるんじゃないのか？」

ジャスパーがそう言えば、ラウルの顔色が目に見えて変わった。

その表情から感じられるのは、怒りと失望。

「あんたには日頃から世話になっているが、その言葉をリディの前で言ったらただじゃおかない」

感情を抑えてはいるものの、低い声からは憤りの念を強く感じた。

男性であるリードには子が出来ない、だからといって、他人が産んだ子供を育てろと言うのは酷な話だろう。

リード自身が望むならともかく、それは周囲の人間が口に出していいことではない。

「無神経だったな。悪かった……」

素直に謝れば、気まずそうにラウルが視線を逸らす。

「それに……あの子供は俺の子じゃない」

ラウルの言葉に、ジャスパーの頬が緩む。

もし、僅かにでもラウルに後ろ暗いところがあれば、こうもはっきりとは口に出来ないはずだ。

生まれもっての気質もあるだろうが、それだけ良い環境で育てられたということだろう。

「そうか。なら、お前の子じゃないんだろうな」

ジャスパーの言葉に、ラウルが訝し気な表情をする。

「なんだかんだで、父親ってのはわかるもんなんだよ。その子が、自分の子であるかなんてのはな」

穏やかな瞳でジャスパーに見つめられたラウルが、少しばかり居心地が悪そうな顔をした。

「まあ、そういうことなら、俺も調べてやるよ」

「だが、医学的には無理だと……」

「心当たりならあるからな。お前は、さっさと帰ってリディとちゃんと話し合え」

ラウルの表情が、目に見えて曇る。

出かけたというルリの話を、ラウルは信じられなかったのだ。

朝、顔すら見せてもらえなかったことがよほど応えているようだ。

「自信を持て。リディだって、お前を愛してるからショックだったんだよ」

笑いかけ、その肩にポンと手を置く。

ラウルは眉間に皺を寄せながらも、小さく頷いた。

7

　華やかな顔立ちの女性に、まじまじと見つめられ、僅かにリードは身体を強張らせる。

　母子ともいえるほど年齢がリードより上のはずだが、魅力的な女性の場合、年齢はさほど関係ないのだろう。

　恥ずかしさから視線を逸らせば、感心したように目の前にいる妖艶な美女が唸った。

「本当に、どこから見ても女性にしか見えませんわ。しかも、絶世の美人」

　言われたリードは顔を赤らめて、首を振る。

「い、いえそんなことは……！」

「ですよね!?　私はてっきり、またどこかの令嬢が乗り込んできたのかと思いました！　今度は誰だ？　って身構えてしまいましたもの」

「え？　乗り込む？」

　隣にいた、若い女性の言葉にリードが反応する。

「よくあることなんですよ、うちの子たちに、目当ての殿方をとられたと言って……修羅場は日常茶飯事なんです」

　その言葉に、リードはギクリと頬を引きつらせる。

　年若い貴族の青年が、婚約者や恋人ではなく、高級娼婦に入れあげてしまう、というのは古今東西よくある話のようだ。

　そしてそれは、今のリードにとっては他人事ではない。

セレーノで一番の高級娼館「フィルデノーズ」は、貴族や軍の人間にも人気があり、リードも側近時代に一度視察に訪れたことがあった。ルイスの情報によれば、リアーヌが働いていた店でもあった。眠れぬ夜を過ごしたリードは、朝目覚めると居ても立ってもいられず、フィルデノーズを訪問することを決めたのだ。

理由は、リアーヌの話がどこまで真実であるかを知るため。

リアーヌが嘘をついているとは思えない。けれど、どこかで何かの間違いであって欲しい、とそう思う自分にリードは気付いていた。

しかし、側近時代であれば、視察の一環として足を運べたフィルデノーズも、さすがに王太子妃の立場となった今は行きづらい。

妃という立場とはいえリードは男性なのだ。周囲の人間に知られた日には、それこそスキャンダルだ。

だからリードは、ルリに相談し、変装……いや、女装をして、訪れることにした。

銀色の長い髪のかつらを被り、化粧を施され、ドレスを身につけた。ルリの化粧が上手(うま)いのだろう。鏡の中の自分は、少し長身ではあるものの、一応女性には見えた。

ちなみに、ドレスはどこぞの貴族が婚礼の祝いにリードに贈りつけてきたものだ。

どうせ、王太子妃に何か贈れとでも言って、何も考えずに贈ってきたのだろう。日の目を見ることはないと思っていたが、まさかこんなところで役に立つとは思いもしなかった。

かつらは、この世界においてそれほど珍しいものでもない。

特に数百年前までは衛生状態がよくなかったこともあり、ノミやシラミを避けるため、地毛は短く切り、かつらを装着するファッションが流行(はや)っていたこともある。

環境が改善された現在でも、地毛では難しい髪形にするため、おしゃれの一つとしてかつらは使われている。

ただ、今リードがつけているのはそういったものではなく、地毛とほとんど変わらない、銀色の長い髪のかつらだ。

ルリの化粧の腕は大したもので、女官と交じって城を出る時にも、全く疑われることはなかった。

フィルデノーズのある場所は、繁華街の中でも治安が良く、建物自体も瀟洒(しょうしゃ)な洋館にしか見えない。

紹介制で、身分がしっかりした者しか出入り出来ないというのもある。

男性なら、あの建物に一度は入ってみたいと、そんな憧(あこが)れを持つ者もいるくらいだ。

人目を避けるため、朝から出かけたリードだが、いざ目の前にすると少し足がすくんだ。

視察という大義名分がある時ならともかく、個人的な事情で訪れるのにはやはり抵抗があったからだ。

一体どうするべきかと立ちすくんでいれば、ちょうど表の掃除に出てきた女性の一人がリードの存在に気付いてくれた。

ところが、リードが声をかける前に女性は思い切り顔を歪(ゆが)め、

「ちょっとあんた！　この店に何の用よ!?」

と、責めるような口調で捲し立てた。その声に驚いた女店主が出てきてくれ、リードに気付いてくれたのだ。

女店主のアグスティナは、自身も若い頃は高級娼婦として世に名をはせていた女性で、何人もの貴族男性から結婚を申し込まれたという伝説の娼婦でもあった。

他の娼婦とアグスティナが一線を画していたのは、その知性にある。

生まれは貧しかったアグスティナだが、勤勉で、文字の読み書きも出来れば、時流にも敏感で、そのため指名を受けた男性たちと対等に話が出来た。

これまで娼婦といえば、ただ寝台の上で客を楽しませるだけ、そんな見方をされていたこともあり、アグスティナの存在は特異でもあった。

そして、自ら貯めた資金でフィルデノーズを作ったアグスティナは、培った知識とコネクションで国からの保護も得て、高級娼館の主人となったのだ。

これまで下に見られていた娼婦や男娼の地位が向上したのにも、アグスティナの影響は大きい。

以前、視察へ来たリードを案内してくれたのもアグスティナで、理路整然としたその話しぶりに驚いた。

リアーヌが働いていたのがフィルデノーズだと聞き、まず最初に思い浮かんだのがアグスティナの顔だった。

「それにしても、まさかリード様がいらしてくれるなんて思いもしませんでした。早起きしてよかった～！」

引きつったリードの表情には気付かず、アグスティナの隣に座っていた若い女性が楽しそうに笑う。

「モニカ、あくまでお忍びなんですから。言いふらしたりするんじゃありませんよ」

「は～い、わかってます。だけど、残念。みんな、リード様がいらっしゃってるって知ったら、喜ぶのに」

モニカと呼ばれた女性が、つまらなそうに呟く。

「確かに、それはそうね……。この国の娼妓は、みんなリード様に感謝しておりますから」

「え？」

「娼妓たちの立場を、少しでも改善しようと努めてくださったことを、みな知っているんですよ。ここはそんなことはありませんが、店によっては法外な金を店側がとるようなところもありましたから。病に関しても、定期的にお医者様を派遣してくださって……、みな、感謝しております」

「いえ、そんなことはありません。アグスティナさんのやり方を参考にさせて頂きましたし……」

側近だった当時、アデリーノと共に調べた国内の娼館の現状は、性病が蔓延っていたり、娼妓たちに金をほとんど渡さなかったりと、凄惨な店がいくつもあった。

そんな中、フィルデノーズは衛生的にも配慮が行き届いており、娼妓の給与も保証されていたため、見本として使わせてもらったのだ。

「それで、本日はどういったご用件なんですか？　もしかして、夜の作法について聞きにいらっしゃったり……とか？」

興味津々、という顔でモニカがリードを見つめる。

その言葉に、リードは顔を赤くして首を振った。

「い、いえ……そうではなくて」

初心な貴族女性は、夜伽に関する知識が少ないことも珍しくはない。

男性によっては、それを愛らしく思うこともあるが、娼妓遊びになれている男性の場合、どうしても物足りなく感じてしまうのだろう。

そして、それを察した身分の高い女性が、わざわざ性技を学びに娼館へ足を運ぶことも稀にある。

勿論リードは経験が少ないわけではないが、若い女性に面と向かって言われてしまうのはさすがに気恥ずかしい。

「こらモニカ。リード様になんてことを言うの」

「あ、いえ……大丈夫です。今日はその、リアーヌさんのことで少しお話を伺いたくて……」

「え？」

リードの口から出た、リアーヌの名前にアグスティナが目を丸くする。

「先日城にお招きした時、リアーヌさんからこちらで働いていたと聞いたので。どういった事情があったのか気になりまして……」

タッドの件は勿論伏せながら、リードは当時のリアーヌの様子をアグスティナに尋ねる。

少し抵抗はあったが、同じ女性ならば、リアーヌの客観的な話も聞けると思ったからだ。

「リアーヌ姉さん!? わあ、勿論知ってますよ。お会いしたことは数えるほどしかありませんが、いつも優しくておきれいで……私の憧れの人です！」

「ここにいた期間は短かったですが、人気も高かったですし、何より他の娼妓たちのことをいつも気遣っていて。今でも、自分の給与からこの店へも寄付してくれてるんですよ。踊りの素晴らしさは言うまでもないですが、あんなに気立ての良い子はなかなかいません」

二人の口から出るリアーヌの評判は、リードの想像する以上に良いものだった。

それこそ、非の打ち所がない、というほどに。

「そう、なんですか……」

表情こそ笑みを作っているものの、どことなく、自分の声が気落ちしてしまっていることにリードは気付いていた。

そんなリードの表情から、何かを察したのだろう。

「さあモニカ、お喋りはこの辺にして、身支度を整えてきなさい」

「えー？　もう少し、リード様とお話ししたいです」

「我侭を言わないの。午前から、ベルトナー卿からデートの指名が入っていたでしょ」

「はーい」

フィルデノーズには、何も全員が全員、行為をするために来館するわけではない。それこそ人気の娼婦によっては、いざ床入りするまで何度も通わなければならない場合もある。

名残惜しそうにリードを見るモニカに微笑みかければ、モニカは小さく礼をして退出していった。

客間は、アグスティナとリードの二人きりになる。

「さあ、本題に入りましょうか」

「え……？」

僅かに声を潜ませて、アグスティナがリードに話しかける。

「隠さずともわかりますよ、リード様がお聞きになりたかったのは、リアーヌのことではなく、リアーヌを指名した、ラウル殿下のことですわよね」

穏やかに微笑むアグスティナに、リードの表情が硬直する。

「あ、はい……なんで……」

「リード様もわかっていらっしゃるとは思いますが。ラウル殿下はとても真面目で、娼妓遊びなどすることはない方です。そんなラウル殿下が、一度だけここを訪れ、指名を入れたのがリアーヌだったので。もしかして、どこかでそのお話が耳に入ったのかな、と思いまして」

アグスティナが、片目を閉じ、悪戯っぽく笑う。

自分の魂胆が全て見透かされたようで、リードは気恥ずかしさもあり、小さく肩を竦めた。

「すみません……」

「とんでもない！　むしろ、リード様にもそういった人間的な面があるのだと、かえって親近感が湧きました」

「いや……そんなことは……取り乱してしまい、我ながら情けないです」

「そんな風に仰らないでください。お相手の過去が気になるのは、情けないことでもなんでもない、当たり前のことです。だけど、そのためにわざわざそんな恰好までなさるなんて……殿下は幸せですわね。リード様に、こんなにも愛されていて」

アグスティナの言葉に、リードは力なく首を振る。

「そんなことはありません。殿下自身に、何も聞くことが出来ず、お店に押し掛けて……自分自身でも、姑息だと思います」

リードの言葉に、アグスティナは柔らかく微笑み、ゆっくりと首を振る。

「相手を想っているからこそ、聞けないことはありますから。それで……ラウル殿下のことですよね?」

「あ、はい……」

「どのように聞いたのかはわかりませんが、殿下がここに来たのはそれこそただの一度きりです。リアーヌを指名したのだって、その時だけですよ。ここは娼館ですし、二人の間に何もなかったとは言い切れませんが。ですが、それ以降は一度としてラウル殿下が訪れることはありませんでした」

その言葉に、少しだけ、ほんの僅かではあるがリードは安堵する。

我ながら、心が狭いとは思うが、たった一度であっても、あのラウルが寝台の上で他の女性に愛の言葉を囁いていたのかと考えると、息が苦しくなるほど胸が痛むのだ。

ラウルが娼館へ来たことがある、というのはその立場もあり致し方ないことだと思うが、実は何度も通っていた、という事実があった日にはさすがに立ち直れない。

ただ、だからといって問題は全く解決していない。

「たった一度だけ、ですか……」

それだけで、子供が出来る確率はどれくらいあっただろうか。

人間は他の動物に比べ受精率は低く、さらにその期間も限られている。

ただ、この世界においてはそういった知識はまだ広がっていないため、避妊に失敗したという可能性は否めない。

「それでも……子供が……」

考え込んでしまっていたからだろう。小さな声だったとはいえ、自分自身が呟いていた言葉に、リードはハッとする。

「子供？」

「あ……」

やはり、アグスティナの耳にもしっかり届いていたようだ。

「あの……」

どうやって言い訳しようか、考えあぐねる。けれど、アグスティナはその意味にすぐに気付いたようで、安心させるようにリードに微笑む。

「確かに、リアーヌには子がおりますが、父親は殿下ではないはずですよ？　ほら、髪の色だって、金ではなく茶色でしたでしょ？」

「え……？」

そうだっただろうか。リードは先日、リアーヌの隣に座っていた子供の姿を思い出す。

確か、リアーヌと、そしてラウルとも同じ金色だったはずだが。

「まあリアーヌから直に聞いたわけではないのですけど。ただ、だからてっきり父親はあの方だと思ったんですよ」

「あの方？」

「ええ、ラウル殿下がいらした後くらいかしら？　リアーヌをよく指名してくださった……」

アグスティナの口から出た名に、リードは呆然とし、すぐに反応することが出来なかった。


「リード様？」

アグスティナに声をかけられ、我に返ったリードは、目の前の女性を見つめる。

「大丈夫ですか？」

「あ、はい……」

気持ちを落ち着かせようと、先ほどモニカが淹れてくれた紅茶のカップを手に取る。

まだ温かく、少しだけ甘い紅茶が、口の中を潤していく。

アグスティナの話を聞く限りでは、確かにラウルが父親であるという可能性は低いだろう。

けれど、当のリアーヌ自身は子供の父親はラウルだと主張している。

にもかかわらず、ラウルの側室となることは望んでおらず、子はリードに託したいと言っていた。

あの時のリアーヌの、強い瞳を思い出す。

嘘をついているようには見えなかったが、どこか鬼気迫るような雰囲気は感じた。

一体、リアーヌの目的はなんなのか。

そんなことを考えていると、ふと部屋の扉が開かれた。

「アグスティナ姉さん、エンリケ将軍がいらしてよ」

ひょっこりと顔を出した娼妓が、アグスティナへ声をかける。その後ろには、エンリケの顔が見えた。

アグスティナはリードに小さく頭を下げると立ち上がり、エンリケの方へと近づく。

「いらっしゃいませ将軍。最近いらっしゃらないから、うちの子たちはみな寂しがっていましたのよ？」

「軍の方が色々忙しくてな。と、悪い……来客中だったか？」

エンリケが、ちらりとソファーへ座るリードの方へと視線を向ける。

リードと言えば、呆然とエンリケの方を見つめてしまっていた。

エンリケがこちらに気付いたことで、慌てて視線を逸らしたが、そんなリードの姿に違和感を覚えたのだろう。

ゆっくりとソファーの方へ近づくと、横を向いたリードの顔をじっと見つめた。

「……こんなところで、何をなさっているのですか？　妃殿下」

困惑した声で尋ねられ、リードはようやくエンリケの方を向く。

「エンリケ将軍の方こそ……あっ」

何をするのかなど、ここは娼館なのだから決まっている。気まずそうにリードが視線を泳がせれば、

「誤解なさらないでください！　今回はあくまで任務で、殿下の依頼で来ているんです！」

その身の潔白を晴らそうと、エンリケが声を大きくすれば、リードが目を白黒させた。

二人の様子に、アグスティナが小さく笑った。

エンリケとアグスティナが話している間、リードは別室で待機することになった。

リードとしては、もう大方の話は聞くことが出来たのだし、城へ帰るつもりだったのだが、その姿のままではとても帰せないと、エンリケに止められたのだ。

エンリケとアグスティナの話し合いに、そう長い時間はかからなかった。

ただ、出てきたエンリケは、最初よりも厳しい顔つきをしていた。


「全く、貴方にはいつも驚かされます」

城への道すがら、隣を歩くエンリケがリードを見て小さくため息を吐いた。

そういえば、エンリケにはリケルメと会談する際にもついてきてもらっていた。

あの時は、夜中に抜け出してこっそりリケルメと話をしたことが知られ、大目玉をくらったのだった。

「しかも、その姿のまま一人で歩こうだなんて……セレーノの治安がいくらよくても、危険ですよ」

「ちゃんと女性に見えます？」

「女性にしか見えませんよ。とてもおきれいです」

「……ありがとうございます」

一応、礼を言っておく。ただ、言われたところで嬉しさは感じなかった。

外見は偽ることが出来ても、自分自身の身体は男であることに違いはない。むしろ、今の見た目は作り物の女性のようで、かえって気持ちが沈んだ。早く城に帰って、普段の姿に戻りたかった。

リードの表情が冴えないことに、エンリケも気付いたのだろう。咳払いし、口を開いた。

「……悪かったな。殿下を、娼館なんかに誘ってしまって」

公の場以外では、今まで通りの口調でいて欲しい。

王太子妃になった頃に伝えたリードのそんな願いを、きちんとエンリケは聞いてくれていた。

おそらく、エンリケがここへ来たのは、ラウルに命じられ、何か情報がないかと話を聞きに来たからだろう。

リードがここにいることに対し、何も言わなかったのも今回の経緯がわかっているからだ。

「……将軍のせいじゃありません」

貴族女性の中では、娼館に対し偏見を持つ者も少なくはないが、リードは男で、そういった場を必要とする男性も、そして女性もいることを知っている。

妻を持った後も平気で娼妓遊びをする男性だっているのだ。

独身時代のラウルの行動を責めることなど出来なかった。

「酒を飲んで盛り上がっていたのもあるんだが、あの時の殿下は珍しく元気がなくてな。励まそうと、何人かで遊びに行ったんだが……まさか、こんなことになるとはな」

リードは何も言わず、小さく首を振る。

元々饒舌というわけではないが、いつもよりずっと口数の少ないリードを心配し、エンリケがちらと視線を向ける。

「その、俺もアグスティナから話を聞いて思ったんだが……殿下が父親だという可能性は少ないんじゃないか？」

「はい……。ですが、それを証明する手立てはありません」

この世界には、ＤＮＡ鑑定はおろか、血液型鑑定すらまだ存在していないのだ。

ラウルがリアーヌを指名した事実、そして、ラウルの面影が僅かでもあるリアーヌの子供。

状況だけを見れば、否定する方が難しいだろう。

「……こんなことを言うのは、酷かもしれないが」

「はい」

「リアーヌの子を、引き取ることは出来ないのか？　誤解しないでくれ、父親が殿下だとは俺も思っていない。だが、リアーヌは側室としての地位は望んでいないようだし、セドリック殿下がいるとはいえ、殿下に子がいないことをあれこれと言う貴族連中は多い。だったら……」

リードがリケルメの子である手前、それを口にする者は少ないが、それでもそういった声は少なくない。

けれど。

「出来ません」

声は小さかったが、リードは否定の言葉をはっきり口にした。

「ここへ来る前は、自分の中でそういった気持ちも僅(わず)かですがありました。リアーヌさんが望むなら、自分が代わりに子を育てられればと。だけどここに来て話を聞き、リアーヌさんが、とてもよく出来た女性だということがわかりました。この時期になって、殿下の子供の存在を明らかにするくらいです。どこかで、権力や金銭に執着している女性なのかと思っていました。だけど、皆さんから聞くリアーヌさんの評判はとても良くて……自分が、恥ずかしくなりました」

「妃殿下……」

「何より、子供は母親であるリアーヌさんに懐いていて、リアーヌさん自身も、とても可愛がっているんです」

隣にいた子供を、時折抱き上げていたリアーヌの姿を思い出す。

愛おしげに我が子を見つめるその姿は、舞台の上に立っている姿よりさらに美しく見えた。

「リアーヌさんが、命をかけて産んだ子供です。そんな子供を、リアーヌさんから取り上げるわけにはいきません」

幸せな母と子の姿。二人の間に、自分が入る隙間は一切なかった。

「だが……殿下はリアーヌを側室に添える気は全くないようだぞ」

母と子を引き離すわけにはいかないが、リアーヌが望んでいるのは城での子供の養育だ。

現状、それを行うためにはリアーヌ自身も城へ入るしかない。

「……結婚前、もし殿下が他に側室を娶るような日がきたら、教会に入ると言いました」

「な……」

リードの言葉に、エンリケの顔が青くなる。

「今も、同じように思っているのか？」

慎重に、言葉を選びながらエンリケが問えば、リードは小さく首を振る。

「いえ。あの時にはそう思っていましたが、今は出来るかわかりません」

その言葉に、エンリケがホッとしたような表情をする。

「私は、アローロ王リケルメの子として殿下に嫁ぎました。一時の感情で、王太子妃としての立場を辞するわけにはいきません。いえ……それも理由ですが、多分、そうじゃないんです」

リードの表情が、苦しげに歪む。

「私が、殿下の傍を離れたくないんです。殿下と過ごした日々は、毎日が本当に楽しくて、幸せでした。王太子妃としての立場を考えれば、リアーヌさんと、その子供を受け入れなければならないことは、わかっています。だけど……わかっていても、自分にはまだその覚悟が出来ません」

いくらラウルが愛してくれているのが自分だとしても、リアーヌが側室となれば、ラウルはその子の成長をリアーヌと共に見守ることになる。当然二人に対する愛情だって、勿論湧くだろう。

そこに、リードの存在は全く必要がない。

その姿を想像しただけで、心が軋みそうになる。

「……王太子妃、失格だと思います」

出た声は、思った以上に掠れていた。瞳も、涙ぐんでいる。

「そろそろ日が高くなる。帽子を、目深にした方がいい」

言いながら、エンリケがリードの被っている帽子のつばの部分を引っ張ってくれる。

リードが、小さく頷いた。

8

エンリケに見送られ、城に帰ったリードを、ルリはいつも通りの笑顔で優しく迎え入れてくれた。椅子へ座るよう促し、リードの顔に施された化粧を、丁寧に拭いてくれる。

「落とすのが勿体ない、美しさですね」

その言葉に、リードが照れくさそうに笑う。

「ルリの化粧が、上手いんだよ」

「そんなことはありません。リード様は、今まで見たどんな方より美しいです。美しいだけじゃなく、聡明で、心もお優しくて……だからリード様、何も言わず、どこかへ行くようなことはなさらないでくださいね」

ルリの視線が、真っ直ぐにリードを見つめる。

「私は、どこへでもリード様について参りますから。どこかへ行く際には、必ず、ルリを伴わせてください」

「ルリ……」

ルリは、アローロの後宮を出たリードを、誰より心配し、同時に深く後悔していた一人だ。

侍女としてずっと傍にいながら、リードの苦悩に気付かなかったことを強く悔やんだのだと、そう再会した時に謝られた。涙を流し、無事で良かったと抱きしめてくれたルリの腕の温かさを、忘れることはないだろう。

「大丈夫だよ。もう、ルリに黙ってどこかへ行ったりなんかしないから」

僅かに、リードが頬を緩める。

「それに、俺はこの国の、王太子妃だから」

強く、自身に言い聞かせるようにリードが言う。

もしかしたら、リケルメはそのためにリードを自身の子として嫁がせたのかもしれない。

リードの立場に、責任を持たせるために。


それでも、理性ではわかっているものの、感情はなかなかついていかない。

結局その日の夜も体調不良を理由に、リードはラウルの寝室ではなく、自室で過ごすことにした。

ラウルに説明をしてくれたルリの話を聞けば、ラウルの表情は今までにないほど、気落ちしたものだったという。

その言葉を聞き、明日こそはラウルの部屋へ戻ろうとリードも密(ひそ)かに決意する。


「では、サンモルテに救いを求めてくるのは、セレーノ市民だけではなく、他の市の人間も多いのですね」

「はい。他の市にも勿論教会はあるのですが、資金にも限りがありますので、王家の直轄領にあるサンモルテへ助けを求める人間は多いです。勿論、サンモルテの資金が潤沢なのは王族の方々のおかげでもありますが」

目の前にいるセドリックは、熱心にマザーの話を聞いている。そんなセドリックの様子を、マザーはとても微笑（ほほえ）ましそうに見つめている。

優し気な顔立ちのセドリックは、その外見のままに、気持ちの優しい少年に育っていた。ラウルの話では、最近のセドリックは亡き父であるフェルディナンドの面影が強くなっているそうだ。元々、ラウルの教会への熱心な視察はフェルディナンドに倣ったものだ。

そういったこともあり、今年に入ってから、セドリックも教会への奉仕活動を行うようになっていた。

勿論、セドリックの年齢で一人で行うには早すぎることもあり、リードと、そしてラウルも伴うようにしていた。

けれど、今日セドリックと一緒に来ているのはリードだけだった。

娼館へ行った日の夜、どうしてもラウルの寝室へ戻れなかったリードだが、翌日は勇気を振り絞り、ラウルの元へ足を運んだ。

しかしながら、公務が終わったラウルは急用が入ってしまったようで、城にはいなかった。

そのまま、寝室でしばらくラウルの帰りを待っていたのだが、夜が更（ふ）けても戻らなかったため、結局自室へ帰ることにしたのだ。

それまで強く持っていた気持ちが、長い時間待つにつれ、少しずつ萎（しぼ）んでしまっていた。

けれど、自分のことでいっぱいいっぱいになっていたリードは、すっかり忘れていた。

その翌日から、ラウルは軍の演習で五日間ほど城を離れるということを。

――タイミング、悪すぎるよなあ。

心の中、こっそりリードはひとりごちる。

明後日にはラウルは戻るとはいえ、結局一週間ほど間が空いてしまったことになる。

ラウルが城にいなかったこともあるが、会話という会話もほとんどしていない。

意図したことではないとはいえ、かなり気まずい。

「リディ先生」

マザーとの話が終わったセドリックが、笑顔でリードのもとへと駆けてくる。

「マザーから、お話は聞けましたか?」

「はい、とても、勉強になりました……!」

セドリックは、貧しい人々、特に子供たちを助けるために自分に出来ることはないかと、よく口にしていた。

自分と同い年くらいの少年少女たちが、満足に食事も出来ず、時には建物の外で寝泊まりをしているという話を聞き、心を痛めたのがきっかけだったようだ。

貴族と平民は生まれが違うのだから、それも当然だと考える貴族は多い。高貴な生まれである自分には、青い血が流れているのだと。

けれど、ナターリアの育て方が良かったのだろう。セドリックは、身分は違えど人間はみな同じであることを知っている。血の色だって、同じ赤だということを。

だから王族として生まれた自分が、貧しい人々に救いの手を差し伸べるのも当然のことだと思っている。

リードはそんなセドリックの将来を、とても頼もしく思っていた。

「少し庭を散歩していきましょうか？」

馬車を頼んでいる時間までに少し余裕があったためそう言えば、セドリックは嬉(うれ)しそうに頷いた。

「あれ？　リードにセドリックじゃないか」

ちょうど庭に咲く花の名前をセドリックに教えていたところ、聞こえてきた声に、リードはぎくりとする。

腰を上げ、確認すれば、やはり予想したとおり、優雅に微笑みを向けるルイスがいた。

「こんにちは。ルイスもサンモルテに用が？」

「ああ。盗まれた宗教画が競売にかけられていたのを見つけたから、確かめてもらいに来たんだ」

よく見れば、確かにルイスが手に持つ布には、大きな額縁のようなものが包まれている。

ルイスの言葉に、セドリックの表情が目に見えて高揚する。

「盗まれた宗教画って、『シャクラ神の慈愛』ですか？」

今から五年ほど前、サンモルテが大規模な窃盗の被害にあったことがあった。

すぐに軍が派遣され、そのほとんどは夜が明ける前に取り返すことが出来たが、いくつかの作品は行方(ゆくえ)が知れないままだ。

その中で最も有名なのが、「シャクラ神の慈愛」だ。

「よくわかったね」

微笑(ほほえ)んだルイスは、器用に布を解き、中の額縁を見せてくれる。

「わあ」

セドリックが感嘆の声を上げる。

絵の中のシャクラ神は、セドリックと同じくらいの年齢の子供の手を引きながら、優しい眼差(まなざ)しを向けている。

森の中で道に迷った子供、のちのオルテンシア王を、シャクラ神が導き、城へ返してやる。教典の中の、確かそんな場面を描いているはずだ。

シャクラ神の眼差しは優しく、その姿は神々しいまでに美しい。そのため、この絵の価値は値段を決められないほど高いと聞いたことがある。

「これ、本物ですよね。競売って……取り戻すのに結構な金額がかかったんじゃ？」

うっとりした瞳(ひとみ)で絵を見ているセドリックに聞こえぬよう、こっそりリードが話しかける。

「まあね。だけど、この絵はどうしても俺も取り返したかったから」

「……ちょっと、レオノーラ様に相談してみます」

芸術を保護するのは、王族の大事な役割で、レオノーラはその点をよく理解してくれている。

ルイスは元々広い領地を持っており、さらに妻のアリシア姫の出身国は小国ながらも金鉱山を持っている。資金だけなら、潤沢に持っているだろう。

それでも、「シャクラ神の慈愛」は国が保護するものなのだから、全(すべ)ての額を出すのは難しいかもしれないが、出来るだけルイスに返したいと思った。

「いいよ。俺もこの絵のことはずっと気になってたんだ」

「え？」

「今のセドリックより、もう少し小さい頃かな？　サンモルテで初めてこの絵を見た時には、あまりに美しくて、しばらくは動けなかったよ」

「確かに……とてもきれいですね」

リードがそう言えば、ルイスも嬉しそうに頷く。

そして、セドリックに対してこの絵の場面や、謂われを事細かに説明してくれる。

その様子は、芸術が好きな、洒落者の貴族の青年にしか見えない。

数日前、アグスティナから聞いた話を思い出す。

ラウルの後、リアーヌのもとに通っていたというのは、ルイスだった。

考えてみれば、いくらバレエ団の支援があっても、身寄りのないリアーヌが一人で子を産むのはひどく困難なはずだ。誰かしらの金銭的な援助があったとしか思えない。王立バレエ団への入団自体がルイスの口利きであったとしたら、全ての辻褄が合う。

けれど、それならばどうしてルイスは何も言わないのか。

……もう少し調べてみた方がいいな。

セドリックに向けるルイスの笑みには、裏があるようにはとても見えない。

ルイスが「シャクラ神の慈愛」をマザーへ渡すのを横目で見ながら、リードはセドリックを伴い、城へと帰って行った。

「お前、ちゃんと寝てるか？」

「へ？」

久しぶりに訪れたリサーケ同盟。

リードの顔を見たフェリックス・リサーケは、開口一番そう言った。

首を傾（かし）げれば、目の前のソファに腰掛けるよう促される。

身体（からだ）の大きいフェリックスでもゆったり座れるような、座り心地の良い大きなソファだ。

フェリックスも机から離れると、ちょうどリードの前にある椅子へ腰を下ろす。

その際、テーブルの上にあった小瓶を手にとり、リードへ手渡した。

「……これは？」

「東洋で人気の美容液？　らしい」

可愛（かわい）らしい小瓶にはリボンが巻かれており、中には薄桃色の液体が入っている。

「そんなに肌、汚いですか？」

「いや、東国の姫君にも負けず劣らずの美しさだな」

フェリックスはつい先日まで自ら船に乗り、商品の買い付けを行ってきた。

おそらくこの美容液も、買ってきた商品の一つなのだろう。

いつも以上に長旅となったのは、近隣の国々だけではなく、遥（はる）か海の彼方にある東国にまで足を延ばしたからだ。

「おいくらですか？」

「やるよ、苦労の絶えない王太子妃殿下への贈り物だ」

そう言ったフェリックスは、口調とは裏腹に、労(いたわ)るようにリードを見つめていた。

どうやら、今回の騒動に関しては全て知られてしまっているらしい。

出来うる限り箝口令(かんこうれい)は敷いたはずなのだが、さすがの情報網だ。

「全く、お前も難儀な相手ばかりを選ぶよな。……だからあの時、俺と一緒に船に乗っていればよかったものを」

後半は、二人きりになると必ずといっていいほどフェリックスが言う冗談だ。

リードとしては慣れたもので、少しだけ頬を緩ませる。

「まあ、あの王子様にはお前しか見えてないことは知っているが、ただこのご時世だ。隙は見せない方がいい」

フェリックスはそう言いながら、手を伸ばした先にあった一枚の紙を取り、リードへと渡す。

「これは……」

リードの瞳が、大きく見開かれる。

「明日出るはずだった新聞記事だ」

新聞の中央には、仲睦(なかむつ)まじくレストランで食事をするラウルとリアーヌ、そしてタッドの絵が描かれている。

記事の見出しは「王子と舞姫の身分違いの恋」だ。

これまで色恋沙汰の噂一つなかったラウル王子にロマンスの予感。

相手は今や大陸一番の踊り子と言われるリアーヌ。

まるでバレエの物語のように絵になる二人。

政略結婚の末に結ばれた大国の妃との間には、やはり秋風が立ってしまっているのか。

「……なんですか、これ」

最初こそ、三人の姿に動揺したリードだが、記事の内容のあまりの出鱈目さに思わず呆れた声が出た。

リードとラウルが不仲で、ラウルはリアーヌに夢中になっている、というものなのだが、あまりにも事実とはかけ離れている。

「ま、所謂ゴシップ記事だな。あ、言っておくが王子がリアーヌとそのガキと食事をしたってのは本当らしいぞ」

「え？」

「五日くらい前だって話だが、覚えはないか？　俺はてっきり、お前も同伴していて、たまたま席を外しただけだと思ったんだが」

五日前。おそらく、ラウルが演習へ行く前の日のことだ。

あの日、帰ってこないラウルをリードは随分長い時間待っていたが、リアーヌのところへ行っていたのか。

リードが気落ちしたことが目に見えてわかったのだろう。

フェリックスが、苦い顔でため息をついた。

「出るはずだったってことは、この記事は出ないことになったんですか？」

「ああ。俺が買い取った。的外れでしかない新聞記事でも、噂に尾ひれがつくことだってあるからな」

「それは……ありがとうございます」

ラウルのオルテンシア国内でのイメージは、とても良い。

けれど、あまりにも清廉な印象が強いため、何かあった時には評価がその反動で大きく変わる可能性もある。

子を残せぬリードと婚姻を結んだことも、後々はフェルディナンドの忘れ形見であるセドリックに王位を譲るための決意とみられているため、すこぶる好印象だったのだ。

だから、そんなラウルが他の女性、しかも大陸一番の踊り子に現を抜かしているという記事は、とてつもなくイメージが悪い。

「リアーヌとのことも、もしバレた日には王子の株は大暴落するだろうな。こんな時代だ、王権なんて国民からの尊敬がなくなれば、あっという間に吹き飛ぶぞ。今回、革命によって国を追われた王族を何人も見てきた。今まで贅沢三昧してきただけに、惨めなものだ」

「オルテンシアも、例外ではないということですね」

フェリックスが話しているのは、おそらく海の向こうの国々のことだ。

風の噂で聞いたところ、決起した国民によって王権が倒され、貴族と平民の代表が共同で統治する国も出てきているのだという。

「さすが、驚かねえんだな。それを聞いた王族連中が震え上がって平民から武器を奪おうとしてる国だって結構あるっていうのに」

「いざとなれば、武器がなくても革命は起こせますよ。数は圧倒的に民衆の方が多いんですから。田畑を耕す鍬や鋤を、彼らから取り上げることなんて出来ないでしょう？」

リードの言葉に、フェリックスが口の端を上げる。

「お前がいる限り、オルテンシアに革命が起こることはないだろうな……とはいえ、さすがに今回の件はまずいな」

「え？」

「記事を書いたぶん屋に聞いた話だが、なんでも事前に情報が入ってたって話だ。そもそも、おかしな話だろ？　滅多に外食をしない王子が、その高級レストランに食べに来るなんてよほど近しい人間にしかわからないはずなんだから」

「確かに……」

一体その情報を記者に渡したのは誰なのか。そして、何を目的としているのか。

考え込めば考え込むほど、謎は深まるばかりだ。

「まあとりあえず、お前は我慢せずに王子にハッキリ言っちまった方がいいんじゃないのか？」

「へ……？」

「ふざけんな！　話が違うだろこのバカ王子！　って殴っちまえ。スッキリするぞ～」

「それは確かに……スッキリするかもしれません」

フェリックスの言い方がおかしくて、思わず吹き出してしまう。

リードが表情を綻(ほころ)ばせれば、安心したようにフェリックスも微笑(ほほえ)んだ。

「あ、そういえば」

「あ？」

「新聞屋さんに渡した情報料……おいくらですか？」

フェリックスが善意でやってくれたことはわかるが、そこはきちんと支払わなければならない。

リードがそう言えば、

「それは、お前じゃなくて王子に請求するよ」

と、フェリックスは人の悪い笑みを浮かべて言った。

「じゃあ、それでお願いします」

リードがそう言うと、フェリックスはますます楽しそうに笑った。

この男が味方でよかったと、つくづくリードは思った。


フェリックスから近隣の国々の情勢を聞き、夕方になり城へ戻れば、馬車の窓から城門のところに立ちすくむ人影が見えた。

馬を操る御者に声をかけ、止めてもらうと、御者が馬車を降りる前に、その扉が開かれた。

「ラウル……」

「帰ってきて早々に悪い……。だけど、頼むから俺の話を聞いてくれ」

ラウルの表情は苦し気で、張り詰めたような空気を纏っていた。おそらく、ずっとリードのことを待っていたのだろう。そんなラウルに、リードはただ頷くことしか出来なかった。

リードの姿を見たことで、安心したのもあるのだろう。一旦、ラウルは仕事へ戻って行ったため、リードは一人で食事を取ることになった。それでも部屋を出る際、自分も出来る限り早く戻るから、リードも部屋に戻って欲しいという言葉を、しっかりとラウルは残していった。湯浴みで身体を温めた後、ようやく寝室へと向かう。

リードの姿を目にした部屋の前に立つ番兵も、どこか安堵の表情を浮かべていた。互いにいつも通りに振る舞っていたつもりだが、褥を共にしていないことを知る彼らには、やはり何かしら思うところはあったのだろう。

扉を開けた先、部屋の中央では、ラウルが既に待っていた。

「リディ」

リードの姿を確認すれば、ホッとしたように長椅子から立ち上がる。

「遅くなってごめん」

別に、意図して遅らせたわけではないのだが、どこかで足が怯んでいたのも確かだ。

「いや、来てくれてよかった……」

言いながら、隣へ座るよう促される。リードも、素直にそれに従った。

しかし、いざ座ってみると、ラウルは何も言わなければ、リードも何の言葉も発しなかった。

リードはラウルの横顔を、ちらと見上げる。常に沈着冷静といわれるその表情には、明らかな焦燥が感じられた。

ラウル自身、会話のきっかけを探しあぐねているのだろう。

「久しぶり……だね」

「ああ」

「演習、どうだった？」

「別に……いつもと大して変わらない。それよりも、お前に早く会いたかった」

後でエンリケから聞いた話だが、ラウルは出発直前まで、エンリケに代理を頼むか迷っていたのだという。

今は軍の演習よりも、優先したいことがあると、はっきり口にしていた。

ただ、それでも演習を選んだのは、王太子としての責任感故だろう。

リードも、その点に関してはラウルを責めるつもりはなかった。

「うん、俺も。ラウルに会いたかった」

リードの言葉に、ラウルの表情が目に見えて明るくなる。

ようやく見つめ合い、久しぶりに互いの姿を確認すれば、嬉しさが込み上げてきた。

けれど、それはほんの僅かの間だけだった。

ここで話を有耶無耶にするわけにはいかない。自分は、そのためにここへ来たのだ。

「……リアーヌさんの、ことだけど」

「ああ」

リードがリアーヌの名前を出すと、ラウルの表情が僅かに強張った。

「演習に行く前、会いに行ったんだろ？　多分、ラウルもリアーヌさんに聞きたいことがあったんだろうけど、もう少し、慎重に行動して欲しいと思う。新聞記者が記事にしようとしてたって」

冷静に、決して感情的にならないように。それでも動悸が速くなるのを感じながら、リードはラウルに伝える。

ただ、それでも僅かではあるが語尾は震えてしまった。

自分がラウルを一人待ち続けた夜、ラウルがリアーヌと会っていただなんて、思いもしなかった。

けれど、リードの言葉にラウルはショックを受けたような顔をした。

「なんで……」

「え？」

「どうして、そのことをお前が知ってるんだ？」

これまで歯切れの悪かったラウルが、はっきりと問う。その言葉に僅かに棘が感じられるのは、おそらく気のせいではない。

内心ムッとしつつも、リードはその気持ちを表に出さずに答える。

「どうしてって、フェリックスさんから聞いたからだよ」

「フェリックス……」

リードから出たフェリックスの名を、ラウルがぽつりと呟いた。

けれど、すぐにラウルの表情が険しいものになる。

「相談、したのか？　フェリックスに」

「まあ、少し……」

実際、リードが相談する以前からフェリックスには知られていたのだし、会話の流れからラウルも
それはわかっているだろう。

けれど、ラウルは何故かわなわなと拳を震わせ、次にリードを強く見据える。

「なんで……」

「え？」

「なんで相談する相手が、フェリックスなんだ!?　いや、フェリックスだけじゃない。エンリケから
も、お前がひどく気落ちしているようだから、早くこの件に関して解決するよう言われた」

娼館で会ったことを、エンリケはおそらくラウルに話していない。

それがリードの自尊心を傷つけることになることはエンリケもわかっているからだ。

ただ、それでもあの時のリードの落ち込み様を目の当たりにしていることもあり、見過ごすことが
出来なかったのだろう。

「お前がそんなに口が軽い人間だとは思わなかった」

ラウルとしては、確かに決まりが悪く、あまり知られたくない話ではあるだろう。

だからといって、どうしてここまで自分が詰られなければならないのか。

最初はただ呆然とラウルの言葉を聞いていたリードだが、冷静になると、ふつふつとした怒りが込

み上げてくる。

「……じゃあ、誰にも相談せず、俺だけで考えればよかったのか？」

別にリードだって自ら吹聴したわけではない。むしろあの場ですぐに箝口令を敷いたのはリード自身だ。

これが公になれば、ラウルの立場を悪くすることはわかっていたから。それなのに。

「ふざけんなよ、じゃあ俺はどうすればよかったわけ!?」

「リ、リディ……？」

突然声を大きくしたリードを、ラウルが驚いたように見つめる。

「俺がどんな気持ちだったかラウルにわかる!? なんか、突然お前の子供を産んだって言う女性が出てきて、しかも子供を引き取って欲しいって言われて。あの場で断ったら、俺が悪人みたいじゃん！ どういうことだってお前を責めたかったよ！ こんなの聞いてないって。だけど……」

気が付けば、瞳からは涙が溢れていた。これまで抑えていた様々な感情が一気にこみ上げてきて、言葉に詰まる。

「だけど、そんなこと言えるわけないじゃん。結婚してから、ラウルがどんなに誠実に俺だけを見てくれていたかなんて誰よりわかってる。今更過去のことを蒸し返したって仕方ない。だけど、実際リアーヌさんには子供がいるわけで……俺、敵わないじゃん！ だって、俺には子供が」

リードの言葉は、途中で遮られた。隣に座るラウルが腕を伸ばし、その身体を抱きしめたからだ。

「……すまない」

肩を震わせるリードを、ラウルの腕が優しく包み込む。

久しぶりに感じる、ラウルのにおいと、温もりだった。

「お前を傷つけていることはわかっていたし、なんとかしたいとは思っていた。だが、俺も自分のことで、いっぱいいっぱいになっていた」

抱きしめたまま、穏やかな声でラウルがリードに話す。

「こんなこと言うとお前を傷つけるかもしれないが、俺はお前が男で、子が産めなくてよかったと思ってる。もしお前が女だったら、とっくに叔父上の子を産んでいて、アローロを出ることはなかったかもしれない。そうすれば、俺がお前に出会うこともなかった」

ラウルの言葉を、リードは黙って聞き続けた。

「勿論、お前に子供が出来ればという考えを一度も持たなかったと言えば、嘘になる。お前の子供だ、絶対にかわいいに決まってる。だけど、子が出来ないからこそ、俺はお前だけを見ることが出来るし、お前だけを大切にすることが出来る」

「うん……」

ラウルの言葉の一つ一つはとても丁寧で、自分が大切にされていることを改めて実感する。

ただ、ラウルの言葉は嬉しくはあったが、現状を考えれば単純に喜ぶことも出来ない。

「リアーヌと会っていたのは本当だ。だけど、本当に事情を聞いていただけで、後ろめたいことは何もない」

ラウルの気持ちは痛いほどわかる。けれど、根本的な解決には全くなっていないことは、リードも気付いていた。

「それで……俺に聞いて欲しい話って？」

ラウルの胸から顔を離したリードが、真っ直ぐに問う。

門の前で会った時、ラウルはリードに話を聞いてくれと言っていたはずだ。

「それは……」

ラウルの眉間に皺が寄る。

「……悪い、今は言えない」

「え？」

「誤解しないでくれ、本当に、やましいことは何もないんだ。今は状況を説明することが出来ないだけなんだ。だが、俺はリアーヌを側室に迎えようなんて全く思っていないし、お前のことは絶対に裏切っていないと誓う。だから、頼むから俺のことを信じてくれ……」

リードの瞳を見つめたラウルはそう言うと、もう一度リードの身体を抱きしめた。

ラウルも闇雲に自らを信じるように言っているわけではないだろう。エンリケを娼館へと遣わしていることからも、調査はしているはずだ。だが、解決の糸口を摑んでいるようにはとても見えない。

ただ、ラウルの中ではリアーヌの子は自分の子ではないという確信があるようで、子供を引き取ろうなどということは微塵も考えていないようだった。

けれど、それをラウルが主張したところで、この状況でそれがまかり通るとは思えない。リアーヌに限ってそれはないだろうが、王立法廷に持ち込まれた日には王家への不信感にもつながる。

苦しいくらいの抱擁は、今現在のラウルの気持ちの表れだった。けれど、よく知るにおいと体温に包まれながらも、リードの気持ちが晴れることはない。

「……無理だよ」

リードの言葉に、ラウルの身体が微(かす)かに強張った。

「ラウルの気持ちは嬉しいけど、今は素直に気持ちを受け止めることは出来ない。リアーヌさんだって、結局納得してくれてないんだろ？」

「それは……」

「きついことを言ってごめん。ラウルのことを、信じてないわけじゃないんだ。だけど……」

それ以上は、言葉は続けられなかった。鼻の奥がツンとする。瞳からは、再び涙が溢れてくる。

リードを抱きしめ続けたまま、ラウルは黙って話を聞いていた。反論は、しなかった。

「……わかった。今は、それでもいい」

リードを抱きしめる腕が、強くなる。

「だけど。俺が愛しているのはお前だけだ。それだけは、信じてくれ」

そう言ったラウルの声は、微かに震えていた。

9

時は、誰に対しても平等で、止まることなく流れていく。眠れない夜があったとしても、翌日には日が昇る。

互いの気持ちをぶつけあったことにより、わだかまりは減ったとはいえ、それでも今まで通りというわけにはいかない。

例えば、リアーヌの件があってから、リードはラウルと一度も身体を繋げられていなかった。

何も、嫌悪感があるわけではないのだが、今はそんな気持ちにはとてもなれなかったからだ。そのため、同じ寝台では眠っているものの、互いの肌には触れられていない。

ラウルもなんとなくそんなリードの気持ちを察しているようで、無理に触れてこようとはしなかった。

別に、互いに初めての相手というわけでもない。

ラウルにだってそれなりの経験があることは、あらかじめわかっている。

それでも躊躇(ちゅうちょ)してしまうのは、やはり当事者であるリアーヌと対面してしまったからだろう。

名も姿も知らぬ相手であれば、さほど気にならない。

だけど、リアーヌの姿を知っているだけに、ラウルがどんな風にリアーヌに触れたのか、愛の言葉を囁(ささや)いたのか。

想像すると、胸の中がもやもやして、とても集中出来そうにないからだ。

我ながら、自分がこんなにも嫉妬深(しっとぶか)いとは思いもしなかった。

だからといって、このままの状況がよくないことはリードもわかっている。

身体のつながりよりも重要なのは心のつながりとはいえ、やはり互いの体温を確認しあうことも大切だ。

けれど。今日の夜こそは、ちゃんとラウルと向き合おう。毎朝そう思うのに、日が暮れるとやはり気持ちが滅入ってしまい、とてもそういう心境ではなくなってしまうのだ。


その日のリードは、外交部の仕事の合間にサンモルテへ赴き、盗まれていた「シャクラ神の慈愛」の確認を改めて行った。勿論、競り落とした、仮の所有者であるルイスも一緒だ。

「シャクラ神の慈愛」の件をレオノーラに報告したところ、たいそう喜んでくれて、ルイスが競売に使った金も全て支払うとのことだった。

ただ、やはり保存状況がよくなかったのだろう。絵画修復師に確認してもらったところ、少し修復が必要な箇所もあるため、お披露目まではもう少し時間がかかるということだった。

数カ月も経つ頃には、オルテンシアが誇る絵画修復師たちが見事に修復した「シャクラ神の慈愛」を見せてくれるはずだ。

「本当に、ありがとうございます。このようなことが二度と起きぬよう、私たちもこの絵を守って参りたいと思います」

マザーやシスター、修道士たちに頭を下げられ、リードは慌てて首を振る。

「いえ、私は何も……見つけてくださったのは、ルイス殿ですし」

その言葉に、マザーは穏やかな微笑みでリードの横にいるルイスを見上げる。

「そういえば、殿下は幼い頃からこの絵を気に入っておられましたものね。ええ、覚えております。あの頃、殿下は毎日この絵を見にいらっしゃっていて。自分は本物のシャクラ神に会ったって、そう仰(おっしゃ)ってたんですよ」

子供時代の多くをアローロの王宮で過ごしていたルイスだが、冬の間は寒さの厳しいアローロではなく、オルテンシアで暮らしていた。

幼い頃の自分の話を楽しそうに話すマザーに対し、ルイスは少し気恥ずかしそうに笑った。

「本当に会えたんですか？　シャクラ神に」

こっそりと聞けば、ルイスの表情から笑みが消え、静かな瞳でリードを見据える。

「ああ……この世のものとは思えない美しさだった。あの日のことを、忘れたことはないよ」

リードを見つめながらも、まるでここにいない誰かに語り掛けるように、ルイスは言った。

「そう……なんですか」

なんだろう、何か、引っかかる。

それが何であるかははっきりとはわからないが、リードの記憶の奥底にある映像がほんの一瞬見えた。

「そろそろ戻ろう。時間通りに帰らなければ、あとでシモンになんて言われるか」

ルイスの言葉に、脳裏を掠(かす)めた映像は瞬く間に霧散する。

「あ……はい」

二人で出かけることに、最後まで反対していたシモンの姿を思い出し、リードはすぐに歩き始めた。

「だけど、王太子殿下が来られなかったのは残念ですね。珍しく、『シャクラ神の慈愛』に関しては興味を持っていたのに」

馬車に乗ったリードは、目の前に座るルイスへ話しかける。

芸術への関心が高いとは言えなかったラウルだが、オルテンシアの国宝とも言える「シャクラ神の慈愛」については興味があったようだ。

もっとも、修復が完了した際にはお披露目の式典を行う予定であるし、その際に参加出来ればよいと思ったのかもしれないが。

「ああ、確かにその通りだよね。……そんなに、大した用でもないだろうに」

「え？」

リードの言葉に対し、ルイスが発した言葉はどこか含みがあるものだった。

「ラウルの側近に聞いたんだけど、なんでも城でリアーヌと会う約束があるらしいよ」

腰を上げたルイスは、こっそりと、まるで秘密の話でもするかのような距離で、リードの耳元でそう言った。

「え……」

車輪のまわる音が一瞬消え、そしてルイスのつけている香のかおりだけが鼻腔に残る。

「まあ、勿論城に呼んでるくらいだし、何かあるってことはないんだろうけど。ただ、そこまで優先させるほどのことだと俺は思わないんだけどな。まあ、俺としてはリードと二人で出かけることが出来たわけだし、幸運だったけどね」

そう言ったルイスは、笑って片目をつぶった。けれど、目の前で紡がれるルイスの明るい言葉は、リードの頭にほとんど入ってこなかった。

自分が行かなければ、今日リードがルイスと二人で出かけることはラウルもわかっていたはずだ。

別に、リード自身はルイスと二人で公務に出かけることはかまわない。行先はサンモルテであるし、そもそも自分たちの間に何かが起こるとは思えないからだ。

ただ、少し前まであんなにも自分とルイスの関係にあれこれと口を出していたラウルが、リアーヌとの約束を優先させた。

その事実に、自身の心が冷えていくのをリードは感じていた。

黙り込んでしまったリードに、気遣わしげにルイスが声をかける。

「リード？　気分でも悪い？」

「あ、いえ……大丈夫です」

ズキズキと胸は痛み、作り笑いを浮かべるのが精いっぱいだった。微かに震える手に気付かれぬよう、膝の上で強く手を重ねた。

シントラ城の中には、他国の王族をはじめとする国賓を迎える部屋以外にも、商人や仕立屋といった人々を受け入れるための部屋がいくつも用意されている。

ラウルが人を呼ぶとすれば、ある程度場所は限られていた。相手がリアーヌであるなら、あまり人目につくことがなく、それほど広さのない部屋だろう。

城に帰ったリードは、外交部へ戻ったものの、仕事の量が少なかったこともあり、早々に作業が終わってしまった。本音を言えば、今は仕事に没頭したかったのだが、肩透かしを食らった気分だった。

目の前の仕事がなくなると、自然と思考は、ラウルとリアーヌのことに及んでしまう。

一体、二人はどんな話をしているのか。

どうして、ラウルは事前に自分に話してくれなかったのか。

何か、言えない事情でもあったのか。

ダメだ。こんな風にうじうじするのは、自分らしくない。そう思ったリードは、シモンに少し席を立つことを伝え、廊下へと出た。

別に、大したことではない。リアーヌと会う時には慎重に行動して欲しい、リードがそう言ったため、ラウルは城に招いたのだろう。そこに、他意はないはずだ。

何ということはない、自分も顔を出し、挨拶(あいさつ)くらいしても良いだろう。

そう自分に言い聞かせながら、リードは二人が話をしているであろう部屋へゆっくり近づいていく。

長い廊下の片隅にある部屋の扉は、開かれていた。近づけば、微かに話し声も聞こえる。

人払いをしていることから、声のトーンが高くなっているのかもしれない。

悪いと思いつつも、ゆっくりと扉の陰でリードは耳をそばだてる。

「王太子殿下の気持ちはありがたいと思っております……私などのために、そこまで心を砕いて頂いて」

「お前には恩もある、気にするな」

わかってはいたことだが、二人の間にある空気は親しげで、以前城で対面した時のような他人行儀な雰囲気は感じられなかった。やはり、自分の知らない過去が二人の間にはある。

二人の会話からそれを感じたリードの胸が、ツキリと痛む。

「ですが、それでも、やはり私はお受けすることは出来ません」

「……リアーヌ」

「私自身のことは、いいのです。側室になろうとは思っておりません。ただ子供を、タッドを引き取ってさえ頂ければ」

「だが、俺は……」

一瞬、リードの呼吸が止まった。

聞こえてきた会話の内容が信じられず、表情が消える。

心臓が早鐘をうち、震えそうになる手をギュッと握りしめる。

そのまま、音を立てずに元来た道を歩き出す。とてもじゃないが、あの場に顔を出す気持ちにはなれなかった。

ラウルのことは信じたい。

数日前、ラウルは自分の言葉で、リアーヌを側室にする気はないと言ってくれた。

ただ、それはあくまで数日前のことだ。

もし、この数日の間にラウルが心変わりするような出来事……たとえば、タッドが自身の子であるという確信が持てたとしたら。

ラウルの中に、リアーヌへの愛情が少しでもあったら。

何より、ラウルの責任感の強さを誰よりリードは知っている。

道義上、二人を城へ招き入れるという選択をする可能性だってないわけではない。

――愛しているのはお前だけだ。

あの時の、苦し気なラウルの言葉を思い出す。その言葉に、嘘は感じられなかった。

だけど、今のリードにはその言葉すら空虚に思えた。

結局その日、リードはラウルが来る前に体調が優れないことを理由に休んでしまった。

ぼんやりとした意識の中、自身の額に触れるラウルの手の優しさを感じた。


誤解や気持ちの行き違いは、互いの説明不足や解釈の違い、会話が足りないことによって起こるものだ。

だからこそ、リードはいつもラウルに対しては思ったことは口にしてきたし、またラウル自身もそうしてくれていた。

ただ、今回ばかりはそれが出来なかった。

リアーヌさんと、何の話をしてたんだ？

側室って言葉が聞こえてきたけど、やっぱりリアーヌさんとタッドを城に入れるのか？

胸の中にあるいくつものそういった疑問は、いざ口にすればリードの勝手な誤解であることがわかるかもしれない。

だけど、もし違っていたら。

もし苦渋に満ちた表情で頭を下げられ、リアーヌと子を受け入れてくれと言われたら、どうすればいいのか。

リード自身が答えを出せないこともあり、それをラウルに聞くことが出来なかった。

ラウルの方も、リードの様子がおかしいことには気付いているのだろう。事あるごとに、ラウルが自分を見つめていることを知っている。

結局タイミングを見失い、身体（からだ）のつながりをもてなかった二人は、今も同じ寝台で眠っているのに、何もしないままだ。

すぐ隣にいるラウルが、とても遠く感じた。

そうこうしている間に、事態はとんでもない方向へと動いていく。

＊＊＊

「リディ！」

外交部の扉が、勢いよく開かれる。

険しい形相で部屋へと入ってきたこの国の王太子を、さすがの外交部の人間も驚いたような表情で見つめている。

「……殿下？」

席を立ち、首を傾げるリードの腕を摑んだラウルは、そのまま部屋を出て行く。

さすがにただ事ではないと思ったのか、シモンは後を追おうと席を立ったが、そんなシモンに対しリードは小さく首を振った。

第三者が入るよりも、二人だけで話し合った方がよいこともあると思ったからだ。

特に、今の自分たちの場合には。

「……これは一体どういうことだ!?」

ラウルの執務室のすぐ隣にある休憩所。

簡易ながらも椅子と机が用意されているその部屋は、側近時代リードがよく使っていた場所でもあった。

その机の上に、ラウルは手に持っていた紙をたたきつけるように置く。

よく見ればそれは、新聞紙のようだ。

「これ……？」

内容をよく見ようと、手に取る。

新聞には、主に二つの記事が大きく書かれていた。

一つは、王太子とリアーヌの密会。リードがフェリックスに見せられたものとは文面も違うことから、おそらく以前とは別の新聞社が発行したものであることがわかる。

ただ、王太子がリアーヌにご執心、という内容は同じであるようだった。

以前に見た新聞との違いは、さらにもう一つ記事が追加されていることだ。

それは、リードとセドリック、そしてルイスに関するものだった。

王太子殿下がリアーヌに夢中になっているのは、やはり自身の血を引く子供に王位を継がせたいから。

妃殿下にもそれを相談したが、妃殿下はあくまで次期王太子はセドリック殿下であると主張。

そういった事情もあり、王太子殿下と甥(おい)であるセドリック殿下の仲はうまくいっておらず、現状に妃殿下は心を痛めている。

そして、そんな王太子妃殿下の味方になっているのが王太子殿下の従兄弟であるルイス殿下。

これまで王太子夫妻がセドリック殿下を連れて行っていた教会への奉仕活動も、王太子殿下の足が遠のいていることから、王太子妃殿下はルイス殿下を伴っている。

次期王の冠は、誰の手に？　王太子妃殿下の気丈な決意。

そんな見出しで書かれたその記事は、まるでラウルとセドリックの間の王位継承争いを予兆させるように、面白おかしく書いてある。

「そうか……これが、目的……」

おそらく、リアーヌとその子供はただのきっかけに過ぎない。

ここ最近リードの周りに起こっている出来事は、全て（すべ）この記事を国民の間に広めるためのものだったのだ。

「この記事を、どこで？」

「……昼過ぎに城下で配られていたそうだ。すぐに取り押さえたが、かなりの人間が手に取っていたという話だ」

フェリックスのところへ使いに行っていたサビオラが目にして、慌てて報告に来たのだという。

「お昼時だし、一番人が出ている時間だね……」

オルテンシアの識字率はそれほど高くなかったが、側近となったリードが力をいれてきたこともあり、セレーノ市内ではだいぶ向上している。

たとえ字が読めずとも、リアーヌと仲睦（なかむつ）まじげに話すラウル、そしてサンモルテで奉仕活動を行うリードたちの絵を見れば、状況は想像出来るだろう。

「……ルイスと、サンモルテへセドリックを連れて行っていたのか？」

「え？」

「記事に書いてある。セドリックも、とても楽しそうにしていたと」

眉間（みけん）に皺（しわ）を寄せるラウルの表情を見たリードは、慌てて首を振る。

「偶然だよ。俺はセドリック殿下と二人で出かけたんだけど、たまたまルイスも用があったみたいで……」

「だが、この記事を読んだ人間はお前たちが三人で出かけたとしか思わないだろう!?」

「それは……そうかもしれないけど」

誰が話したのかはわからないが、サンモルテは外部の人間の出入りも多い。三人でいたところを見られてしまっては、そう思われても仕方がない部分はある。

「悪い、お前を責めてるわけじゃないんだ」

リードの表情を見たラウルが、補うように声をかける。

「ただ、状況的にかなりまずいな。リアーヌに限ってないとは思うが、子供の存在が露見すればいらぬ憶測を生む可能性もある」

ラウルの口から出たリアーヌの名前に、リードの身体が微かに震える。けれど、ラウルの視線は目の前の新聞記事に向かっているため、気付くことはない。

「事実無根であると、すぐに声明を出す。そもそも、いくら王族とはいえここまで私的な部分を報道される筋合いはない」

「でも、自由な報道はある程度認めないと、国民の不満も溜まるよ……それに、今は下手に訂正しない方がいいと思う」

「なぜだ?」

「この記事を書かせた人間の目的は、おそらく王族への国民の信頼や敬愛を失墜させることにあるんだと思う。それに、こちらが敏感に反応すれば、相手の思うつぼだ。それこそ王位継承を巡る問題に発展しかねない。そうなった日には、セドリック殿下にも危険が及ぶ」

リードの言葉に、ラウルの表情が険しいものになる。

ここのところ関係はうまくいっていないとはいえ、ラウルがセドリックを大切に思う気持ちに変わりはない。

「だから、俺たちはこんな記事のことなんて知らない顔をして、冷静に過ごそう」

「ああ……わかった」

新聞記事を折り、ラウルへと手渡す。

いつまでも見ていたいものではなかったからだ。

「リディ」

「ん……？」

ラウルが、何かを話そうと、その口を開く。

二人の視線があい、しばし見つめ合った。

「いや、なんでもない」

小さく首を振ると、そのまま視線を逸らし、記事を持ったまま部屋を出て行く。

そんなラウルの後ろ姿を見つめながら、リードは小さく嘆息する。


記事の影響は決して小さいものではなかった。

それは、長い時間を外交部で過ごしているリードが、肌で実感するほどに。

「これはこれは、王太子妃殿下」

年の頃は五十を少し過ぎたところだろうか。

作り笑いを浮かべた恰幅(かっぷく)の良い男性が、廊下を歩くリードの姿をめざとく見つけた。

「……こんにちは、ロイド卿(きょう)」

数年前に商売で成功を収め、資産家となった男だ。ただ、元々貴族としての地位はそれほど高くないため、なんとか自分の娘をラウルの側室に、とずっと請い続けていた一人でもあった。

何が言いたいかは火を見るよりも明らかで、自然と構えれば、目に見えて不機嫌な顔をしたシモンが、ずいとリードの前へ立った。

「何の用でしょう？　妃殿下はご多忙の身なのですが」

美人の怒った顔ほど、迫力があるものはない。

親子ほど年齢が違うにもかかわらず、ロイドはシモンに睨(にら)まれると、顔を引きつらせた。

「い、いや……お忙しいのなら、また今度で……」

「だ、そうです。行きましょう、リード様」

そう言ったシモンはばっさりとロイドを切り捨て、リードへと笑みを向ける。

「う、うん。それではロイド卿、失礼します」

軽く礼をしたリードは、外交部の方向へと足を向ける。

その少し後ろを、シモンも歩き始める。

「……そうやって、公務にばかり現(うつつ)を抜かしているから、王太子殿下に愛想を尽かされるんだ」

ぼそりと、ロイドが呟(つぶや)く。

捨(す)て台詞(ぜりふ)のように吐き出した男の言葉は、しっかりとリードの耳にも入っていた。

ムッとして顔を歪めたシモンが立ち止まり、抗議しようと後ろを振り返る。

「シモン」

何か一言、もの申そうとしてくれているのだろう。

そんなシモンの気持ちはありがたかったが、リードは静かな声で窘める。

「ですが……」

「ありがとう。だけど、いいんだ。いちいち、気にしていたって仕方がないから」

苦笑いを浮かべてそう言うリードに、シモンは納得出来かねるという表情をしたが、それ以上は何も言わなかった。

こういったことは、頻繁にあるのだ。いちいち取り合っていても仕方がない。

元々、いくらリケルメの子であるとはいえ、男で子が出来ないリードに関しては思うところもある貴族は多かった。

単純に、自分の娘をラウルの側室に添えたいと思う者。

国の行く末を思い、リードのことは認めつつも、側室を迎え、子を残して欲しいと願う者。

勿論中には、セドリックもいるのだし、王太子夫妻の意思を尊重すべきだという人間もいる。

特に、これまではラウルの手前、リードに直接言ってくる人間はさすがにいなかったのだが、記事が出た後から、そういった声が聞こえてくるようになった。

最初こそ笑顔で対応していたが、その数が多くなればなるほど、精神的な疲れも出てくる。

どうして側室を認めないいんですか。貴方には子供が産めないのに。

王太子妃の振る舞いとしては、正しくないんじゃないですか。

言い方は違えど、みなリードに言うことは一緒だ。

わかってはいても、さすがに毎日のように言われれば心がすり減っていく。

幸いなのは、外交部の人間はこの件に関しては無関心で、むしろ不器用ながらもリードを気遣ってくれていることだ。

特にシモンなど、リードが誰かに話しかけられ、無神経な言葉の暴力に晒されることがないよう、常に傍にいてくれる。

それでも今のリードは、まさに針のむしろだった。

ラウルには話さぬよう、シモンには頼んでいた。

この件に関しては、ラウル自身も大変な状況に置かれているのだ。

リードの件まで背負わせるのは、さすがに気が引けた。

ただ、ラウルが何も言わないこともあり、日に日に無遠慮な言葉は増えていく。

そうして、それらの言葉にリードの心が限界を迎えそうになっていた時だった。

離宮に住むレオノーラから、至急、自分のもとへ来て欲しいという手紙が届いた。


午前のうちに大方の仕事を終えたラウルは、馬を走らせ城下へ向かっていた。すれ違った城下の人間の中にはラウルの存在に気付く者もいたが、物珍しそうに見ているだけだ。リードの言っていた通り、新聞記事などどこ吹く風だとばかりに過ごしていれば、城下では記事の内容に関する噂話はすぐに終息したようだ。ホッとしながらも、自身のふがいなさに気持ちは全くスッキリしなかった。

　あらかじめ、ラウルが訪れることを伝えていたからだろう。待合に人はおらず、奥の診察室の戸を開ければ、ジャスパーが一人座っていた。長い足を組んで座ったジャスパーの横には例の新聞紙が置かれており、その表情は苦々しい。

「忙しいところ、悪いな」

　声を掛ければ、ようやくラウルの方へと視線を向けた。その瞳が珍しく真剣で、厳しいものだったため、ぎくりとラウルの身体が硬直する。

「この新聞の存在を、リディは知ってるのか？」

　咄嗟に応えられず、気まずげにラウルが顔を歪める。

「だろうな。……かわいそうに」

「な……このことに関してならリディとちゃんと話し合ったし、誤解だということはあいつもわかっている！」

「そんなことを言ってるんじゃない」

　ため息をついたジャスパーが、うんざりしたような瞳でラウルの方を見る。

「ガセとはいえ、王太子が徒し心を出したなんてこんな風に広まっちまったんだ。周りの貴族たちがリディに対してどんな圧力をかけるか、考えなかったのか？」

「あ……」

　ジャスパーに言われ、ようやく気付いたのだろう。ラウルの表情が苦渋に歪む。

「だが、リディは何も」

「自分のことでいっぱいいっぱいのお前に、相談出来るわけがないだろ。お前はリディ以外を妃になんて考えたこともないだろうが、周りの貴族共は違うんだよ。僅(わず)かでも隙があれば、そこに付け入ろうとするに決まってるだろ？　しかも、隙を作った本人はそれに気付くこともなく、全部そのツケをリディが払ってるんだ。呆(あき)れてものが言えないとはこのことだな」

ラウルの顔色はどんどん悪くなっていく。思い当たる節はあった。ここ最近、リードがひどく疲れたような顔をしていたことは気付いていたのだ。それでも、声をかけることが出来なかったのは、ラウル自身もたくさんの問題を抱えていたからだ。

ラウルは苦し気に、眉間に皺を寄せると、ぽつりと呟いた。

「リディにとって俺は、そんなに頼りないのか……」

「は？」

「貴族たちが余計なことを言うなら、俺に相談すればいいだろ？　知っていれば俺だって」

「いい加減にしろ！」

ジャスパーとしては、我慢ならなかったのだろう。温厚なジャスパーが声を荒らげたことにさすがのラウルも驚き、押し黙る。

「悪い……」

そんなラウルの様子を見たジャスパーが、すぐに謝罪をする。ラウルは、黙って首を振った。

「お前がリディを大切に想(おも)い、守りたいと思っていることはわかる。それこそ、周りの人間を頼らずにな。だが、そうやって意固地になった結果がこれだ。今回の件に関しては、お前にも同情すべき点はあるが、一番傷ついてるのはリディなんだぞ。それをわかってるのか？」

「だったら、俺はどうすればよかったんだ？」

ラウルの表情が、悲し気に歪む。ジャスパーの言うことはもっともで、自分の行いによりリードを傷つけてしまったことはわかっている。だけど、ラウルにとっては他に為すすべがなかったのだ。

「それは……素直に事情を話せばよかったんじゃないのか？　リディに」

ジャスパーの言葉に、ラウルは何度か瞳を瞬かせた。けれど、すぐに小さく首を振る。

「それは……出来ない」

「なんでだよ？」

「あいつには、リディには頼られる存在でいたいんだ。それこそリディが不安を感じたり、傷ついたりすることがないよう、常に傍で守れるようなそんな存在に……」

「お前なあ」

ジャスパーが、わざとらしく大きなため息をついた。

「己惚れるのも、いい加減にしろ」

そう言うと、その無骨な大きな手のひらで、ぐしゃぐしゃとラウルの髪を思い切りかきまわす。

「な……」

いつもきっちり整えられている髪が、目に見えてボサボサになる。それより何より、突然のジャスパーの行動にラウルは戸惑った。

「守って欲しいなんて、リディが頼んだか？　あの子は何も出来ない、ただ守られてるだけのお姫様じゃないんだ。お前が相談さえすれば、一緒に考えて案を出してくれたに決まってるだろ？」

ラウルが頭を押さえたまま、苦々しくジャスパーの方を見る。

「そんなの、わかってる。あいつの能力の高さは、誰より知ってるつもりだ。だけど、いつもそうなんだ。俺はあいつを頼ってばかりで……俺だって、あいつにとって頼れる存在になりたいんだ」

幼い頃より、抜きんでて能力の高かったラウルは、他人から常に頼られる存在だった。だから、リードにとってもそんな存在になりたいと、ずっと思っている。けれど、それが出来ていないことはラウル自身もわかっていた。

沈んだ表情のラウルに、ジャスパーが笑いかける。

「心配しなくともお前はちゃんとリディの支えになってると思うぞ？」

けれどジャスパーの言葉に対し、ラウルの瞳は胡乱気なものになる。

「本当か？」

「疑うなら本人に聞いてみればいいだろ？」

その言葉に、ラウルは少し考えるような素振りを見せる。表情はいつもより暗いが、それでも先ほどよりはだいぶ良くなっていた。

「さて。俺も今日は忙しいんだ。頼まれてた調査の結果も出たことだし、お前はこれを持ってリディのところに戻れ」

言いながら、ジャスパーは机の引き出しから紙の束をラウルへと渡す。

「これは……？」

「ここ数カ月の間に、セレーノ市内で流通した染髪剤と、それを買った人間の資料だ」

アローロやオルテンシアの人々の髪色で最も多いのは、茶色だ。勿論それも金に近い明るいものから、黒に近いものまで様々だ。一見金色の人間が多いようにも感じられるが、それはほとんど染髪によるものだ。

「すごい量だな……」

「若い女性だけでもかなりの量ではあるな。だが、その中でも街はずれにある老舗の染髪屋が気になることを言っていた」

「……気になること？」

「一月ほど前、顔を隠した若い女性が染髪剤を買いに来たが、染髪剤の成分をとても気にしていたのだという」

「髪が、傷まないようにか？」

若い女性なら、珍しいことではないのではないか。そんなラウルの問いには、ジャスパーがすぐに答えた。

「それもあるが、薬に入っている成分や副作用に関して、詳しく聞きたがったようだ。髪は勿論、肌は傷めないか。何かの後遺症を残すことはないか。そして……子供に使っても大丈夫なものか、ってな」

切れ長のラウルの瞳が、大きく瞠られた。染髪剤の性能は少しずつ上がっているとはいえ、子供にそれを使おうとする人間はあまりいない。それこそ、よほどの事情がない限りは。

「帳簿を確認してもらって日付を見たが、ちょうどリアーヌが舞台に出ていない日と重なった」

「じゃあ、染髪剤を買いに行ったのは……」

「十中八九、リアーヌで間違いはないだろうな」

「わかった。このことを含めて、リディに事情を話してみる」

「ああ、そうするといい」

忙しいというのは本当らしく、この後ジャスパーはフエントの助産院へ行くのだという。用は済んだとばかりに戸締りを始めるジャスパーに、ラウルが呼び掛ける。

「ジャスパー」

「なんだ？」

「その……色々、助かった。ありがとう」

素直なラウルの言葉に、驚いたのだろう。ジャスパーは呆（ほう）けたような顔をした後、ガシガシとその長い髪を片手でかいた。

「気にするな。……何かあったら、いつでも来い。あ、それからその髪はなんとかした方がいいぞ。色男が台無しだ」

「……ああ」

後ろを向いてしまったジャスパーの顔を見ることは出来なかったが、微（かす）かに見える頬は、僅かに赤くなっていた。

10

レオノーラの住むフエントにリードが来るのは、数カ月ぶりのことだった。以前訪れた時にはラウルも一緒で、二人で温泉に浸かったりもした。

少し前のことであるはずなのに、懐かしささえ感じるのは、それだけここ数カ月のうちにリードの周りで起こった出来事が、目まぐるしかったからだろう。

まだ夏の暑さが残るセレーノとは違い、フエントは少しずつ秋めいてきている。

賑やかなセレーノとは違う、穏やかなフエントの空気に、やっとリードは呼吸が出来るようになった気がした。

ラウルには、フエントへ行くことは伝えなかった。シモンに言付けは頼んであるが、あの時のリードはそれくらい追い詰められており、すぐにでも城を出たいと思ってしまったのだ。

自分自身の心の弱さにふがいなさを感じたものの、外交部の人間はみなそれを許してくれた。

最初こそ気持ちの行き違いはあったが、自分は良い部下に恵まれたと、つくづくリードは思った。

「全く、なんて顔色をしてるの」

久しぶりに会ったレオノーラは、変わらず堂々とした立ち姿で、リードを迎え入れてくれた。珍しく、その表情には穏やかな笑みが湛えられている。

その表情を見ただけで、レオノーラがどうして自分をここに呼んだのかがわかった。

多くの情報を得る手段を持つレオノーラには、今の城内でリードが置かれている状況など、全てお見通しなのだろう。

「お久しぶりです、レオノーラ様」

レオノーラは椅子から立ち上がると、ゆっくりとリードへと近づき、その表情をじっと見つめる。

元々長身で、高いヒールのある靴を履いているレオノーラは、さほどリードと背丈が変わらない。

「ねえ、私が離宮で暮らし始めた頃、なんて言われたか知っている？」

「え？」

「気の強いアローロ女のワガママ、王子を一人産んだからと言って、どうしてあんなに好き放題出来るんだ、二人目は産まないつもりか、王子の養育を放棄している、王の愛を得られない、かわいそうな王妃。病気だなんて噂が出たくらい。それくらい、好き放題に言われたものよ」

そう言ったレオノーラの表情は穏やかではあるが、どこか寂しげでもあった。

そういえば、オルテンシアへ来た当初、レオノーラに関する噂はリードもいくつか聞いたことがあった。

けれど、実際のところそれは全て他人の憶測で、真実は一つとしてなかった。

離宮へ住み続けるレオノーラに対し、未だそういった声はなくならないが、それでも今ではレオノーラの仕事は認められ、評価もされている。

何と答えればいいのかわからず、顔を歪めれば、リードの頬を、優しくレオノーラが包み込んだ。

「お前は、優しすぎるのよ。自分の気持ちと、ラウルの気持ち、そして周りの気持ちを考えるばかりに、悩んで、苦しんでしまっている。勝手なことばかり言う他人の言葉なんて、いちいち気にしちゃダメよ。そんなことで、お前が心を痛める必要なんてない」

「レオノーラ様……」

「日和見(ひよりみ)にならないで。何かを成し遂げたいのなら、悪く言われる覚悟を持つことだって時に必要」

その通りだ。どんなに努力しても、全ての人に好かれることなんて不可能だ。

「大丈夫、私は常に貴方の味方よ。私だけじゃないわ。ね？」

「へ……？」

レオノーラが向いた方へとリードも視線を移す。そして、そこに立っている人間を見たリードの瞳(ひとみ)が、大きく見開かれた。

「マクシミリアン……？」

「お久しぶりです、リード」

そこにいたのは、アローロの王太子でリードの義弟、さらにラウルの従兄弟で親友でもあるマクシミリアンだった。

「貴方をここに呼んだのは、こういった理由よ。積もる話もあるでしょう、お茶を持ってこさせるわ」

「ありがとうございます……」

レオノーラに礼を言いながらも、リードはマクシミリアンの顔をじっと見つめる。

久方ぶりに会う義弟は以前会った時よりも少しだけ男らしくなり、けれど変わらず優しい笑みを向けてくれていた。

リケルメとは頻繁に手紙のやりとりをしているため、マクシミリアンの話題も時折出てくる。

たとえば、そろそろ結婚をさせたいのだが、どんなに美しいと評判の貴族の美姫を連れてきても首を縦に振らないこと。

このままでは、妹であるパトリシア王女の婚姻の方が早く決まりそうだと、そう愚痴っていた。

ただ、ここでその話題をリードが持ち出すのは無神経すぎるだろう。

何より、今のリードにはマクシミリアンを揶揄う余裕など、とてもなかった。

「それでリード……子供の件だけど」

二人きりになると、早速マクシミリアンはその話題を口にした。

ああ、やはり。その言葉から、わざわざこの時期にマクシミリアンが自分を訪ねてきた理由がようやくわかる。

「アローロ側にも、知られてるんだ……もしかして、リケルメにも？」

箝口令を敷いたとはいえ、アローロの諜報能力は大陸でも一、二を争う。

しかも、城下は今やラウルとリアーヌの話題で持ちきりだ。

どこからか、情報が漏れていてもおかしくはないだろう。

「いや、父上にこのことが知られていたら、今ここにいるのは俺じゃないよ。というか……国際問題に発展してると思う」

笑いながら、マクシミリアンが言う。

冗談ではあるのだろうが、リケルメの性格を考えれば、あまり笑えない冗談だ。

「ただ、情報を抑えるのにも限界があるし、出来れば両国のためにも、この件は早めに解決した方がいいと思う……まあ、リードには非は全くないし、悪いのはラウルだと思うけど」

吐き捨てるようにマクシミリアンは言ったが、それでも冷たさを感じないのは、それだけ、二人の関係が近しいからだろう。

「ラウルには、会った？」

「まさか。今あいつに会ったら、確実に決闘を申し込んでしまう」

にこりと優しげな笑みを見せたマクシミリアンだが、発した言葉は随分と物騒だ。

思わず笑ってしまったのだが、

「言っておくけど、剣の腕には少し自信があるんだよ。ラウルとも何度か手合わせしたけど、五分五分に持ち込めるくらいには」

顔は柔和なマクシミリアンではあるが、体つきは逞しい。

何より、控えめなマクシミリアンがわざわざ口にするということは、剣の腕はそうとうなものなのだろう。

「とはいえ……、子供の父親はラウルじゃないと思うよ？」

「え？」

「そういう不誠実なことは、しないやつだから。……まあなんにせよ、伯母上も言っていたけど、俺もリードの味方だから。俺だけじゃない、父上も母上も、みんな味方だ。今は辛いかもしれないけど、気持ちを強く持って欲しい。勿論、どうしても耐えられない時には、いつでもアローロに戻ってきていいからね」

リードの両肩に手を置き、マクシミリアンが優しく微笑む。

「マクシミリアン……」

穏やかな微笑みを見ていると、マクシミリアンの優しさが流れ込んでくるような気がした。

そうだ。ここで悩んでいたところで、何も解決しない。

城に帰ったら、もう一度きちんとラウルと話し合おう。

リアーヌのことだけではなく、新聞記事に関しても、一体誰が何の目的で書かせたのか。それを突き止めなければ何の解決にもならない。

「ありがとう」

小さく笑って、リードが礼を言う。

そうすれば、マクシミリアンがリードを見つめ、その髪へ軽く触れた。

「え……？」

「あ、ごめん。その……覚えてる？　初めて会った時、リードが俺の髪をこんな風に撫でてくれたこと」

記憶の糸を手繰りよせる。確かに、出会った頃のマクシミリアンはまだリードより上背がなく、可愛らしいその様子に、思わず手が伸びてしまったのだ。

今でこそ大したものではないが、四歳の年の差は、少年期ほど大きく感じるものだ。

当時のリードはそれなりに身長も高かったし、マクシミリアンにしてみれば、随分大きく感じたのかもしれない。

アローロの後宮での日々は、なかなか同年代の子供と会う機会がなかったため、時折マクシミリアンと話すのはリードにとって良い気分転換だった。

マクシミリアンだけではない、時折後宮に迷い込む貴族の子供たちや……。

「あ……」

まるで、靄が晴れていくように、一つの映像が頭に流れ込む。

「リード？」

黙り込んでしまったリードに、心配気にマクシミリアンが声をかける。

「いや……なんでもないよ」

首を振れば、マクシミリアンが安心したように微笑んだ。

「そろそろ食事にしよう。伯母上も、楽しみにしていたから」

「うん」

その日の夜、リードはマクシミリアン、そしてレオノーラと共に食事をとった。

それぞれの近況や、現在の国の状況。

話題は多岐にわたったが、リードの心は安らぎ、ゆっくりとした時間を過ごすことが出来た。

そんなリードの寝所に、一通の手紙が届けられたのは、夜も更けてからのことだった。

湯浴みを終え、髪を乾かしたリードが部屋へ戻れば、一通の手紙が机の上へと置かれていた。

宛名も何も書いていない真っ白な封筒。

封を開ければ、そこにはメッセージが書かれていた。

「アセボアの方へ

ミズーリ湖にてお待ちしております
どうかお一人でいらしてください」

アセボアの方、それは、リードがかつてアローロの後宮で呼ばれていた名前だ。

この名前を知っているということは、差出人は当時のリードを知っている人間だということになる。

リードはすぐさま、ルリへと言付け、少しだけ出かけることを伝える。

そして、もし自分が一刻経っても戻らなければ、マクシミリアンへ渡して欲しいと手紙を預けた。

困惑しながらも、ルリは手紙を受け取り、くれぐれも気を付けるようにと何度も言った。

ミズーリ湖は、レオノーラの離宮にほど近い場所にある小さな湖だ。

小さいと言っても、夏になればボート遊びも出来るくらいの広さはあり、水深はそれほど深くはない。

王族の領地内であるため、外部からの侵入はそうそう出来るものではない。

昼間の暑さに比べ、夜は多少気温が下がっているため、袖は長い服を選んだ。

歩きやすいように裾は短めのものにして、けれど決してみすぼらしくはならないよう努めた。

木々に囲まれた湖畔が見えてきたところで、月明かりの下に、ぼんやりと人影が見えた。

「……やはり貴方だったんですね」

静かに問えば、青年の瞳が微かに見開かれた。

「ルイス・アルバーレス公爵」

リードがその名を呼べば、ルイスは口の端をゆっくり上げた。

「今夜の月は、とても美しいね。一緒に、ボートにでも乗ろうか？」

今のリードに、ルイスの言葉を断るという選択肢はなかった。


湖に、丸い大きな月が浮かんでいる。

あらかじめルイスが止めてあったらしいボートを漕ぎ出せば、水面がゆらゆらと揺れる。

遠くに、虫の声も聞こえる。人の手が入っていない、自然のままの湖は、とても美しかった。

そんな風に、どこか非現実的な空間にいながらも、リードは目の前に座るルイスを固唾をのんで見つめ続けた。

「どうして、手紙を書いたのが俺だとわかったんだ？」

「……フエントから貴方の治める領地は目と鼻の先ですから。それから、ようやく思い出しました」

リードが、目の前にいるルイスを真っ直ぐに見つめる。

「俺たちが初めて出会ったのは、パラディソス島じゃなかった。出会ったのはアローロの後宮。庭で迷っていた貴方を、俺が見つけました」

王宮の庭と後宮の庭は続いているため、時折迷い込んでしまう貴族の子供もいた。

そういった場合、近くの侍女や見回りの兵士が気付いてくれるのだが、ルイスは運が悪かったのか、誰にも見つけてもらえなかったのだろう。

大きな瞳に涙を溜めた少年、ルイスを見つけたリードは涙を拭き、王宮の庭へと案内し、ルイスを探していた侍女に引き渡したのだ。

「そうか。ようやく、思い出してくれたんだ」

言いながらルイスは、嬉しそうに口の端を上げる。

「すみません、随分昔のことだったので、すっかり忘れていました」

リードが素直に謝罪すれば、ルイスは首を振る。そんなことはどうでもいい、思い出してくれただけで嬉しい、とでもいうように。

「じゃあ、俺の言いたいことはもうわかるよね」

「え……?」

「貴方が好きです。初めて出会った日からずっと、俺はリード、貴方のことだけを想って生きてきました」

リードの瞳が、大きく見開かれる。

幻想的な雰囲気の中、ルイスの瞳はただリードにだけ注がれている。目を逸らすことは、とても出来なかった。

月明かりの下、いつも以上にルイスは美しく見えた。美しい容姿に対し、その性格は気さくで、他者に対して優しいことも知っている。

けれど、リードの答えは決まっていた。

「ルイスの気持ちは、嬉しいですが……それに応(こた)えることは、出来ません」

短い間ではあるが、ルイスと過ごし、その人柄を好ましく思ったことは確かだ。だけどそれは恋愛感情ではない。自分が愛しているのはラウルだ。だから、こんなにもリアーヌのことに胸を痛めながらも、それでも傍にいたいと思うのだ。

「……やっぱり、ダメか」

口調の軽さとは裏腹に、ルイスの表情からは笑みが消えた。ぞくりと、リードは背筋に冷たいものを感じた。

「……目的は、王位ではないのですか？」

リードはそんなルイスを見つめながら、冷静に問う。

「え？」

「セドリック殿下と王太子殿下を仲違(なかたが)いさせ、殿下の悪評を広める。地位を失墜させ、セドリック殿下の正式な後見人となり、行く行くは次期オルテンシア王の……」

リードの言葉は、そこで止まった。

ルイスが、愉快そうに笑い声をあげたからだ。

「さすがリード、察しがいいね。おおかた、今回の諸々の出来事の黒幕も、だいたい俺だって気付いてるんだろ？」

「……理由を、教えてください」

目の前のルイスは、いつも以上に浮き世離れしているように見える。

たよりない月の光に照らされながら、夢を見るかのような瞳で自分を見ているルイスに、不安を覚える。

「そうだね……少し、昔話をしようか。君が俺と出会うよりもずっと前……俺が生まれる前の話」

ルイスが、寂し気に微笑んだ。


「リードは、俺の母を知ってる？」

「ゾフィー様ですか……？　お会いしたことはありませんが……」

リードとラウルの結婚式には、リオネルの弟でありルイスの父でもあるニコラスは参列してくれたが、残念ながらゾフィーとルイスは不参加だった。

「おきれいな方だと、聞いています」

「そうだね、外見だけだったら、君にも引けをとらなかったかもしれない。勿論、若い頃の話だけどね」

ルイスの口調は、実の母に対するものとは思えないくらい、客観的で、冷めたものだった。

「中身は、君とは正反対だよ。お嬢様育ちで、常に自分が一番でないと気が済まない性質で……自分がアローロの王太子妃に選ばれて当然だと思っていた。いくら取り繕っていても、リケルメ王にはそんな気性は全て<ruby>全<rt>すべ</rt></ruby>てお見通しで、妃として選ばれたのはマリアンヌ様だった。当たり前だよ、アローロの王妃になるんだ。外見の美しさだけでなれるものじゃない」

確かに、アローロの後宮が平穏だったのは、マリアンヌの人格と、その機転で後宮をまとめていたからだ。

リードだけではなく、他の側室たちにも気を回していたし、そんなマリアンヌだから、リケルメは妃として選んだのだろう。

「だけど、自分が未来の王妃になると疑ってすらいなかった母上は、どんなに身分が高くとも他の貴族に嫁ぐなんてことは考えられなかった。王族との結婚に執着し、最終的には父上との婚姻にようやくこぎ着けた。ただ、父上はあくまで王弟であり、王位継承権はあってもそれが回ってくるとも限らない。それでも、なんとか男子を産み、次期王に出来ないかとあれこれ頭を働かせてた。念のために言っておくけど、父上はそんな身の程をわきまえない野望は持っていない。母上が強欲なだけだ」

確かに、何度かニコラスには会ったことがあったが、兄であるリオネルに似た温厚な人柄だった。

「俺が生まれた時には、フェルディナンド様以来の男子ということで、母はたいそう持て囃されたようだよ。それこそ、もしフェルディナンド様に何かあれば俺が王の椅子に座ることが出来るんじゃないか、そんな風に思ってたみたいだね。ただ、その半年後、新たな男子が生まれた」

「……それが、王太子殿下ですね」

「そう。主役をレオノーラ伯母様とラウルに奪われた母は、悔しくてたまらなかったらしくてね。特にラウルへの対抗心は、すさまじかったよ。ラウルが剣を習い始めたら俺も習わされ、語学もいくつも教えられた。バレエを習わされたのもラウルが始めたのがきっかけだった。あいつは、本当に腹が立つほど何でも出来て、常に俺の上をいっていた。ただ、バレエだけは向かなかったみたいで、すぐにやめてしまったけどね。対して俺は、バレエに関してはラウルよりもよっぽど褒められた」

そう言ったルイスの表情は、とても嬉しそうだった。もしかしたら、ルイスのバレエ好きはこれがきっかけだったのかもしれない。

「ただ、母にしてみればそれはお気に召さなかった。リケルメ王と結婚したがっていたくらいだからね、強く逞しい息子が欲しかったんだろう。……俺とは正反対のね」

ルイスは、決してひ弱ではない。確かに軍人であるラウルに比べれば多少見劣りはするが、一般的な男性よりはずっと逞しい。

ただ、ゾフィーはそれ以上を求めていたのだろう。

「今の俺を見ていたらわかると思うけど、子供の頃の俺は外遊びや戦争ごっこなんてものには一切興味がなかった。それこそ、屋敷の中で絵を描いていたり、歌でも歌っていたりする方がよっぽど楽しかった。でも八つになり、マクシミリアンの学友に選ばれてからは、そんなことはとても言えなかった。いつも、無理をして笑いながら遊んでいたよ。……貴方に会ったのも、そんな時だった」

「……貴方は、庭の片隅で、泣いていました」

「そう。あの時他の子供たちとはぐれてしまった俺は、右も左もわからず、途方に暮れて泣いていた。そんな時、貴方が俺の前に現れた」

その時のことを懐かしむように、ルイスが微笑む。

「泣いている俺を見た貴方は、きれいな布でその涙を優しく拭(ぬぐ)ってくれた。そして、泣き止(や)むまで傍にいて、話を聞いてくれた。あの当時の俺は泣き虫で、その度に母からは女々しいと叱責されていたよ。泣いていても怒られず、慰めてもらえたのは、初めてのことだった。こんなにも美しく優しい人がいるんだと……子供心に憧(あこが)れたよ」

ルイスの言葉に、リードは苦笑いを浮かべる。褒められるのは、あまり得意ではない。

「だけど、人づてに貴方の噂(うわさ)を聞き、俺には手が届かない人だということを知った。それでも、時折後宮の庭を歩く貴方の姿を見るだけで、幸せな気持ちになれた。オルテンシアに帰省した時、サンモルテでシャクラ神の絵を見た時には驚いたよ。あの絵は、まさに俺にとっての貴方を写し出したような絵だったから」

「すみません……すっかり、忘れてしまっていて」

「十年以上前のことだから、仕方ないよ。俺の外見も、すっかり変わっているし。貴方への想(おも)いを諦(あきら)めた俺は、早々に他国の姫と婚姻を結び、子を作った。それも、全て母の意向だ。どうせ、王族が自らの意思で結婚するなんて許されない、だから俺も納得していた。そう思っていたのに……久しぶりにオルテンシアへ戻ってみれば、ラウルの隣には貴方がいた」

それまで静かだったルイスの声色に、目に見えて憤りが混じる。

「対抗心を持っている、なんて言われたこともあるけど、俺自身は別にラウルを嫌ってはいなかった。むしろ、俺以上に窮屈な生き方をしなければならないラウルに、同情すらしていたくらいだ。それなのに……」

ルイスが、なんとか気持ちを落ち着かせようと、髪に手を当てる。

「あいつは王太子でありながら、心から愛する人と結ばれ、幸せを手に入れている。こんなことって、ないだろう!? 何一つ思う通りに生きられなかった俺は、今までずっと我慢してきたというのに、どうしてあいつだけ……!」

「ルイス……」

言っていることは、八つ当たりではあると思う。

それに、ラウルにだってリードを選んだことにより、諦めなければならないこともある。

ただ、今のルイスにそれを説明したところで、聞き入れてはくれないだろう。

「……貴方が、リケルメ王の側室であった件は、口外しない。だけど……だから、少しでもいいから。貴方がラウルに向ける愛情を、俺にくれないか?」

リードの瞳が、大きく瞠(みは)られる。

ルイスの言っていることは、脅迫だ。リードの過去を黙っている代わりに、自分と関係を持てというのだ。

ただ、言葉の内容とは裏腹に、ルイスはどこか願うような、請うような瞳でリードを見つめている。

リードは深呼吸をすると、ゆっくり瞳を閉じる。

王族や貴族の間で、結婚後に恋愛が行われるのはさほど珍しいことではない。

それこそ、親の意向や家柄に合う相手と結婚して、その後に恋愛を楽しんでいる人間もいる。

ルイスが求めているのは、そういった関係なのだろう。けれど。

「……出来ません」

瞳を開いたリードは、きっぱりとルイスに言い放つ。

「ルイスが、ずっと私のことを想ってくれていたことは嬉しく思います。だけど、私は今はラウルの妃で、ラウルを愛してます。ラウルを裏切ることは、出来ません。だから」

リードの台詞は、最後まで続けることが出来なかった。

「……ルイス!?」

強い力で、ボートの上に押し倒される。

目の前にいたはずのルイスが、リードの身体へと覆い被さってきたのだ。

「何を……」

「納得、出来るわけないだろ?」

言いながら、ルイスの手がリードの服の中へと伸ばされる。

「やめ……!」

「なんで、あいつばかり！　俺の方が、ずっと前から貴方のことを見ていたのに！」

悲痛な声で叫んだルイスが、リードの首筋を強く吸う。

「や…………！」

そして、それは、リードの口元へとゆっくりと近づいてくる。

「嫌だ！」

唇が重なりそうになった時、リードはひときわ強く抵抗した。

けれど、ルイスも諦めようとしない。

激しいもみ合いになり、そのままボートの船体が、ぐらりと揺れる。

「あ……………」

小さなボートが、ゆっくりとひっくり返っていくのを感じ、リードは呆然(ぼうぜん)とする。

次の瞬間、二人の身体が、水の中へと投げ出される。

バシャンッ。

水飛沫(みずしぶき)の音が聞こえ、リードは自分の身体が、ゆっくりと水の中へと沈んでいくのを感じた。

11

想像していたよりも、水は冷たくなかった。

けれど、泳ぎ方を知らないリードは空気を求め、もがくことしか出来ない。

バシャバシャと手足を動かし水中から顔を出すが、それも長くは続かず、少しずつ湖の中へ身体は沈んでいく。

息が苦しい……けれど、水を吸い込んだ服は重く、身体が浮いていかない。

もがけばもがくほど、身体の自由を奪われていくようだ。

こんなことなら、やっぱり水練をしておくべきだったと後悔する。

このまま、自分は死ぬのだろうか。それは、嫌だな。

最後に、ちゃんとラウルと話しておけばよかった。

水に落ちたリードの意識が、少しずつ薄れていく。

身体がどんどん重たくなっていく。

苦しい、誰か助けて。水面が、どんどん遠くなっていくのが見える。

なすすべもなく、湖の奥深く身体は落ちていく。

けれどそこで、力強い腕に、身体が抱きしめられる感触を覚えた。

……リケルメ？

幼い頃(ころ)、木から落ちた自分を抱き留めてくれた男の姿が、ほんの一瞬頭を過(よぎ)った。

いや、違う。この腕は……。

自分の身体が、ゆっくり浮上していくのを感じる。酸素が、身体の中へ入ってくる。

微かに開かれた瞳の先に、美しい金色の髪が見えた。

そこで、リードの意識は完全に途絶えた。

＊＊＊

話し声が、聞こえる。　誰かを問い詰める少し強い声と、それを宥める声。

どちらもリードがよく知る人間のものだった。

その瞬間、パチリとリードの目が開く。

目を覚ましたリードの瞳に最初に映ったのは、ひどく焦ったラウルの顔だった。

「ラウル……？」

掠れていたものの、かろうじて声を出せば、ラウルの頬が途端に綻んだ。

「な？　だから言っただろ？　大丈夫だって」

さらにその横から、もう一人の男がリードの顔を覗き込む。

「ジャスパーさん？　どうしてここに……」

「ちょうど、近くの助産院で出産を手伝ったところだったんだよ。セレーノに帰ろうとしたら、血相を変えたびしょぬれの王子様が飛び込んできた、ってわけだ」

苦笑いを浮かべてジャスパーが言えば、隣に立つラウルが苦虫をかみつぶしたような顔をする。

「……びしょぬれ？」

リードが首を傾げれば、反対側にいたマクシミリアンが声を上げる。

「すごかったんだよラウル。ボートがひっくり返った瞬間、躊躇うことなく湖に飛び込んで。とても俺の出る幕なんてなかったよ」

思っていた通り、水の中にいる自分を引き上げてくれたのは、ラウルの腕だったようだ。

さらにマクシミリアンは、ルリから手紙を受け取り、湖へ向かう途中でセレーノから馬を飛ばしてきたラウルと合流したことを説明する。

「そっか……ありがとう、ラウル」

「別に。お前が溺れるようなことがあったら助けると、以前約束した」

「うん」

あれは確か、パラディソス島へ行く船の上での話だった。

ささやかなやりとりでも、ちゃんと覚えていてくれたことが嬉しかった。

「でも……嬉しいけど、ラウルは王太子なんだから。あまり、無鉄砲な行動は」

「お前を助けるためなんだ、王太子としての立場なんて関係ない！　……無事で良かった。本当に、目覚めるまで生きた心地がしなかった」

熱っぽく語られ、嬉しさと恥ずかしさで、リードの頬が赤くなる。

ただ、マクシミリアンやジャスパーは、そんなラウルの言動など予想の範囲内なのか、全く動じる様子はない。

「二人の世界を作っているところ悪いけど、リードと話がしたいって言う人がいるんだ。夜も遅いし、短い間でいいんだけど、どうかな？」

「話がしたい人……勿論(もちろん)、かまわないけど」

「おい、別に明日でもいいだろ」

「いいから」

リードが頷(うなず)けば、すぐにラウルの横やりが入る。

マクシミリアンはそんなラウルを窘(たしな)めると、そのまま扉の方へ歩いて行く。

おそらく、扉の外にあらかじめ待機していたのだろう。扉を開けたマクシミリアンが一言二言話すと、その人物は部屋の中へと入ってきた。

「リアーヌさん……」

部屋の中へ入ってきたのは、リアーヌだった。

悲痛な表情を浮かべ、リードの顔を確認すると、深々と頭を下げる。

「此度(こたび)のこと、本当に申し訳ありませんでした……」

「え……？」

肩を震わせ、頭を下げたままリアーヌが言った。

「全(すべ)て……真実を、お話しいたします」

顔を上げたリアーヌは、リードを見据え、はっきりと口にした。

「……タッドの父親は、王太子殿下ではありません。父親は……ルイス殿下です」

リアーヌの告白に、リードの瞳が大きく見開かれる。

予想をしていたとはいえ、いざリアーヌからその名を聞くと、やはり驚いた。

おそらくラウルも、予想出来ていたことなのだろう。

ちらりと視線を向ければ、ちょうどリードの方を向き、少しだけ苦い笑いを浮かべた。

「ルイス殿下のことは以前から知っておりまして、他のバレエ団にいた頃も、優しいお言葉をかけて頂いていました。分不相応ではあるのですが、密(ひそ)かに恋心を抱いておりました。フィルデノーズで指名を受けた時には、舞い上がりそうな気分になりました。そして……罪であることはわかっていましたが、避妊を怠り、腹に子を宿しました」

身分が違えば、既に結婚しているルイスとリアーヌが結ばれる可能性は、ないに等しい。

だけどそれでも、リアーヌはルイスとのつながりが欲しかった。

大胆な行動ではあるが、リードもその心境はわからなくもなかった。

「それが……タッドなんですね」

「はい。勿論、意図して子を作ったことは殿下には伝えませんでした。けれど、あの時期毎日のように指名してくれた殿下は自分が父親であることを認めてくれ、さらに王立バレエ団へも転団させ、生活も支えてくださいました」

リアーヌが今のプリマドンナの地位へ上り詰めることが出来たのは、リアーヌの努力のたまものだが、そういったルイスの後ろ盾もあったからだろう。

「どうして、ラウルが父親であると偽ったんですか？」

黙って聞いていたマクシミリアンが、横から口を挟む。

「それは……私一人で、勝手に画策したことです」

リアーヌの瞳が、そっと横へ泳いだのを、リードは見逃さなかった。

「ちょうどその時期に王太子殿下も一度いらしていたのを思い出し、我が子を保護してもらおうと、申し出たのです。だから、今回の件に関しては全て私が……」

リアーヌの手が、微かに震えている。

リードは腕を伸ばし、そんなリアーヌの手に優しく触れる。

「リアーヌさん」

俯いていたリアーヌが、驚いたように顔を上げる。

「あなたが、誰を庇おうとしているのかはわかっています」

リードがそう言えば、リアーヌがその瞳を瞠った。

「ルイスのしたことは、何もかもわかっています。だからどうか、真実を話してください」

その言葉に、リアーヌの瞳から、はらはらと涙が零れていく。

嗚咽を抑えつつ、リアーヌは再びその口を開いた。

「ルイス殿下からこの計画を聞いたのは、ちょうど今から五カ月前のことでした。滅多にオルテンシアに戻ってこない殿下がわざわざ会いに来てくれて、私もタッドも、とても嬉しくて。そして、頼まれたんです。タッドの父親を王太子殿下だと言って名乗り出て欲しいと」

五カ月前、それはおそらく、ルイスがパラディソス島を訪れたあたりだ。

島を出た後にすぐにセレーノに向かい、この計画を考えたのだろう。

「ルイス殿下の言い分は、こうでした。男であるリード様は子が産めないため、そのことに関して周囲の貴族たちから心ない言葉をかけられることもある。そんなリード様を助けるためにも、子供の存在を明かして欲しいと。タッドのためにも、その方がいいと、そう言われました。偽りを口にすることが、どんなに重い罪であるかはわかっております。だけど……私には断ることが出来ませんでした」

口には出さなかったが、それはリアーヌの中に、ルイスへの恋心があるからだろう。

「そして……タッドの髪を金色に染め、リード様のところへ参りました。本当に、申し訳ありませんでした」

深々と、リアーヌが頭を下げる。

そんなリアーヌの告白を、ラウルは勿論マクシミリアンもジャスパーも、黙って聞いていた。

「どうして……真実を話してくださったんですか？」

それに、リードがここにいるという事実は、城の者しか知らないはずだ。

そんな疑問を口にすれば、リアーヌの肩が震えた。

「ラウル殿下が、真実を話すよう、ずっと私を説得してくださっていたからです」

「え？」

リアーヌの言葉に、リードは自分たちを見守っていたラウルへ視線を向ける。決まりが悪いのか、ふいと視線を逸らされる。

「私の思い違いであったと訂正してくれれば、事を大きくするつもりはないし、ルイス殿下を罪に問うつもりもない。だからどうか真実を話して欲しい、そう根気よく何度も私に話してくださいました。こんなことを言っても調子が良いと思われるかもしれませんが、私自身も元々ラウル殿下やリード様を謀ることには抵抗があったんです。だから、真実を話すと……昨日(きのう)ルイス殿下に相談したら、殿下の顔色が急に悪くなって……心配になり、城を訪れたら、離宮へ出かけたという話を聞きました。だけど、まさかこんなことをなさるなんて……！　本当に、申し訳ありませんでした」

リアーヌが真実を話したのは、ラウルの手腕もあるが、リアーヌの罪の意識が強かったこともあるのだろう。

心根は決して、悪い女性ではない。でなければ、あのように美しい踊りは踊れないはずだ。

そして、ルイスの様子がどこかおかしかった理由もわかった。

リアーヌが全てを話してしまえば、これまで自分が画策したことは全て露見する。

だから、リードに対しああいった行動に出たのだろう。

「いえ……全てを話してくださり、ありがとうございます」

リードがリアーヌを責めることはなかった。とても責めることが出来なかった。リアーヌは、リードの言葉に無言で首を何度も振った。

こっそりとラウルの方を見れば、ホッとしたのか安堵(あんど)の表情を浮かべている。おそらく、ラウルも真相へはたどり着いていたのだろう。

「ま、これで王子様の身の潔白は証明されたな。じゃあ、そろそろリディは身体(からだ)を……」

「あ、待ってください！」

身体を休めた方がいい、ジャスパーがそう言おうとすれば、リアーヌが慌てたように口を開いた。

「ほんの、短い間でいいんです。リード様と、二人きりでお話をさせて頂けませんか？」

「は？　そんなこと……」

リードの身体のこともあるが、この状況で二人きりにすることはラウルも抵抗があったのだろう。

「わかりました、私は、大丈夫です」

けれどそう言ったラウルの言葉を、リードは遮る。元々、リアーヌはリードに対して悪意を持っているようには見えなかったのだ。だからこそ、一連の騒動に関しては違和感があった。リードを貶めるつもりがないリアーヌが、どうしてこんな嘘をついているのだろう、と。

短い時間だけ、何かあったらすぐに知らせるようにと言われたが、マクシミリアンもジャスパーも、リードの気持ちを優先してくれた。最後までラウルは不満げではあったが、最終的には三人とも退出していった。


「あの……話したいことというのは？」

リードが問いかければ、リアーヌは微笑み返し、その小さな口を開いた。

「王太子殿下が私を指名した、あの夜のことです」

「あ……」

途端に、リードの表情が曇る。過去は変えられないとはいえ、あまり、聞きたい話ではない。

「安心してください。リード様が思っているようなことは、私と王太子殿下の間にはありませんでしたから」

「え……？」

「殿下は、私に指一本触れることはありませんでした。他の方がいる手前、断ることは出来なかったそうです。何より……今、自分には好きな人がいて、その人以外と何かをするというのは、とても考えられない、そんな風に仰っていました」

「好きな人……？」

「こうも言っていました。あまりにも初対面の時の印象が悪すぎて、絶対に嫌われているけれど、どうしても諦められないんだって」

リアーヌの言葉に、リードの頬に熱が溜まっていく。

さすがにそこまで言われてしまえば、リードにもわかる。ラウルの言っていた、好きな相手というのは。

「リード様のことだったんですね、王太子殿下の、好きな方」

顔を真っ赤にしてしまったリードを、楽しそうにリアーヌが見つめる。

こういったところは、やはりリアーヌの方が上手のようだ。

「こんなにも純粋な男性がいるんだと、当時は驚きました。そのうち私の身の上話なんかもしたりして……」

「身の上話？」

「はい、私は、元々商家の娘で、小さい頃（ころ）はそれなりに裕福な暮らしをしていたんです。バレエを始めたのも、その頃で。ただ、父が海の事故で死んでから、私たちの生活は一変しました。莫大（ばくだい）な借金も見つかり、財産も全（すべ）て奪われて……。母は、なんとかお金を工面しようとしたのですが。字が読めなかったため、内容を偽られた契約を結んでしまい、ついには屋敷も奪われてしまいました。字が読めないということは、どれだけ大変なことなのか。それを聞いた王太子殿下は、とても心を痛めてくださいました」

そういえば、ラウルはリードが考える女子教育の重要性に対しても、とても共感してくれていた。もしかしたら、リアーヌの話を聞いて、ラウルなりに思うところがあったのかもしれない。

「そんなことが……」

「実はその時、リード様のこともラウル殿下にお話ししてたんですよ？」

「え？」

「元々、存じていたのです。サンモルテで、貧しい子供たちに勉強を教えてくれる方がいると聞いていて。街で一度、お見かけしたこともありました。その時のリード様、困っている異国の方の道案内をしていて……きれいで優しくて、とてもまぶしく見えました。生まれ変わったら、あんな方になりたいと、そう王太子殿下に話したんです」

少し寂し気に、リアーヌが笑った。リード自身は満足していたが、サンモルテで暮らしていた頃のリードは、華やかな生活とは程遠いものだった。けれど、娼妓（しょうぎ）であったリアーヌからすれば、リードの存在は羨（うらや）ましく感じたのだろう。

オルテンシアの宗教では、輪廻転生が信じられている。肉体は滅びても魂は再生し、また別の何かに生まれ変わると教義にもあるからだ。それでも、リアーヌのように思える人間はなかなかいない。自分より恵まれた立場の人間を羨ましいと思う気持ちは誰しも持つものだが、それはしばしば妬みに変わるからだ。

「そうしたら、王太子殿下に言われました。死んだ後のことなんか考えずに、今幸せになることを考えろって」

「ラウルが……そんなことを……」

ラウルとしては、心からそう思っていたのだろうが、当時のリアーヌにそれを言うのは聊か酷ではないか。そんなリードの気持ちを察したのだろう。リアーヌは少し慌てたように言葉を続けた。

「あ、誤解なさらないでください。王太子殿下が無神経だと思ったわけではないんです。むしろ娼妓である私に対してそんな風に言ってくださって、嬉しかったくらいなんです」

「あ、ありがとうございます……」

なんとなく、礼を言ってしまう。ラウルに悪気がないことはわかるが、リアーヌのように言葉を受け取めてくれる人間ばかりではないだろう。

「とても、真っ直ぐな方ですよね、不器用ですが、優しい方。……そういえば、先日タッドも一緒にお食事をしたのですが。あの時の王太子殿下、開口一番に私に対して謝罪をしてくださったんです」

「謝罪？」

一緒に食事をした、というのはおそらく先日の新聞で書かれていた時のことだろう。

「城でお会いした時のことです。その……タッドは自分の子ではないと言われ、私の過去の仕事に関して口にしたことを……」

「あ……」

リアーヌに言われ、すぐにあの時のやりとりを思い出す。

「本当に申し訳ありませんでした」

聞いていたリードでさえ、心が軋んだのだ。言われたリアーヌ自身の痛みは、どれほどのものだっただろう。

「いえ、王太子殿下の仰ることは、もっともなんです。おそらく、王太子殿下の立場になれば、みな思うことですから。だけど、王太子殿下はそのことに関して、きちんと謝罪してくれました。私の尊厳を傷つけるようなことを言って、申し訳なかったと。てっきり、嘘をついていることを責められると思ったのに、面食らったくらいです」

あの言葉が、ラウル自身の本音ではないことはリードも知っている。ただ、あまりにも驚いたことにより、気が動転してしまい、言ってはならぬ言葉を口走ってしまったのだろう。

「王太子殿下、変わりましたよね。最初に出会った時にも清廉で真っ直ぐな方だとは思いましたが、その、誇り高いからこそ、立派すぎる方だったといいますか……」

リアーヌは言葉を選んでいるが、ようはプライドと理想ばかり高いお坊ちゃんだったと言いたいのだろう。

「す、すみません……」

なんとなくそう言えば、リアーヌは慌てて首を振った。

「も、申し訳ありません。私の方こそ言葉が過ぎました。王太子殿下が変わったのはリード様のお蔭なんでしょうね」

「え？」

「自分の非を認め、きちんと頭を下げるって、とても勇気のいることですから。失礼ながら、以前の王太子殿下には、出来なかったことだと思います。きっと、リード様の影響なんだと思いました」

「そんな……私は何も……」

そうは思いつつも、そうであったら嬉しい、とリードは思った。ラウルからは何も聞いていなかったこともあり、リアーヌに対しきちんと謝罪の言葉を伝えてくれていたことにホッとした。

「けれど……そんなリード様と王太子殿下に、恩を仇で返すような真似をしてしまい、申し訳ありません」

頭を下げるリアーヌを、リードは慌てて止める。

たくさんの援助を受けており、何よりルイスを慕うリアーヌが、頼みを断ることが出来なかったのを責めるのは、酷だと思ったからだ。

「どうか、顔を上げてください」

「本当に、王太子殿下にもよくして頂いたんです。今回の件だって、あの場で全てを暴露することも出来たのにそれをせず、最後までルイス殿下の側室となることを勧めてくださいました。それが、タッドのためにもなるだろうからと」

リアーヌが言った瞬間、リードは目を丸くする。

「へ……？」

城で聞いた、ラウルとリアーヌの会話を思い出す。

側室というのは、ラウルではなく、ルイスの、ということだったのだ。

「そういう……ことだったんだ……」

ラウルは、リードを裏切ってなどいなかった。

むしろラウルなりに、リードは勿論のこと、リアーヌのことも傷つけずに、解決しようと苦心してくれていたのだ。

そう考えると、勝手に思い違いをし、一瞬でもラウルを疑ってしまった自分が、ひどく恥ずかしくなる。

リードの反応に、何か思うところがあったのだろう。

「王太子殿下が、リード様以外の方を妃に迎えることなんてありませんよ。だって王太子殿下、バレエの最中だってずっとリード様のことを見ていらっしゃいましたもの。踊っている私のことなんて、目もくれず」

舞台の上から、客席の様子は意外と見えるのだと、リアーヌが笑って言った。

リードは、なんと言っていいかわからず、熱が溜まっていく頬を両の手で押さえた。

12

明けて翌日。

処置が早かったからだろう。一晩ゆっくり休んだリードの身体(からだ)は、すぐに回復した。

朝一番にルイスとの対面を望めば、苦い顔をしながらもラウルは許可してくれた。勿論(もちろん)、二人きりというわけではなく、マクシミリアンとラウルにも、立ち会ってもらうことになった。

湖へと落ちた後、ルイスは自力で岸まで泳ぎ、マクシミリアンが連れてきていた離宮の兵士によってすぐに捕縛された。

罪状は、王太子妃暗殺未遂。

勿論、ルイスにリードを殺す意図などなかったはずだが、結果的にその身を危険にさらしてしまったことは確かだ。

そうはいっても、王族でもあるルイスを牢(ろう)に入れるわけにもいかないため、客室にて軟禁という形をとっていた。


兵士に連れられ、部屋へとやってきたルイスの表情は目に見えて憔悴(しょうすい)しきっていた。

リードの姿を確認すれば、ほんの一瞬目を見開いたが、すぐに下を向いてしまった。

用意された椅子へ座らせると、腕に巻かれていた縄を解くよう兵へ頼む。

ラウルは少し不服そうな顔をしたが、特に何も言わなかった。

「体調はどうですか？」

真っ直ぐにルイスを見据え、リードは尋ねる。

慎重に、ルイスの表情の変化を、少しも見逃さないように。そうして見つめれば、ルイスがその口の端を少しだけ上げた。

「……最悪だよ。昨晩は湯浴みすら許可されなかったし、服だってこんな洒落っ気のないものを渡されて」

「洒落っ気がなくて悪かったな」

ルイスが言えば、間髪入れずにラウルが口を挟む。

どうやら、今ルイスが着ている服はラウルが貸したもののようだ。確かに、普段ルイスが着ているものよりシンプルで、少しサイズも大きいようだった。

よく見れば、常に整えられている長い髪も乱雑に広がっている。

貴公子らしからぬ自分のそんな姿が、ルイスは許せないのかもしれない。とはいえ、この場でこれだけの言葉を返せる元気があることに、内心リードは安堵する。

「それで？　俺は王立法廷にかけられるの？　それとも法廷も全て省略して刑が下る？」

投げやりとも言えるルイスの言葉に、リードは微苦笑を浮かべる。

「その前にお聞きしたいのですが」

「なに？」

「ルイスは、本当に王座を奪うつもりだったんですか？」

ボートの上で、確かにルイスはここのところリードの周りで起こっていた出来事の黒幕は自身だと白状した。

「……そう言ったはずだけど？」

「そうはいっても……私にはどうしても信じられないんです。元々、貴方は金や権力への執着はほとんどないはずです。そうでなければ、オルテンシアを離れ、近隣の国々をまわったりなんかしません。それに、どうしても王座を手にしたければ、他に手段だってあります」

一呼吸置き、リードはルイスを真っすぐに見据える。

「例えば……革命とか、クーデターとか」

リードが口にした途端、ルイスの眉に目に見えて皺が寄った。外国に長く滞在しているのだ。民衆の手により、王権が倒された話を知らぬはずがない。

「勿論そんな手段を取ったりしません。貴方は元々、誰かと競い合ったり、争うことが苦手なはずなんです。だから、別に心から王座を欲してたわけじゃない。違いますか？」

様々な芸術作品を知るルイスだが、その一つ一つを評価しながらも、決して差を付けることはなかった。

基本的に、優しく、人が良いのだ。

でなければ、あれだけラウルへの対抗意識を強く持つよう育てられたのだから、とっくにラウルのことなど嫌っているはずだ。

「貴方の言うとおりだよ。昔から、誰かを蹴落として、それで自分が上へ行ったりするのは苦手だった。ただ……リード、貴方だけは別だった。これまで、誰かのものを無理矢理奪おうなんて思ったことはなかったのに、どうしても、貴方のことが欲しかった」

最初の投げやりな態度とは打って変わり、ルイスは静かにそう言った。諦観からだろう、笑みすら浮かんでいる。

ラウルのルイスを見つめる視線は厳しいままだったが、動揺からか、その表情には困惑の色が見て取れた。マクシミリアンも、神妙な顔つきになっている。

リードは、小さくため息をつく。

「貴方の罪をどうか軽いものにして欲しいと、昨日リアーヌさんから嘆願状を受け取りました」

「え……？」

ルイスが、驚いたようにリードを見る。

「リアーヌさんに文字を教えたのは、貴方だと聞いています」

学校に行ったことがないというリアーヌに、子供用の絵本を渡し、一つ一つ字を教えたのはルイスだという。字が読めるようになれば、今度は書けるようにと学習教材を贈ってくれた。他の客たちがくれるどんな高価なものより、それが嬉しかったのだと、リアーヌは昨日リードにそう言った。

懸命に書いたのだろう。

リアーヌからの嘆願状の文章は、所々たどたどしくはあったが、文字はとても丁寧だった。

「嘆願状の、内容は……」

思ってもみないことだったのだろう、ルイスに問いかけられ、リードは小さく微笑む。

「どうかルイス殿下を助けてください……代わりに、私はどんな罰でも受ける、そして、貴方にどん

なに自分は支えられてきたのか、事細かに書かれていました」

驚いたルイスが、目を大きくする。

「どうして……」

「あの頃、貴方だけが自分を娼妓ではなく、一人の人間として扱ってくれた。貴方の存在が救いだった、そんな風に話していました。考えてもみてください。たくさんの支援を受けたとはいえ、今のリアーヌさんはバレリーナとして成功していて、貴方の助けなど必要ないはずです。それでも……リアーヌさんは貴方に協力することを選んだ。それが罪になるとわかっていても。これほど深い愛情はないと、そう思いませんか？」

リードの言葉を、ルイスは黙って聞き続けた。気が付けば、唇を震わせ、その瞳からは涙が溢れている。

ルイスの性格を考えれば、リアーヌを利用したことに対する罪悪感はあったはずだ。それでも、リアーヌを巻き込んだことに変わりはない。けれど、リアーヌはそれがわかっていてもなお、ルイスへと手を貸した。

「私には、貴方を裁くことは出来ません」

「え……」

静かにリードが言えば、弾かれたようにルイスがリードを見る。

「だからといって、王立法廷にかけることも出来ない。貴方の罪が公になれば、傷つくのは貴方だけではないからです。貴方を裁くのは、貴方自身です。自分で、よく考えてください。ただ、リアーヌさんのことはきちんとアリシア姫に説明し、タッド……いいえ、マリアを保護すること。それは、約束してください」

「……気付いていたんだね」

「確信は、ありませんでした。ただ、昨日本当の名前を教えてもらい、ようやくわかりました」

ルイスとリアーヌの子は、男子ではなく女子だった。

王位継承権を持たない女子ではなく、男子とした方がリードの衝撃が大きいと思ったのだろう。

確かにあの年頃の子供は、男女の区別がつきにくい。

「アリシア姫にも、きちんと謝ってくださいね……」

「もう知ってる」

「え？」

「生まれる前に、説明した。泣かれて、詰(なじ)られて結構な修羅場だったけど……もしもの時には自分が引き取ると言ってくれた」

「……そうですか」

やはり、女性は強い。リアーヌとアリシアの気丈さに、つくづくリードは感心する。

「ルイス、貴方は素晴らしい芸術眼と、文化への深い造詣(ぞうけい)を持っています。貴方の力は、オルテンシアに必要です。これからは、オルテンシアのために働いて欲しい。王太子妃として、それを願います」

当初この話をした時、ラウルは最後まで納得出来ないという顔をしていた。

国外追放をしたっていいくらいだと、そう息巻くほどに。

けれど、あれだけ大きな記事でラウルとルイスの王位継承問題を巡る対立が報道されてしまったのだ。

それが事実無根であったとしても、国外追放などした日には、余計な憶測を招きかねない。

ルイスは、しばらく下を向き、考えるような素振りを見せた。

そして、ようやく顔を上げると、リードを真っ直ぐに見つめ、静かに口にした。

「これからも、王太子妃殿下に忠誠を誓うことを、ここに宣言します。……ただ、しばらくは謹慎し、自身の罪と向き合うことにします」

ルイス自身、思うところがあるのだろう。発した言葉に偽りはないのだろうが、その声に力はなく、視線はどこか遠くを見ていた。

リードは、ゆっくりと頷いた。ラウルは、神妙な面持ちでルイスを見つめ続けていた。


形式上とはいえ、罪を許されたルイスは湯浴みを行い、自身の服へと着替えることが出来た。先ほどまで着ていた、ラウルの服に目を向ける。センスがないとまでは言わないが、シンプルで、機能性ばかりを重視した服は、明らかにルイスの趣味ではなかった。お洒落でもなければ、優雅でもない。けれど、そういった服だからこそ、湖へ飛び込み、リードを助けることも出来たのだろう。

水練が得意だとはいえ、人一人を抱えて泳ぐのは並大抵の力では出来ない。ルイスもリードへ手を伸ばそうとしたが、自身が泳ぐだけで精いっぱいだった。けれど、ラウルからは迷いは全く感じられなかった。王太子という立場など関係ない、ラウルにとってリードはそれだけ大切な存在なのだろう。

その姿を岸で見た時から、敵わないと、ルイスはそう思った。

そのまま髪をブラシで整えていると、部屋の扉を叩く音が聞こえた。後で食事を持ってくると言っていたから、侍女だろうか。

そう思いながら扉に手を掛ければ、そこには思ってもみなかった人物の姿があった。

「少し、いいか？」

「……ああ」

なんとも言えない、複雑な表情をしたこの国の王太子を、ルイスは部屋の中へと招き入れた。


とりあえず座るよう勧めたが、ラウルはそれを断り、立ち尽くしたままだった。

従兄弟ではあるものの、臣下という立場を考えれば座るべきではないのだろうが、遠慮なくルイスは腰かけた。

ラウルはといえば、そんなルイスへちらちらと視線を向けるものの、何の言葉も発しようとしない。てっきり詰られるか、それこそ最悪殴られるかとさえ思ったルイスにしてみれば、拍子抜けだ。ただ、いい加減焦れたルイスが口を開こうとすれば。

「その……色々、悪かった」

「……は？」

頭を下げたラウルを、ルイスは驚いたように見つめる。謝られるようなことは、何もない。

「もしかして、同情してくれてる？」

十年以上想い続けた初恋の人からは見事に振られ、信頼をも失った。今の自分の状況は、まさに踏んだり蹴ったりと言うやつだ。自業自得であるとはいえ、さすがのラウルにも哀れに見えたのかもしれない。

「違う、そうじゃない」

けれど、その言葉はラウル自身によりすぐに否定された。

「リディの話を聞いていて、思ったんだ。もしかして、お前を追い詰めたのは、俺なのかと」

「言ってる意味がよく、わからないんだけど？」

「ずっとお前は、俺のことが気に入らないんだと思っていた。幼い頃から何かと絡んできていたし、顔を合わせれば余計なことばかり言ってくると、そう思っていた。リディのことだって、ただその外見に興味を持ち、気ままに口説いているんだと……そんな風に考えていた。だけど、そうじゃなかった。お前のリディに対する想いは、そんなに軽いものじゃなかった」

「まあ、初恋って意外と引きずるものだからね。あ、だけどお前のことが気に入らないのはその通りだよ。俺がどんなに努力をしても、簡単にその上を行くんだ。正直、面白くなかったよ」

「……そうだったか？　そんなに、差はなかったと思うが」

ルイスに遠慮しているわけではなく、本当にそう思っているのだろう。そういったところは、やはり腹が立つ。けれど同時に、だからこそ自分はこの従兄弟が憎めなかったのだと思う。

「お前はいつもそうやって、涼しい顔をしてるよな。今回のことだって、少しは取り乱すかと思えばそれも最初だけで、後は冷静に対処していたからな。全く、面白くなかったよ」

リアーヌとマリアの存在が、二人の間に亀裂を生むはずだと思っていたルイスにしてみれば、とんだ見当違いだった。

「冷静？　何を言ってるんだ？」

ルイスの言葉に、ラウルが珍しくその顔を思い切り引きつらせる。

「お前のお蔭で、この数週間どれだけ俺が大変だったかわかってるのか？　リディの気持ちが俺から離れやしないかと、眠れない夜だって何度もあったぞ？　弁解しようにも、この状況ではどうしようもないし、ついでにセドリックからは軽蔑の瞳を向けられるし……冷静でなんかいられるわけがないだろう！」

あまりの権幕に、ルイスの身体が反射的に怯む。

こんな風に感情的に、早口でまくしたてるラウルは、今まで一度として見たことがなかった。

「ただでさえ叔父上にいつ掻っ攫われるか心配してるんだ。気持ちの余裕なんて、持てるわけがない」

ポツリと呟いた言葉は、ラウルの本音なのだろう。情けないほど眉は下がっており、いつもの冷たい美貌の王太子の姿とはかけ離れたものだった。

ルイスは信じられないものでも見るように瞳を大きくすると、その後すぐに吹き出してしまった。

「おい、笑うな！」

肩を震わせるルイスを、ぎろりとラウルが睨みつける。それがますます可笑しくて、ついにルイスは声を上げて笑ってしまう。

物心がつく頃から、何もかもが完璧に見えた従兄弟だが、実はそうではなかった。なんだ、そうなのか。こいつも、人間だったのか。長い間の肩の荷が下り、ストンと何かが心の中に落ちた。自分を裁くのは、自分自身だと言った、先ほどのリードの言葉を思い出す。もしかしたら、彼はここまで見越してそう言ったのだろうか。

「ま、仕方ないんじゃないか。あんなに美しくて魅力的な人を妃に出来たんだ、この先もずっと苦労しろ」

ルイスの言葉に、ラウルが思い切り眉間に皺を寄せ、顔を顰める。その顔を見たルイスは、ますます声をあげて笑った。

その日のうちにマクシミリアンはアローロへ帰国し、ルイスも自領へと帰っていった。

マリアをどうするかは、アリシアとも相談し、最終的にはリアーヌに決めてもらうつもりのようだ。謹慎を終えた後は、また以前のように外交部の一員として国外へ行くつもりだという話も、ラウルから聞いた。ルイスなりの、贖罪なのかもしれない。

リードとラウルも、夕方にはセレーノへと戻った。

もう一泊した方がいいのではとレオノーラからは言われたのだが、無理矢理公務を放ってしまったところもあるのだ。出来るだけ、早く帰った方がいいだろう。

湯浴みを済ませたリードは、一人ラウルが戻ってくるのを待っていた。

聞けば、リードが離宮へ向かったことを知ったラウルは、公務を全て側近に任せ、その足で馬を駆り、フエントへ向かったというのだ。

説明もほとんどされず、仕事を投げられた側近たちの心境を考えると、申し訳ないことこの上なかった。

そういった理由もあり、リードが部屋で休んでいる間、ラウルは執務室で仕事を行っていた。

食事だけは二人でとることが出来たが、その後は再び残った仕事を片付けに行った。

そして、ようやく全てを終えたラウルが部屋へと戻ったのは、既に夜の帳が降りた頃だった。


「なんだ、まだ起きてたのか？」

部屋に戻ってきたラウルは、寝台に座るリードを見て、驚いたような顔をした。

「ラウルと、ちゃんと話がしたくて」

湖の件があったこともあり、なんとなく有耶無耶になってしまったが、喧嘩別れこそしていないものの、二人の間はずっとぎくしゃくしていた。

「昨日の今日だ、無理はしない方が……」

「今、話したいんだ」

自分を気遣ってくれるラウルの気持ちは嬉しいが、既に身体の方は回復している。

ラウルを強く見据え、そう言えば、ラウルは小さく嘆息し、リードの隣に腰を下ろした。

「それで？　話というのは？」

「あの、ラウル……」

リードは、ゆっくりと隣に座ったラウルの顔を見つめる。

「俺を……殴って欲しい」

「はあ？」

ラウルが、珍しく素っ頓狂な声を出した。

リード自身も、出た言葉に驚いた。本当は、頬を張って欲しいとか、そんな風に言おうと思っていたはずなのに。

「えっと、殴るのはやっぱなしで！　ラウルの力で殴られるのは、さすがに……」

ラウルの力の強さは、リードが一番よくわかっている。もし殴られた日には、しばらくは人前に出られないだろう。

「いや、そもそもなんで俺がお前を殴るんだ？」

「それは……」

膝の上に置いた手のひらを、リードはギュッと握りしめる。

「俺が、ラウルを疑ってしまったから」

「は？」

意味がわからない、そんな表情をするラウルに、リードは小さな声で、ぽつぽつと説明を始める。

「シャクラ神の慈愛」をルイスと共にサンモルテへ確認しに行く際、ラウルがリアーヌとの約束を優先させたことを聞いたこと。

さらに、どうしても気になって二人の様子を覗きに行けば、リアーヌの口から側室という言葉を聞いてしまったこと。

「ラウルのことを信じようって思う気持ちもあったんだけど、どこかでもしかしたらって……信じきれなかった。たとえ、マリアがラウルの子じゃなくても、リアーヌさんのことは一度は指名してるくらいだし、気に入っていると思ったから……ごめん」

ラウルは自分を信じてくれと、そう言ってくれたのに。

どうしても、二人の仲を疑い、ラウルを信じ切れなかった。

けれど、ラウルが引っかかったのは、その部分ではなかったようだ。

「は!? いやだって……サンモルテへはお前はシモンと一緒に行ったんじゃないのか？」

「え？ いや、シモンは別件があったから、ルイスが一緒だったんだけど」

「はあああ!? ルイスの奴……あいつ、もっともらしく俺の前で、私用があるし、俺も行けないんじゃシモンをつけるしかないな、なんて言ってたんだぞ？」

やはり国外追放にしてやればよかった、ぼそりと呟いたラウルに、リードは引きつった笑みを浮かべる。

「そんなことなら、俺が行けば良かった」

そして、自然と口から出たラウルの言葉に、リードの胸は温かいものに包まれる。

「ただ、お前があの後、俺と距離を置いていた理由がようやくわかった」

「え？」

「夜しか話す時間がないのに、いつも早く床に就いてしまっていただろ？ てっきり疲れているんだとは思ったが、そのうちおかしな新聞記事は出回るし……」

そうだった。ラウルに向き合おうと思っていたはずなのに、リアーヌとのことが気になり、結局出来なくなってしまったのだ。

「ごめん、意気地(いくじ)がなくて……だから、ちゃんとけじめをつけるためにも、俺の頬を張って欲しいんだ」

訴えるようにリードが言えば、ラウルは困った顔をし、これ見よがしにため息をついた。

ここで押し問答をしたところで、無駄だと思ったのだろう。

「じゃあ……軽く……」

「う、うん」

軽くても、やはり痛いのかな、さすがに痕(あと)が残るのは困るな。

公の場に出る機会はそれほど多くないが、何を言われるかわかったものじゃない。

というか、そもそもラウルの評判を落とすことになるんじゃないか。

そう思いながらも、リードは固く瞳(ひとみ)を閉じる。

けれど、想像しているような衝撃がくることはなかった。

その代わり、すぐ近くでくすりと。笑ったような、そんな音が聞こえた。

ラウルの手が、リードの頬を優しく包み込む。

さらに、唇へ柔らかいものが触れた。

リードのよく知るそれが、ラウルの唇であることはすぐにわかった。

驚いて目を開ければ、そこには悪戯に成功した子供のような顔をしたラウルがいた。

「驚いたか？」

ニッと笑うラウルに、素直にリードが頷く。

「俺がお前に、手を上げられるわけがないだろう？」

慈しむように、ラウルがリードを見つめる。

静かなランタンの光の中、煌めく青い瞳が、滲んで見えた。


ラウルの手のひらが、その感触を確かめるように、触れていく。

ゆっくり、丁寧に脱がされていく服。

何度目かの交わりの時、リードが自分で脱ごうとしたら、ラウルに止められたのだ。

自らの手で、リードの身体を露わにする楽しみをとってくれるなと。

実際、リードの服を脱がすラウルは、どこか嬉しそうだ。

「……なんだ？」

ちょうど、上半身が露わになったところでリードが小さく笑えば、それに気付いたラウルが手を止めた。

「なんでもない、嬉しいなって思っただけ」

ラウルの手に触れられると、気持ちは勿論、肌がとても喜んでいるのを感じる。

「それならいいが……調子が悪いなら、無理はするなよ」

「止めてくれるんだ？」

「中に挿れるのはな」

なんだ、それ以外はするつもりなのか。

そんなラウルが可笑しくて、ますますリードは笑ってしまう。

「笑うな！　俺が、どれだけ我慢していたと思う！　お前が隣にいるのに何も出来ないんだぞ、何の拷問かと思ったぞ」

「ごめん」

苦々しい表情で言うラウルに、リードも素直に謝る。

「リアーヌさんのことを考えたら、ちょっと怯んじゃったっていうか……」

自然と、声が小さくなる。

「俺は男だから、身体も柔らかくないし、ラウルもやっぱり、きれいな女の人の身体の方がいいんだろうなって……そう考えると、なんか自信なくしちゃってさ」

元々、身体の構造が違うのだから仕方なくはあるが、男性を受け入れるべき器官を持たない自分に引け目を感じてしまったのだ。けれど。

「えっ………わっ！」

突然、ラウルはリードの身体を寝台へと押し倒すと、肉の少ない太股を思い切り開く。

ズボンも下穿きもあっという間にはぎ取られ、リードの下半身に空気が触れる。

そしてそのまま、リードの性器をラウルがその舌でなぞる。

「ちょっ……待って！」

別に、その部分をラウルに舐められるのは初めてではない。

念入りに洗ってもいるが、やはり完全に抵抗がないわけではない。

しかも、普段ならばだいぶ身体が解れ、朦朧としている頃なのだが、今は意識もはっきりしている。

本音を言えば、恥ずかしくて、たまらない。

「お前がバカなことを言うからだ」

「え？」

「男の性器に触れるなんて考えたこともなかったのに、お前のものだと思うと可愛くてたまらない。

心も身体も、お前の全てが愛おしいんだ」

「ラウル……ひゃっ………！」

リードの自身が温かいものに包まれる。

ラウルの口に銜えられれば、すぐに反応してしまう。

ここ最近、それどころではなかったから仕方ないが、まるで待っていたかのようで気恥ずかしい。

舌で嬲られ、独特な粘着音が響く。恥ずかしい、だけど、それ以上に気持ちが良い。

「は……っあっ……」

気が付けば、自身の足を押さえるラウルの手はなくなり、自ら足を広げてしまっていた。

「ダ、メ……！　イく………」

ようやくラウルの口が離れ、リードの蜜口から飛沫が飛ぶ。

「ちょっ……危ないところだった……！」

もう少しで、口内に出してしまいそうだった。

肩で息をしながら抗議するリードに対し、ラウルは近くにあった小机の中から小瓶を取り出す。

「それ……確か……」

見覚えのあるそれは、少し前にフェリックスから貰ったものだ。

「あいつも、たまには良い仕事をするな」

「へ？」

「商人の話では、あちらで潤滑剤として使われている高級な香油らしい」

フェリックスが、それを知って自分に渡したとはさすがに考え辛い。

そうこうしている間に、ラウルが手で液体を温め、リードの秘孔へと手を伸ばす。

「あっ…………！」

つぷり、とラウルの指を受け入れ、身体がはねる。

そんなリードを見つめるラウルの瞳には、確かな欲望が感じられた。


「ひっ……あっ……！」

リードの内壁を、ラウルがその剛直で搔き回していく。

既に、一度リードの中で果てたはずのラウルだが、屹立(きつりつ)は未(いま)だ硬さを保っている。

「はっ……！　やっ…………！」

ている。

久しぶりだということもあり、最初は悦んでいたリードの窄まりも、既にそれどころではなくなっ
決して乱暴ではないものの、ラウルの腰の動きがいつも以上にはやいため、息をつく暇もないのだ。

「もっ……無理……！」

リードがそう言えば、僅かに腰の動きを緩やかにしてくれたが、決して抜かれることはない。

むしろ、リードの感じる部分を何度も突いてくる。

ラウルがこうなってしまった原因はわかっている。

ルイスがボートの上でつけた、リードの首筋に残る痕を見つけたからだ。

リード自身すっかり忘れていたのだが、ラウルの憤りはすさまじかった。

すぐにその部分を自身の唇で上書きし、痛いほどに吸い上げた。

そして、リードの身体を離すまいとばかりに強く抱きしめたのだ。

「あっ……あっ……」

気持ちが良すぎて、何も考えられない。

身体の全てが、性感帯にでもなった気分だ。

「すごい、締め付けだな」

ラウルが、心地よさそうにリードを見つめる。

精も根もつき、既に出るものはないはずなのに、リードの性器は未だ起ち上がり続けている。

「はっあっはっ…………！」

ラウルの動きがはやくなり、リードは必死でその肩へと手をまわす。

「あっ…………！」

ギュッとその身体を抱きしめる。リードの胎の中に、温かいものが注ぎ込まれるのを感じた。

リードは射精しなかった。けれど、身体が痺れ、今まで感じたことのないほどの快感に、打ち震えた。

そんなリードを、愛おしげにラウルは見つめ、涙が溜まっていた目尻を舐め取った。


結局あの後立てなくなってしまったリードは、ラウルに支えられながら身体を清められ、そのまま寝台へ戻った。既に、窓の向こうの空は白んできている。

「だけど、どうして話してくれなかったんだ？」

すぐ隣にいるラウルの体温を感じながら、リードがこっそりと聞いた。

「え？」

「リアーヌさんとのこと。あの時……演習から戻った後、ラウルは話すつもりだったんじゃないの？」

ラウルはあの時、必死な形相で、自分の話を聞いて欲しいと請うように言っていた。けれど、その後気が変わったのか、結局ラウルは何も言わないままだった。

顔だけリードの方へ向けると、ラウルは少しばかりばつが悪そうな顔をする。

「本当は、あの時話すつもりだったんだ。だけど……お前が、泣いたから」

「う、うん……」

確かに、あの時のリードは持っていき場のない感情が高ぶり、思わず泣いてしまった。

「お前の涙を見て、お前を苦しめていることがわかって、ひどく後悔した。だから、この件にはこれ以上お前を巻き込まずに、自分だけで解決しようと、そう思った。実際、ルイスの思惑がわかりかねていたし、危険があったのも確かだしな……」

「そうだったんだ……」

意地を張っていたわけではなく、ラウルなりに、考えてのことだったようだ。

「それに、叔父上なら一人でなんとか出来ると思ったんだ。お前を泣かすようなこともなかっただろうし、お前の力を借りずとも、全部自分で事を収めることが出来た……。俺には、結局出来なかったけどな」

ぽつり、ぽつりと零していくラウルの言葉はいつもより気弱に感じた。自尊心が強く、滅多なことでは自身の気持ちを吐露しないラウルにしては、珍しい行為でもあった。それだけ、精神的に参っているのかもしれない。

「そうだね、リケルメなら、こんなことにはならなかったと思う」

リードの言葉に、ラウルの眉間にしっかりとした縦皺が寄る。

「悪かったな、俺は叔父上に比べて」

「話を最後まで聞いて。リケルメなら、もっと早く解決出来たと思う。冷静に二人の虚言の証拠をつきつけ、ルイスもリアーヌさんも罪に問われていたと思う。勿論、重い罪ではないだろうけど。でも、リアーヌさんは踊り子としての立場を失うし、ルイスとラウルが和解することだってなかった」

十年一緒にいたのだ。リードはリケルメの優しさを知っているが、王としての非情さもまた知っていた。

「ルイスなんて、王権を狙おうとしていたわけだし、取りようによっては立派な反逆罪だよ。リケルメは懐が広いけど、裏切り者には容赦がない人だから……アローロという大国の王だから、仕方なくはあるんだけどね」

そして、おそらくリケルメはリードが何も知らないうちに、全てを終えてしまうだろう。その罪も、全て自分一人で背負うかのように。

「……俺の判断が、甘いと言いたいのか？」

少し拗ねたようなラウルに対し、リードは安心させるように微笑み返す。

「そうじゃない、そうじゃなくて。ラウルはリアーヌさんを、最後まで説得しようとしただろう？王太子という立場でその嘘を暴くんじゃなく、リアーヌさんが自ら真実を話してくれるように促した。リアーヌさんが苦労して今みたいな踊り子になったことを知っているから、立場を悪くしないように……。時間はかかったけど、最終的にリアーヌさんは真実を話してくれた。ルイスも……長い間抱えていた心の闇を晴らすことが出来た。二人を切り捨てることなく、最後まで諦めなかったラウルだからこそ出来たことだよ」

ラウルとリケルメのどちらが正しいのかを、リードには判断することが出来ない。今回はたまたまルイスとリアーヌの心根が良かったから説得することが出来たが、いつもこう上手くいくとは限らない。

「リケルメからすれば、確かにラウルのやり方は甘く見えると思う。だけど、俺はラウルのやり方は間違ってないと思う」

ようやく、リードの言わんとしていることがわかったのだろう。ラウルの眉間からは、皺がなくなっていた。けれど。

「だが……それだって結局、お前の力を借りてしまった。本当は、俺一人でなんとかしたかったのに……」

全て自分の手で解決出来なかったことは、やはりラウルとしては口惜しいようだ。

「いいじゃん、それでも」

「……よくはないだろう？」

「だって、そのために俺はラウルの傍にいるんだから」

「え……？」

「例え話だけど。リケルメは、百人を救うためなら一人の犠牲を厭うことなく出せる人だ。王として、指揮官としてはその判断は正しいんだと思う。でも、ラウルは多分すぐには出来ない。ギリギリまで、百一人を救う手段を考えるんだと思う。それがラウルの甘さでもあり、弱さかもしれない。だけど、優しさでもある。だから、俺もラウルと一緒に考えたい。一人で考えたら見つからない方法も、二人で考えたら見つけられるかもしれないだろ？　それに」

リードが、顔だけでなくその身体を、ラウルの方に動かし、微笑みかける。

「俺がリケルメとの話し合いのために、アグアへ向かう前の日の夜、なんて言ったか覚えてる？　ラウル、俺がいなければ心臓は止まってしまうって言ったんだよ？　その時に思ったんだ。俺はずっと、ラウルの傍にいて、ラウルのことを支えようって。じゃなきゃ、俺の方が心配で見てられないから」

嬉しそうに笑いながら、リードが言う。高慢で、居丈高なところもあるが、繊細で、気持ちの優しい人間であることを知っている。そんなラウルだから、自分は傍にいたいと、そう思ったのだ。

「なんだそれは……」

どこか不服そうに、ラウルが呟く。それでも、その表情はどことなく嬉しそうで、とても幸せに見えた。

13

足をきちんと揃え、手を膝(ひざ)に置いたセドリックは、強張った面持ちでラウルの方を向いていた。その表情には、嫌悪こそないものの、ひどく緊張していることが傍目(はため)にもわかる。

時折、心細そうにラウルの隣に座るリードへ目配せをしたが、それに対してリードは優しく微笑んだ。

一カ月の謹慎を終えたルイスは、あらかじめラウルに伝えていた通り、外交官として国外へと出て行った。ただ、これまでとは違い、もう少し頻繁にオルテンシアへは戻ってくるそうだ。思った以上に外交部で働きを見せてくれていたルイスがいなくなったことにより、直後は少しばかりリードの仕事は忙しくなった。

そしてそれも落ち着いた頃(ころ)、リードはラウルと共にここのところ毎晩話し合っていた内容を、セドリックへ伝えることにしたのだ。

「あの、叔父(おじ)上。お話とは……」

まだ声変わりを終えていない、セドリックの高い声が部屋によく聞こえる。

「この話は、来月の議会で発表する話なんだが、先にお前に伝えておこうと思う」

セドリックが怪訝(けげん)そうにラウルの方を見つめる。

「少し時期尚早ではあるが、来月の議会の冒頭で、次期王太子にお前が決まったことを、発表する。父上にも、勿論(もちろん)許可は得ている」

「え……?」

セドリックにしてみれば、ラウルとリードの間には子は出来ぬのだし、将来的には自身が王太子に、そして王になる可能性があることは覚悟していた。以前から、ラウル自身の口からも、何度もそう聞かされていた。けれど、八歳になったばかりの自分を任命してしまうのは、聊か早すぎるのではないだろうか。何より。

「……私に、務まるのでしょうか」

王家の人間として生まれ、亡き父は王太子だった。将来は自分が国を背負うことになることは自覚していた。重圧ではあったが、自分も叔父であるラウルのようになりたいと、日々勉学に勤しみ、修練を行ってきた。

けれど、だからこそルイスの口からラウルは王太子として自身の子を据えたいのではないかと聞かされた時、ショックを受けたのだ。その時にはルイスの冗談だとは思ったが、リアーヌとの間に子がいると聞いた時には、さすがにラウルのことを見損なった。勿論、それは嘘であったのだと、国外へ出る前にルイスが説明し、謝罪してくれたのだが。それでも、セドリックの胸はすっきりしなかった。

ラウルが自分を王太子の地位へと据えたがっているのは、セドリック自身の力を評価しているわけではなく、単純に亡き兄の子であるからではないかと、そんな思いがあるからだ。

「お前以上に、適任な者はいないだろう。リディから聞いたが、サンモルテでの公務もほとんど一人で行うことが出来ているという話じゃないか。俺がお前の年の頃は、まだ兄上の背中ばかりを追いかけて、自分一人では何も出来なかった。すごいと思うぞ」

ラウルの言葉に、セドリックが目を大きくし、そして何度か瞳を瞬かせた。

「いえ……そんなことは……」

なんとかそれだけ口にすることが出来たが、内心、強い喜びを感じていた。ラウルが自分を可愛がってくれていることはわかっているが、こういったことに関してはあくまで冷静で、世辞を言う性質ではない。そんなラウルから褒められたことは、セドリックの大きな自信へつながった。

「謙遜するな。ただ、知ってのとおり父上の子は俺と兄上の二人しかいない。王位継承者は二代前の王の血を引く者、という決まりがあるが、今回の議会ではそれの撤廃も発表しようと思う」

「え……？」

「お前が妃を娶り、子が出来れば何も問題はないが、相手が男であったり、子が出来ない可能性だってあるからな。そうなった時に、苦しむのはお前だけではない。だから、その場合を考え、王位継承の幅を広げようと思う」

「調べてみたんですが、そもそもこの国の王となるには、始祖王であるヘリクシス王の血を引いていることが条件なんです。いつの頃からか、それでは王位継承者があまりにも多すぎるということから、二代前というのが慣例になっていました。けれど、それは法で定められたわけでもない、あくまで習わしです。ですから、今回その法を整え、五代前、今でいうのなら、アレクシス王までその幅を広げようと思います」

ラウルの言葉を補うように、横からリードが口添えをする。

アレクシス王は、大陸が戦火に包まれる中でも他国と交渉し、オルテンシアを守り続けたという、国内でも根強い人気の王だ。セドリックにとっては、憧れの存在でもあった。

「俺が調べた限りでは、十歳以下の男子に絞っても国内だけで十数名ほどいる。もしもの時のことを考え、親が希望さえすれば彼らにもお前と一緒に帝王学を学ばせるつもりだ。教えるのは、勿論リディだ」

「え……？」

「外交部の仕事もありますので、毎日というわけにはいきませんが……。また、よろしくお願いしますね？」

セドリックに対し、リードが柔らかく微笑む。途端に、セドリックの小さな心臓は高鳴り、気持ちが高揚する。ラウルの妃になったとはいえ、やはりセドリックにとってリードが憧れの存在であることに変わりはない。

「はい……。これからも、次期王太子となるべく、毎日修練に励みたいと思います」

背筋を伸ばし、ラウルに向かってそう言えば、満足気な顔で頷かれた。その隣では、リードが美しい笑みを浮かべている。

セドリックの胸はいっぱいになり、何か勇気のようなものが漲ってきた。

＊＊＊

「アローロ王、リケルメ様の到着でございます」

先ぶれの従者の声に、隣に座っていたリードの顔が明るくなった。対してラウルはと言えば、今にでも呪詛を吐いてしまいそうなほどに苦い顔をしている。

「ほら、行こうよラウル」

「……言われずとも、わかっている」

結婚式以来の隣国の王の訪問は、一月ほど前から決まっていたとはいえ、ラウルにしてみれば先延ばしに出来ないかと日々考えていた案件でもあった。とはいえリケルメ自ら訪問を希望したのだし、これといって断る口実などないためそうもいかない。そもそも、リケルメの訪問を断るほどの理由を見つけること自体が難しいだろう。

先日の臨時議会で、ラウルが生涯側室を娶らぬこと、さらに次期王太子はセドリックであることを明言した。異論を一切認めない、そういった雰囲気の中での発表に、最初こそ場内はざわついていたが、最終的には皆受け入れてくれた。王位継承権の幅を広げたのだ。今後、それを巡って諍いが起こらないとは言えない。けれど、それでもリードが教えを授けた子供たちなら、必ず国をよくしてくれるはずだ。

子を産めずとも、自分にも残せるものがあるのだと。ラウルが話した時、小さく、けれど嬉しそうに呟いたリードの言葉は、ラウルの心の深淵に強く残った。

そういったこともあり、一時期の王太子夫妻の不仲説などはとうに立ち消えてはいる。しかし、それでもリケルメの存在がリードの大きな後ろ盾であることも確かだ。

普段のラウルなら、内心面白くないとは思いつつ、それでもリードは喜んでいるのだし、目に見えて態度に表すことはない。久しぶりの再会なのだ。リードも積もる話もあるだろうと、そういった余裕は見せたいと、そう思っていたはずだ。

けれど、現実にはそうはいかなかった。それはやはり、ほんの数カ月前のルイスとの一件が尾を引いていた。マクシミリアンが機転を利かせてくれたこともあり、リケルメの耳に入ることはなかったのだろうが、時期外れのオルテンシア訪問の理由は、やはりそれであるとしか思えなかったからだ。

「いらっしゃい、リケルメ」

弾んだ声で、リードが満面の笑みを向ける。

「元気にしていたか？　少し、痩せたんじゃないか？」

「夏の間に、ちょっとね。でも、今はもう元に戻ってるよ」

一年ぶりに見る隣国の王は、変わらずに派手な出で立ちで、年齢を感じさせないほどに若々しい。リードと並ぶと、悔しいがとても絵になる。そして、今日のリケルメはいつも以上に迫力を感じさせるものだった。

「久しいな、ラウル」

リードに向けていた微笑みとは全く違う、凍てつくような瞳をリケルメから向けられたラウルは、やはり全てが知られているのだと実感する。

「……お久しぶりです、義父上」

それでも、叔父ではなく義父と言ったのは、ラウルなりの精一杯の反抗だ。ただ、やはりいつものように強気に出ることは出来ない。

「リードと二人で話したいことがあるんだが？」

口元だけ上げて微笑んだリケルメの言葉を、ラウルに断ることは出来なかった。

シントラ城の中にはいくつもの客間が存在する。その中でも最も室内の装飾が豪奢な「星の間」が選ばれたのは、やはり相手がリケルメであるからだろう。二人きり、というとやはりラウルは面白くなさそうな顔をしたが、ルリを付けることでようやく納得した。

ルリも久しぶりのリケルメとの再会が嬉しいのか、心なし表情が活き活きとしている。

「……どうして、俺に相談しなかったんだ？」

挨拶もそこそこに、椅子に座ったリケルメが、苦々しい瞳でリードへ問う。その瞳から感じられるのは怒りではなく、労りだった。

「やっぱり、リケルメの耳にも入ったんだ」

「マクシミリアンの奴が、しばらく情報を伏せていたからな。俺が知ったのは、本当についい最近のことだ」

どことなく不機嫌そうなのは、リードが苦しんでいた時、何も知らなかったことへの悔しさからだろう。

「俺からマクシミリアンに頼んだんだよ。リケルメには言わないで欲しいって。それに、これは俺自身で解決しなきゃいけない問題だと思ったから」

ルリの淹れてくれた茶へ口をつけると、目の前に座るリケルメを真っすぐに見つめる。

「離宮で、リケルメが自分の養子になってラウルに嫁ぐように言ったのは、リケルメが俺の後ろ盾になってくれるためだと思ってた。嬉しかったけど、リケルメに頼ってばかりなのはよくないと、そう思った。だけど、今回の件でわかったんだ。リケルメが俺を養子にしたのは、単純に自分が後ろ盾になるだけじゃなく、俺に王太子妃として責任を持たせるためだったんだろうって。実際、俺はリケルメの子としてオルテンシアに嫁いだんだから、そう簡単にその立場を捨てるわけにはいかないって、そう思った」

プレッシャーがないというわけではないが、リケルメの存在と、そしてその子という立場はリードの心を奮い立たせる力は十分にあった。

勿論、リードが城を出るという選択肢を考えなかった理由はラウルへの想いが一番ではあるが、この立場を与えてくれたリケルメに対しても強く感謝していた。

「リード……悪いが、それは違う。俺は、そんなつもりじゃや、なかった」

けれど、リードの言葉を聞いたリケルメは少しばかり考えるようなそぶりを見せ、そして苦笑いを浮かべて首を振った。

「お前を俺の養子に迎えたのは、俺自身がお前に出来ることは全てしてやりたかったからだ。それが、十年もの間俺の傍にいてくれたお前へのせめてもの報いでもあった。勿論、俺がお前自身との繋がりを持ち続けたかったというのもある。だから、俺の子であるということに必要以上に責任や重圧を感じることはない。どうしても辛くなったら、王太子妃の地位だって投げ捨ててもいい。お前は、お前自身の幸せを一番に考えればいいんだ」

「リケルメ……」

リケルメの大きな手のひらが、優しくリードの髪を撫でる。性的なものは一切感じられない、溢れんばかりの慈愛を含んだその瞳に、リードはゆっくり頷く。

「ありがとう。やっぱり、リケルメの愛は深いね」

「当たり前だ。どこぞの若造と一緒にするな」

拗ねたようなリケルメの言葉に、リードは思わず吹き出してしまう。

「うん、だけど、ラウルもちゃんと俺のことを愛してくれてるよ」

「ああ……それは、そうだろうな」

不本意そうではあるが、リードの表情を見ればリケルメもそれは認めているのだろう。

「王位継承権の幅を広げるのは、良い案だと思った。直系の血にばかり拘るのは、古い考え方なのかもしれないな」

「うん……」

そのまま互いの近況を少し話し始めると、気が付けば随分と時間が経ってしまった。扉の方へ、リケルメが視線を向ける。

「そろそろ終わらせた方がいいな。嫉妬に狂った若造が、血相を変えて飛び込んでくるぞ」

「大袈裟だよ」

リードの言葉に、小さくリケルメが笑った。そのまま立ち上がり、大きな扉をゆっくりと開ける。

リケルメが予想していた通り、扉の前には苦い顔をしたラウルが立っていた。その姿を見たリードが思わずリケルメと顔を見合わせれば、ラウルはますます面白くなさそうな顔をした。

「そろそろ食事にしようかって話してたんだよ」

リードが笑いかければ、渋々ながらもラウルが頷く。

長い廊下を歩きながら、ラウルは隣を歩くリケルメにちらりと視線を向ける。

「義父上はさぞやご多忙だと思いますが。本日はリディに会うため、わざわざアローロからいらしたんですか？」

一人で長い間待たされたことが腹に据えかねたのだろう。チクリと皮肉も交えて問えば、リケルメは僅(わず)かに口の端を上げた。

「まあ、それが目的ではあるが、それだけではないな」

「え？」

声を出したのはリードだった。

「ジーホアに、不穏な動きがある」

ジーホア。アローロの隣国でもあり、大陸で唯一アローロに対抗し得る国だ。ラウルの顔つきは真剣なものとなり、リケルメの眉間(みけん)に皺(しわ)が寄る。

先ほどまでの穏やかな雰囲気はなくなり、既に二人の間にはピリピリとした緊張感のようなものが漂っていた。

悪役令嬢と闇の王

1

高い天井にはシャンデリアが煌めき、大広間には大勢の着飾った男女が集まっている。

コルセットをつけ、腰を補整して流行のドレスを纏う者。

緊張した面持ちできょろきょろと視線を彷徨わせているデビュタント。

大広間の壁側に置かれたテーブルには、宮廷料理人が腕によりをかけた料理がずらりと並べられており、香しいにおいが鼻をくすぐる。

聞こえてくる音楽も王立の管弦楽団による生演奏で、美しい音色に自然と心が落ち着いてくる。

年頃の女性たちは、未来の結婚相手がこの場にいる可能性も高いため ひと際目を輝かせているように見える。

けれど、そんな美しい女性たちよりもずっと注目を浴びる存在、それが自分であることもわかっていた。

「見て、リディ様よ」

「まあ、今日もとても美しいわね。さすが、王太子殿下の選んだ方だわ」

こういった場は、いくつになってもやはり慣れない。

周囲の人々が、自分をどんな風に見ているかはわかっている。

幼い頃より徹底したお妃教育を受けてきたのだ、立ち振る舞いに関しては自信もあった。

気高く美しくあらねばならないと教えられてはいるものの、元来こういった場で注目を浴びるのは得意ではないのだ。

しかも、普段は一緒にいてくれるはずの王太子殿下がいないこともあり、一層心細い気持ちになる。

今日の舞踏会をエスコート出来ないと殿下から伝えられたのは、一昨日（おととい）のことだった。

どこか気まずそうに、自分の顔を見ることもなく言われ、理由さえ聞くことが出来なかった。

「あら？　だけど王太子殿下はご一緒ではないのね」

「珍しいわね、後からいらっしゃるのかしら。殿下に限って、リディ様を放っておくはずがないもの」

そうとは知らない周囲の人々のそんな声にさえ、気持ちが沈んでいく。

違う、そうじゃない。彼はもう自分のことなんて……。

思ったところで、大広間に大きなざわめきが起こった。

ざわめきの中心にいるであろう人物がゆっくりとこちらへと向かうにつれ、人垣が割れていく。

「……王太子殿下」

自分のもとにやってきたのは想像していた通りの人物で、傍らには小柄な少女がいる。

どこまでこの状況がわかっているのか、少女は興味津々といったようにこちらの様子を見つめていた。

それだけ見ていると、まるで無邪気で天真爛漫（てんしんらんまん）なように見えるが、実際はそうでないことを知っている。

「おい、殿下と一緒にいる女性は誰だ？」

「なぜリディ様を伴っていない？」

自分たちに向けられた小さな声も、しっかりと耳に入ってくる。

大広間の人々の注目が全て自分たちに注がれているといっても、過言ではないだろう。

けれど、この王太子がそんなことで怯むような性格ではないことを自分は知っている。

銀に近い金色の髪に、空を思わせる青い瞳。一見冷たそうに見えるが、自分にだけは柔らかい笑顔を見せてくれていた。

彼の笑顔を最後に見たのはいつのことだっただろう。今ではまるで親の敵でも見るような、そんな視線を向けられている。

そして、王太子はその形の良い唇をゆっくりと開いた。

「リディ……俺は今ここで、お前との婚約破棄を告げる」

固唾をのんで自分たちを見守っていた周囲に、再びざわめきが起こる。

一体どういうことだと、あちらこちらから様々な声が聞こえてくる。

「……理由を、聞かせて頂いてもよろしいでしょうか？」

けれどそれに動揺することなく、真っすぐに王太子へと問いかけた。

「理由だと？　そんなの……決まっているだろう？　聡明だと思っていたが、そんなこともわからないのか？」

「はい、わかりかねます」

はっきりとそう口にすれば、王太子の眉がピクリと上がった。

「隣国の姫であるロクサーナのことは、確かにお前に面倒を見てくれるよう頼んだ。だがお前、自分の立場を利用し、このロクサーナをまるで召使のように扱っていたそうだな？」

「は……？」

王太子の言葉に、思わず呆けたような声が出てしまった。

確かに王太子に頼まれ、自分はロクサーナの世話を焼いてきたが、召使のように扱った覚えなどはない。

「学院の課題も何もかも、ロクサーナに任せ、さらに他の令嬢との茶会にも呼ばなかったそうではないか！」

「ち、違います王太子殿下。リディ様は悪くありません。私が色々不出来なばかりに、ご迷惑をおかけしてしまっただけなんです」

「ロクサーナ、こんな奴を庇うことはない。いくらお前が優しく、大人しい性格をしているからといって、あまりにもひどい」

「そんな、私は……」

目の前で繰り広げられている茶番劇を、呆然と見守っていたものの、さすがに黙ってはいられず、仕方なく口を開く。

「お言葉ですが！　私がロクサーナさんの課題を手伝ったことはありますが、自身の課題をロクサーナさんに押し付けたことは一度もありません」

「この期に及んで、まだ白を切るつもりか？　俺の側近たちも、みなお前がロクサーナに厳しい態度で接しているのを見ているんだぞ！」

そう言った王太子は、自身の周りにいる側近たちへと目配せをする。

そういえば、王太子の側近で友人でもある彼らとロクサーナが一緒にいるのを何度か見たことがあった。

当時はなんとも思わなかったのだが、おそらくロクサーナに取り込まれていたのだろう。

……この国の王太子の側近ともあられる方々が、なんと情けない。

いっそ、ため息すら出そうになるが、一応弁明はしておかなければならないだろう。

「厳しい態度かどうかの判断は私自身にはつきませんが、確かにロクサーナさんのことを注意したことはあります。けれどそれは、オリヴィエ嬢の婚約者であるアンドリュー様にあまりにお近づきになる姿が目に余ると、オリヴィエ嬢に相談を受けていたからです」

言いながら、こっそりと周囲を見渡せば、ちょうど視線が合ったオリヴィエが何度か頷(うなず)いた。

対して、隣にいるアンドリューの表情は気まずげだ。

美形で王太子の側近でもあるアンドリューは学院内の人気もとても高く、ロクサーナは事あるごとにアンドリューのことを口にしていた。

「で、出鱈目(でたらめ)を言うな！　そんなことがあるわけないだろ⁉　度重なる無礼な態度、許されると思うな。リディ、いやリディエール・シャルロット、そなたを国外へと追放する！」

王太子の言葉により、周囲のざわめきがより一層大きなものになる。

国外追放……婚約破棄はある程度予想出来ていたとはいえ、さすがにそこまでは考えていなかった。

返す言葉も見つからないとはこのことで、ため息も零(こぼ)れなかった。

さあどうしようかと口を開きかけたところで、大広間にとてもよく通る声が響いた。

「一国の王太子ともあろう者が、これ以上醜態をさらすのはよしなさい。貴方はリディが本当にロクサーナにひどい扱いをしたと、本当に思っているのですか？」

「……なるほど、こいつがこの物語のヒーローなわけか」

そう呟(つぶや)いた水原直人(みずはらなおと)は、読みかけの単行本をパタリと閉じた。

染色していない自然な茶色い髪に、同じ色の瞳を持つ直人の容姿は周囲に華やかと称されることが多く、学内でも人気がある。

ちょうど大学が春休みに入ったこともあり、呼び出しや誘いの連絡がSNSを通じて何通も来ていたが、いまいち外に出る気にもなれず、暇を持て余していたのだ。

そして、珍しく家の中にいる直人に妹のひかりが渡してきたのが、先ほどまで直人が読んでいた悪役令嬢もののライトノベルだ。

元々は有名SNSサイトのネット小説だったらしいが、投稿を始めた途端サイト内のランキング1位を独占し、一年と経(た)たずに書籍化にコミカライズ、さらに来年にはアニメ化も予定されているらしい。

この物語に影響された小説がSNSサイトにはいくつも投稿され、密(ひそ)かに悪役令嬢ブーム、というものも起きているそうだ。

「え？　ちょっと待ってよお兄ちゃん、まだ途中じゃない」

ひかりは投稿時代からこの小説のファンらしく、書籍化を自分のことのように喜び、小説は勿論、コミカライズされた漫画も全て揃えている。

直人も読んでみて欲しいと言われていたものの、いまいち興味が持てずにいたのだが、今日は時間があったこともあり、とりあえず読んでみることにしたのだ。

「読まなくてもわかるよ。王太子に婚約破棄された主人公である悪役令嬢が、章の最後に出てきた隣国の国王に見初められて溺愛されるんだろ？　どうせ隣国の方が国の規模も大きければ、国力もあって、ついでに国王もイケメンで性格も良い……対して、悪役令嬢を振った王太子の方は選んだ女はろくでもないし、後々ひどい目にあう、まあそんなところだろ？」

すらすらとこれから起きそうな展開を言えば、ひかりはポカンと直人の方を見、次に頬をぷくりと膨らませた。渋谷を歩いていると頻繁に芸能事務所からスカウトされるというだけのことはあり、その容姿は可愛らしい。

もっとも、兄である直人からすれば幼い頃から見慣れた顔であるため、これといって何も感じないのだが。

「た、確かにそんな感じなんだけど……隣国の国王陛下がね、とにかくかっこいいの！　ヒロインのことをちゃんと信じてくれて、王太子とは全然違うんだよ？」

言いながら、ひかりは直人が閉じた単行本の表紙を指さす。

表紙にいる、可愛らしい少女の肩を抱く美青年が、おそらく国王なのだろう。

「いや、そもそも設定からして無理があるだろ」

「え……？」

「ヒロインの悪役令嬢の父親は宰相で国王の側近、恐らく幼い頃から二人の結婚は決められていたはずだ。舞台は近世ヨーロッパをイメージしているんだろうし、この時代に王太子の一存で結婚相手を決められるわけがないだろ？」

一応、国際学科に所属しているため、各国の歴史や文化には詳しいのだ。

とくにヨーロッパは王室同士が縁戚関係にあることから、結婚が国家間においてどれだけ重要なものであるかはわかっている。

「だいたい、ヒロインと王太子は元々仲が良かったんだろ？　頭がよく、博識なヒロインのことを気に入っていた王太子が、こんなポッと出の女に簡単に心を奪われるってどう考えてもおかしいと思う。王太子はヒロインの何を見てきたんだ？　あと、気になるのは王太子の側近だよ。同年代の貴族の中でも最も優秀な人間が集まっているはずなのに、次から次に騙されていくってさすがにやばいだろ？どれだけ無能が集まってるんだよ。それに……」

「もういいよ！　お兄ちゃんには夢がなさすぎる！」

直人の手にあった単行本を、ひかりは強引に奪っていく。そして、憤慨しながらリビングを出ていく。

……別に俺、間違ったことは言ってないよな？

不遇な目にあっていたヒロインが新しいヒーローの手で幸せになるというのは確かに女性の夢が詰まっているのかもしれないが、直人にはいまいちピンとこない。

それに、王太子が設定通りの眉目秀麗で聡明であれば、悪役令嬢の真の優しさや内面の素晴らしさ、そして彼女こそ自身の妃に相応しいとわかるはずだ。

何より、本当に悪役令嬢のことを愛していたら、簡単に他の女性に心惹かれたりしないはずだ。

そう、本当に、相手のことを愛おしく思っているのなら……。

＊＊＊

瞳を開いたリードは、一瞬、ここがどこであるのかわからなかった。

高い天井と、壁に飾られた美しい絵画、そして生けられた花を見つめ、ようやくここがオルテンシアの、自分の寝室であることに気付く。

夢……？　しかも、おそらく前世の……？

久しぶりに見た前世、この世界に生まれ変わる前の夢だった。

どうして今、こんな夢を……。

起き上がり、長く伸びた髪をかき上げたところで、寝台のカーテンがゆっくりと開かれた。

「リード様、お目覚めになりましたか？」

優しい、穏やかな女性の声。

笑顔のルリが、リードへと声をかけてくれる。手には、銀色の水差しとグラスが載せられたトレイを持っている。

「ああ、おはようルリ」

言いながら、サイドテーブルに置かれた時計へ視線を移す。

そして、それを見たリードは翡翠色の瞳を大きく見開いた。

「え？　もうこんな時間？」

慌てて立ち上がろうとすれば、ルリがやんわりと首を振る。

「大丈夫ですよリード様。朝方ロクサーナ様の使いの方がいらっしゃって、会議の時間が一時間ほど遅れると仰ってました。だから、もう少しゆっくりされても……」

おっとりとした調子で言うルリにリードは苦笑いを浮かべる。

「多分、その話は嘘だと思う」

「え？」

リードの言葉に、ルリが驚いたような顔をする。

「とりあえず、すぐに出られるように準備を手伝ってもらえる？」

「は、はい。勿論です」

あらかじめルリが用意していた衣装に着替えていると、申し訳なさそうにルリが謝ってくる。

「申し訳ありません。最近、リード様は毎日遅くまでお仕事をされていたので、少しでも長くお休みして頂きたくて、ついロクサーナ様の使いの方の話を鵜呑みにしてしまって……」

「大丈夫、ルリのせいじゃないから」

リードがそう言えば、ますますルリは恐縮したように肩を落とす。

そういえば先ほどまで見ていた夢の中、直人の妹が読んでいた物語の登場人物の一人、隣国の令嬢の名前もロクサーナだった。

だから、今になってあの夢を見ることになったのだろうか。

よくよく考えると、夢の中に出てきた王太子も、どことなくラウルに似ていたような気もする。

いや……勿論ラウルの方がかっこいいけど。

あれは夢で、こちらの世界のこととは全く関係がない。

そう思いながらも、リードの心には言い様のない不安が過った。

＊＊＊

ルーゼリア大陸の南西部にあるオルテンシア王国は、温暖で、海洋貿易で利益を得ている豊かな国だ。

そんなオルテンシアの王太子、ラウルの妃であるリードには、二つの秘密がある。

一つは、オルテンシアの隣国である大国・アローロの王であるリケルメとの関係が、対外的には血の繋がらぬ養親子ということになっているが、元々は誰よりリケルメが愛した寵姫であったこと。

リケルメとの出会いはかれこれ十年以上前に遡る。

幼い頃より愛らしく、聡明であったリードはこの大陸の覇者とも言える賢王の興を惹き、さらに美しく成長した頃にはその愛を一身に受けた。

けれど、国王であるリケルメには王妃は勿論、他にも側室がおり、リケルメを愛しているからこそ、リードはその環境に耐えられなかった。

そんなリードがリケルメの後宮を飛び出し、隣国であるオルテンシアの王太子であり、そしてリケルメの甥でもあるラウルの妃となったのは、まさに運命だったと言えるだろう。

けれどその出会いは偶然ではなく、必然であったのかもしれない。

『俺と一緒に新しいこの国を造って欲しい！』

当時、自身の立場を隠し、教会でひっそりと働いていたリードに対し、その才覚を見出してラウルはそう言った。

リードの二つ目の秘密、それはリードには現在の生を享ける以前の記憶、この世界よりもずっと文明の発達した世界の記憶と知識があることだった。

＊＊＊

ぎい、という音を立てて会議室の扉を少しだけ開けば、中から賑やかな声が聞こえてくる。

歓談に移っているのか、明るい部屋の雰囲気に、既に会議が終わったのだということがわかる。

会議といっても、今日はリードが長を務める外交部と王太子であるラウルとその側近との情報交換会であるため、それほど時間はかからなかったのだろう。

とはいうものの、情報を交換するだけとはいえ、ここのところの諸外国の情勢をまとめあげるのにはかなりの時間がかかった。

元々外交部を取り仕切っているのはラウルの母であり、オルテンシア王妃であるレオノーラであるため、最新の情報を得るためにレオノーラの住むフエントの離宮まで足を運んでいたのだ。

そうしてようやく王都であるセレーノに戻れたのは一昨日のことで、昨晩はそれこそ深夜まで書類作りをすることになってしまった。

ルリが心配するのも無理はない、ここ数日は公務に集中したいからとラウルとの寝室ではなく、自身の寝室を使っていたくらいなのだ。

ただ、それだけ時間をかけただけのことはあり、リードとしてもかなり質の高い報告書が出来上がったと思っていたのだが。

「リード様……！」

部屋の隅に立つリードに気付いたシモンが、少し慌てたようにこちらへと早足でやってくる。

元々はラウルの側近を務めていたシモンだが、今はリードの補助のため、外交部での仕事を主としている。

白銀の髪に碧眼で、女性のように整った顔立ちのシモンは、上背はそれなりにあるが体格はやや細身で、本人が密かに外見を気にしていることをリードは知っている。

そのため、周囲に甘く見られないようにか、厳しい物言いこそしがちだが、その実思いやりがあり、意外と熱い性格である。

「おはよう、シモン」

申し訳なさそうにリードが言えば、シモンがそのきれいな形の眉を寄せた。

「おはよう、じゃありませんよ！　一体どうされたのですか？　最近ずっと根を詰めて仕事もしていらっしゃいましたし、お倒れにでもなったのかと心配しましたよ！」

「ご、ごめん。その……ちょっと時間を勘違いしていたみたいで」

「いつも時間に正確なお前が、珍しいな」

二人の会話が聞こえていたのだろう、少し離れた場所にいたラウルが、気が付けばすぐ隣まで来ていた。

「申し訳ありません王太子殿下、せっかくの情報交換会に間に合わず……」

対外的な場であるため、一応普段よりも口調は畏まったものにする。

けれど、また日を改めて時間をとってもらえないかとリードが提案しようとすれば。

「問題ない、報告の方は全てロクサーナが行ってくれた」

「え……？」

ラウルがそう言った途端、ちょうどリードの正面にいたシモンの頰がひきつった。

「膨大な情報を、この短期間でよくまとめてくれたな。素晴らしい報告書だった」

自身の名前を呼ばれたことに気付いたのだろう、振り返ったロクサーナはラウルにそう言われると、花の顔を嬉しそうに赤らめた。

「とんでもございません。私なんて、まだまだリード様には遠く及びません。確かに今回、調べることがとても多くて、少し大変でしたが、とても良い勉強の機会をくださったリード様には感謝しております」

ロクサーナが小さく首を横に振れば、ブルネットのウエーブがかった長い髪が揺れる。

可愛らしい仕草だとリードは客観的に思ったが、隣にいるシモンの顔はますます険しくなっていく。

「いいや、そんなことはないが。それよりもリード、いくらロクサーナがお前の下で学びたいと言ったからとはいえ、少しこき使いすぎじゃないのか？　だいたい母上のところにだって何をしに行っていたんだ？　遊びにでも行っていたのか？」

「な……！」

ラウルの言葉に、すぐさまシモンが口を開こうとする。リードはそんなシモンの腕を、慌てて掴む。

「……リード様」

「いいから」

今回のリードの報告書の作成に一番協力してくれたのはシモンだ。それこそ、今はほとんど国交のない国の言語を調べるため、忙しい合間を縫って王立図書館へ行き、蔵書まで探してきてくれたりもした。

そんな風にリードと共に苦労の末に作った報告書をロクサーナが自ら作ったものだと口にしているのが、許せないのだろう。

「それだけリード様もロクサーナ様に期待してるってことじゃないですか？　ロクサーナ様の能力も素晴らしいですし！」

なんとなく、空気があまりよくないことを察したのか、ラウルの側近の一人であるマルクが、気を利かせたように口を開いた。

「ですよねえ、女子大学には行かずに城で勉強したいって聞いた時には正直少し心配したんですが、ロクサーナ様なら学校へ行く必要などありませんよね」

他の側近たちも、それにつられるように話しかける。

「シモンがいなくなってから殿下と外交部の橋渡し役がいなくなってしまいましたし、いっそロクサーナ様にやって頂いたらどうですか？」

「お前なあ、それ単純にロクサーナ様と一緒に仕事がしたいだけだろう」

側近たちに囲まれ、あれこれと褒めそやされ、恥ずかしそうにロクサーナは首を振る。

けれど、恐縮しながらも、満更でもないのか、その口元はしっかりと上がっていた。

ぼんやりとその様子を眺めていたリードだが、さり気なくラウルが発した言葉にその頬が強張った。

「ああ、それもいいかもな。ロクサーナなら、色々な仕事が任せられそうだ」

え……？

確かに、ロクサーナはよく気が利くし、今回のことはおいておくにしても、仕事は出来る方だ。

かといって、ラウル自身の側近に置きたいなどと自ら口にするとは思いもしなかった。

「本当ですか？　ラウル様にそう言って頂けるなんて、とても光栄です」

首を傾げ、小柄なロクサーナが上目遣いにラウルを見る。

まだ十代の後半というロクサーナの年代だからこそ出来る、仕草だろう。

俺は、とてもあんな風に甘えられないなあ……。

そもそも、自分がやったとしても、似合わないだろうな、とリードは思う。

苦笑するリードの傍らにいるシモンは見るからに苛立っており、声を荒らげそうになる気持ちを必死で抑えているようだ。

他の側近たちのようにラウルはロクサーナに照れたような笑みこそ浮かべていないが、それでもその表情は心なし穏やかだ。

……まさか、ね。

ラウルに限って、簡単に他の人間に心を奪われるようなことはない。この若き王太子が、どれほどの想いを自分に向けてくれているのかをリードは知っている。

けれど、このロクサーナという隣の大陸の姫をリードが預かってから、公務が以前よりもずっと忙しくなり、自然とラウルと二人きりになる時間は減ってしまった。

表立って喧嘩こそしていないものの、どこかぎこちないのは、互いに気付いているはずだ。

けれど何より、側近と、そしてラウルに囲まれちやほやと持て囃されるロクサーナの姿が、昨夜見た夢の光景に重なった。

考えすぎだ、ラウルに限ってそんなことはない。

今はそんな個人の考え事をしている時ではないと、慌てて頭を切り替える。

せっかく、リケルメ自ら俺たちに助言をしに来てくれたんだから……。

2

――――半年前。

「ジーホアに、不穏な動きがある」

リケルメの言葉に、形の良い眉を寄せ、逡巡したラウルだがすぐにその言葉の意味を問うために口を開いた。

「国王は高齢で、長い間病床についていたと聞いております。ついに逝去されたのですか？」

アローロの隣国であるジーホアは、アローロとは民族も違えば、文化も言葉も、そして信じている神さえも違う国だ。

好戦的な騎馬民族でもあるため、過去の歴史を遡っても、アローロとは幾度も国境沿いでの小競り合いを繰り返してきた。

ラウルの母であるレオノーラの元恋人で、リケルメの親友でもあるガスパールも従軍し、生死不明にもなった因縁の国でもあった。

アローロを出奔した後、オルテンシアで生きる道を選んだリードだが、当たり前であるが当初リケルメは納得しなかった。こっそりと、秘密裏にアローロを抜け出していたため、リードもまた、リケルメに自分の気持ちを伝えていなかったことに引け目は感じていた。かといって、リケルメの側室に戻るつもりもなかった。

だから、リケルメとの話し合いに向かう際、交渉の材料に使えるようにとラウルと共にジーホア国内情勢に関しては調べ上げたのだ。そこでわかったのは、腹違いの王子たちの仲は険悪だということで、将来的には王位継承権争いが起こるのではという予想を立てていた。

ただ、あれから一年以上経っているため、情勢が変わっていてもおかしくはない。

「そうだ」

懇意にしていたわけではなく、むしろ国交さえ結ばれていないとはいえ、同じ一国の王として思うところがあるのか、リケルメの口ぶりは重たかった。

「じゃあ……王子たちによる、王位継承権争いが？」

ジーホアでは、王位につけなかった王子は王都から追放される、というのが習わしだ。

そのため、争いが起きぬよう事前に国王が後継者の指名を行っていたはずなのだが、それにもかかわらず、継承権争いに至ったのだろうか。今回は指名が遅すぎたのかもしれない。

けれどリードの問いに、リケルメは静かに首を振った。

「いや、王位継承権争いは起きなかった。その前に王権が倒された」

「え……？」

「どういうことですか？」

王権が倒された、という言葉にリード以上に反応をしたのはラウルだった。

「つまりは……革命だ」

静かに、諭すように言ったリケルメの言葉に、リードはその翡翠の瞳を大きく瞠った。

「かく、めい……」

意味は勿論わかっているが、自らその言葉を口にした際、リードの肌は粟立った。

思い出したのは、前世で学んだ多くの国々の革命の記憶。

絞首刑にかけられる王や妃、そして城を攻撃する民衆たちの姿だった。

大航海時代、そして絶対王政の時代が終われば、次に来るのは市民革命だった。

この世界はリードの知る世界ではないため、全く同じ道をたどるとは限らない。

それでも、今この瞬間も確実に、歴史が動いているのをリードは感じた。

「自ら王位につくことに夢中になっていた王子たちは国王の側近である貴族たちに率先して賄賂を贈り、それが国庫を苦しめていた。それぞれの王子たちの妃はこぞって贅を尽くした生活を送ってきたことが露見したのもある。特にここ数年は不作で農民たちは困窮していた。人心は離れ、王の死が革命のきっかけになった……というのがマクシミリアンの意見だが、おそらくそれだけではないと俺は思っている」

「え?」

「今回の革命の黒幕は、おそらくコンラートだ」

「コンラート、連合公国の元首の、ですか?」

リケルメの言葉に、すぐさまラウルが反応する。

「そうだ」

リードも、勿論その名前は知っていた。

オルテンシアやアローロのあるルーゼリア大陸とは海洋を挟んだ西側にあるアトラス大陸は、ルーゼリア大陸ほど国土は大きくないものの、いくつもの国が存在していた。

統一国家を作るべく、過去には争いの歴史を繰り返していたが、ここ百年はそれぞれの国が発展を遂げたこともあり、大陸情勢は安定していたかに見えた。

けれど、実際のところは違った。国家間の争いこそなくなったものの、平民たちに重税を課し、権力を握った王侯貴族たちは自らの虚栄心を満たすため、金を湯水のように使うという日々を送っていた。元々アトラス大陸は寒さが厳しく、農作物が思うように穫れない年もある。そのため、これまでの王侯貴族はある程度貯蓄をしており、飢饉が起こった年には農村への還元も行っていた。

ところが、数年前に起こった大飢饉の際、王はそれを一切行わなかった。それどころか、少ない作物を例年通り納めるように厳しく取り締まった。飢餓による死者が街に溢れ、民衆の怒りが革命へと結びついたのだ。

そして今から五年ほど前、すい星のごとく現れたのがコンラートだ。コンラートは各地で起こった市民革命によって混乱していた国々をまとめあげ、そして誕生したのがハノーヴァー連合公国だ。

この連合公国は、王権の強い他国とは違い、選挙によって選ばれた議会議員と、そして元首であるコンラートを中心とした国だった。

貴族の所有していた土地は全て耕作していた農民たちの所有となり、さらに自由な商業活動を推進したため、農民だけでなく商人たちにも絶大な支持を受けていた。

今でも小さな国は王権が残っているが、フェリックスの話では、既にアトラス大陸でコンラートの影響を受けていない国は一つもないのだという。

つまり、コンラートはまごう事なき現在のアトラス大陸の覇者だ。

「マクシミリアンの話では、以前からジーホアにアトラス大陸からの間諜が出入りし、民のことを思う良識ある貴族や知識のある平民に対して、王権を倒すべきだと唆していたようだ。しかも、王妃や姫君たちに装飾品を贈っていたのもハノーヴァーの商人たちだという話だ。おそらく、初めからジーホアの王権を倒し、革命を起こすのが目的だったんだろうな」

「しかし……そんなことをして一体ハノーヴァーに何の利が……まさか、ジーホアを傀儡国家に?」

ラウルが、ハッとして顔を上げる。

「ああ、おそらくそれがコンラートの目的だ。こちらの大陸に自身の息がかかった国を作り、足がかりとする。アトラス大陸に比べてルーゼリアは気候も温暖で、土地も豊かだ。ジーホアはそのための布石だろうな」

「ジーホアの王権が倒れたのは悪くないと思いましたが、やっかいなことになりましたね……」

リードは黙って二人の話を聞いていた。

コンラートの話をフェリックスから聞いた当初は、そこまでの野望があるようには思えなかったが、リケルメの説明は理にかなっている。

けれど、いくらジーホアを傀儡国家にしたところで、アローロに対抗するほどの国力があるとは思えない。

そもそも、王権が倒されたということはジーホア内部もまだ混乱しているはずだ。

けれど、この流れ、どこか既視感があるような気がする。革命の後に現れる、強力な指導者。これって……。

「リード」

「あ、はい」

物思いに耽っていたところに突然名前を呼ばれ、弾かれたようにリケルメの顔を見る。

いつも自信満々に見えるその顔が、少しばかり曇っているように見えるのは、気のせいだろうか。

「コンラートは……似ていると思わないか？　あの男に」

「え？」

「英雄、ナポレオンに」

「あ……」

リケルメがその名前を出したことにより、リードは頭の中にあった最後のピースが、ようやくはまったような気持になった。

……そうだ、ナポレオンだ。

下級貴族の生まれでありながら、皇帝となり、周辺諸国を始め、多くの国を自身の支配下に置いたフランスの英雄。

フェリックスに聞いた話では、確かコンラートも貴族ではあったものの、元々の身分はそれほど高くはなかったのだという。

勿論、実際のナポレオンとは周辺国に対する接し方が随分違う。

ナポレオンの失策は、短期間のうちに対外的に手を伸ばしすぎたことにより、最終的に人心を失ったことだ。

国家のために戦うという崇高な意志を持って兵士たちを鼓舞し続けたのはナポレオンだが、いつしかその目的さえも曖昧なものになってしまった。

けれど、コンラートはそうではない。むしろ、その支持者は大陸中に増えていると言っても過言ではない。

「ナポレオン？　誰だそれは？」

リケルメとリードの会話に一人、置いてきぼりをくらったラウルが、少し不機嫌そうな顔をする。

「ん？　なんだお前、知らないのか？」

それに対して、リケルメは何故か楽しそうな顔をする。

そういえば、リケルメの側室でいた頃は、夜な夜な自分の記憶の中にある前世の国の歴史を話し聞かせていたが、ラウルに対してはこれまで一度も話したことがなかった。

勿論、公務を行う上で助言の一つとしてエピソードを話すことはあったが、あくまで例え話としてだ。

リケルメに揶揄われたラウルはムッとして、形の良い眉がきれいに吊り上がっていく。

「そんなに大した話じゃないから、今度ちゃんと説明するよ。毎日一緒にいると、話すことが多すぎて、なかなかそういった話にまでいかないんだ」

ラウルをフォローするためにリードがそう言えば、ラウルの表情がようやく和らぐ。

「本当だな？」

「うん、約束する」

確認するように言われ、リードはそれに応えるように頷いた。

「どうせ俺は毎日一緒にいられなかったからな」

対して、苦虫を噛みつぶしたような表情でリケルメがぽつりと呟いた。

ああ……二人とも面倒くさい……。

ラウルがリケルメをライバル視するのは仕方ないにしても、リケルメもいちいち対抗するのはやめて欲しかった。

どちらも一国の王と、そして次期王となる王太子のはずなのだが、こうしているととてもそうは見えない。

国民にはとても見せられない姿だと、リードはこっそりと思う。

「それにしても、革命か……。ラウルとリケルメは、どう思う？」

リードが尋ねれば、二人はほぼ同時に訝しげな表情をする。

「あ、ほら。もし、自分の国に革命が起きたら、二人はどうやって対応する？」

「ああ、そういうことか。そうだな、治められるものなら、自分たちで国を治めればいいんじゃないか？　もっとも、今以上に国を豊かに出来るならな」

「……なるほど」

リケルメらしい、堂々とした口ぶりだった。自分が治める国と、民の幸せにそれだけ自信を持っているということだろう。

確かに、アローロは大陸で一番裕福で力も持っている。あくまでこの時代に限ってではあるが、アローロの民の多くは他国の国民に比べ、恵まれているはずだ。

「ラウルは？」

何の返答もせず、黙り込んでしまっているラウルに、リードが声をかける。

「主権が王から民に移るのは、悪くないと思う。国家は王のためにあるわけではないし、民が自らの意思で政治に関わろうとするのは、良いことだ。古代にはそういった議会主義の国だってあったはずだ。もっとも、それにはある程度は国民が成熟することも必要だろう。実際、コンラートの国だって議会政治を行っているとはいえ、その中心になっているのは知識層だと聞く」

ラウルの言葉に、内心リードは驚く。想像していた以上に、進歩的な考えを持っているようだ。

「ただ……革命には多くの血が流れる。オルテンシアの主権を王から民に移す時には、出来れば誰の血も流れないようにしたい」

「ラウル……」

王太子として生まれ、常にオルテンシアと、そしてオルテンシアの国民のことを思っている、ラウルらしい言葉だった。

ラウルのことをとても敬愛しているオルテンシアの民が、王権を打倒するというのは考えづらい。けれど、たとえラウルの治世でこの国に市民革命が起こったとしても、それは暴力的なものではなく、話し合いによるものになるだろう。

「全く、お前は昔から理想が高いな」

リケルメが、面白そうに笑った。

「……悪いですか？」

「いや、悪くはない。だがな……」

満足げな表情こそしているが、リケルメは言葉を続ける。おそらく、ラウルの高い志を認めているということだろう。

実際、リードがラウルに前世の話をほとんどしていないのは、意図していたわけではなく、必要なかったという部分もある。

理想主義者で少々現実味にかけるが、基本的にラウルは未来を見据えて国の政を行っていた。

リードのように前世の記憶など持たないはずなのに、すごいことだと思っている。

「そうか……記憶」

未だ国家と国民の関係を論じているリケルメとラウルの様子を見守りながら、リードはぽつりと呟く。

ナポレオンとコンラートのやり方は似ているが、人の歴史なのだ。ある程度似通っている部分が出てくるのはそれほど不自然なことでもないと思った。

けれど、もしコンラートに自分と同じように前世の記憶があったとしたら。そしてナポレオンの手腕を参考にしていたとしたら。

……考えすぎだ、そんなことが、あるわけない。

これまで自分と同じように前世の記憶がある人間に会ったことは一度もないんだ。

そんなことがあるわけがない。小さく首を振り、自身にそう言い聞かせる。

「と……話が少しズレたな。今回お前たちに伝えたかったのは、ジーホアの状況もあるが、もう一つ。革命によって王権が倒れたアトラス大陸の貴族が、この大陸への亡命を希望している。俺はコンラートの情報を得るためにも受け入れるつもりだが、お前たちはどうする？　なんだったら、アローロがオルテンシアの分も受け入れてやってもいいが」

確かに国土が広く、豊かな富を持つアローロならば、他国から亡命してきた人間を受け入れることも容易いだろう。

それでは、オルテンシアはどうするのか。

「少し、考えさせてください」

自分の一存で、すぐに決められるものではないと思ったのだろう。

ラウルがそう言えば、リケルメは納得したように頷いた。


結果的には、オルテンシアはアトラス大陸からの亡命者を受け入れることになった。

それはリケルメが言うように、大陸の、そしてコンラートの情報が必要であったこともあるが、一番は人命救助が目的だった。

貴族への民衆の怒りはすさまじく、国によっては安全に暮らしていくことも難しい場合もあるからだ。

そしてその一カ月後、アトラス大陸の端にあるノルエマディア王国の国王夫妻から、娘のロクサーナを亡命させて欲しいとの嘆願が舞い込んだ。

一応ノルエマディア王国は王政こそ残されたが、それも風前の灯火で、いつコンラートによって王権が打倒されるかわからない。

だから、娘の安全だけでも保障して欲しい、という国王たっての頼みだった。

オルテンシア国王であるリオネルは了承し、留学という名目でロクサーナはオルテンシアへとやってきた。

「初めまして、ラウル様、リディ様。ロクサーナと申します」

少し緊張した面持ちで二人の前に現れたロクサーナは、アトラス大陸一の美貌を持つと言われる通り、とても美しかった。

少女から大人の女性に移り変わる時期の独特な色香を放ちながらも、精神的にはまだ幼いのだろう。興味津々といった表情で、ラウルとリードを見つめている。

……わああ、可愛いなあ。

単純にそう思ったリードは、こっそりとラウルを盗み見る。

けれど、そこにいたのはいつも通りのラウルで、その瞳にはロクサーナへの興味や関心といったものは見て取れなかった。

母であるレオノーラが大輪の花のような美しさを持っていることもあるのだろう。ラウルは他人の美醜に対して無頓着だ。

けれど、こんなに愛らしいロクサーナを見ても顔色一つ変えないことにはさすがに驚いた。しかしそれと同時に、少しだけリードは安心してしまった。

うう……十代の女の子に対抗しても無駄だってわかってるんだけどなあ……。

リード自身もラウルと同じように、自身の容姿にはそれほど興味がない方だが、それでもラウルの隣に立っても恥ずかしくない自分でありたいとは思う。

これからはもう少し、ルリが言うように自分のことにも気を遣おうかな。

自己紹介と、これからのロクサーナの待遇を説明するラウルを見守りながら、密かにリードは思った。

＊＊＊

ロクサーナが来てから数カ月、隣国の姫という立場でありながらも気さくで、何よりその愛らしい容姿と性格により、ロクサーナは城内の人間の心をどんどん摑んでいった。

元々両親はオルテンシアに新しく出来た女子大学への進学を希望していたのだが、ロクサーナは城でリードの下で働きたいと希望した。

「王太子妃であるリディ様のご活躍は、遠いノルエマディアにも聞こえてきております。学問にも興味がありますが、せっかくならリディ様の下で学びたいのです」

ロクサーナの言葉は嬉しかったが、けれどラウルは勿論、リードの側近たちもみな国内では選りすぐりの優秀な人材ばかりだ。

興味本位で手伝えるような仕事ではないと思ったのだが、それをはっきりと口にしたのはラウルだった。

「悪いことは言わないからやめておけ、自分の能力以上の仕事をしたところで、精神的に辛いだけだぞ」

ラウルらしいといえばラウルらしいのだが、容赦のない物言いに内心リードはギョッとする。

見るからに可愛らしいロクサーナが泣き出しはしないかと、ハラハラしたのだが。

「それでは、試用期間をください。それで使えないようでしたら、素直に大学へ進学させていただきます」

怯むことなくロクサーナは言い放ち、そしてリードやラウルの想像以上の能力を見せたロクサーナは、そのままリード付きという名目で外交部で働くことになった。

ロクサーナは、国交のない国の姫君だ。

そのため、外交部に出入りしていても見せられる資料は限られているのだが、それはロクサーナも承知しているのか、不満を言う様子はない。

むしろ、他の外交部の人間に比べるとやや能力は劣るものの、懸命に努力し追い付こうとしていた。

ただ、変わり者の多い外交部の人間たちにとっては、仕事が出来るかどうかが全てであるため、ロクサーナのことは認めつつも、それほど評価してはいない。

ロクサーナがそれを内心悔しく思っているであろうこともリードは理解していた。

先日の、リードの報告書を、さも自らが作成したかのように発表したのも、おそらくそういった外交部の人間たちの鼻を明かしたかったのだろう。

けれど、残念ながら外交部の人間のほとんどは、ロクサーナの報告書を作成したのはリードだということを知っていた。

一国の姫でもあるロクサーナの顔を、王太子であるラウルの面前で潰すわけにもいかないため、その場では指摘しなかっただけで、リードの苦労を知っているシモンなどは激怒していた。

ただ、外交部では周知のことであっても、ラウルの側近たちにとっては違った。

これまでの経緯など何も知らないため、素直にロクサーナが作成したと思い込み、報告書の素晴らしさを評価したのだ。

そしてそれは、ラウルも一緒だった。

……やっぱりラウルも、若い女の子の方がいいのかなあ。

自身の能力を過信するつもりはないが、おそらく仕事をする上ではロクサーナよりも自分の方がその能力は高いという自信はあった。

しかしながら、それは知識と経験、何よりリードの方が年上なのだから当然と言われればそうである。

けれど、外見のことを言われてしまうと残念ながら自信がなかった。

今でもルリからは毎日のようにリードの美しさは衰えることを知らないと称えられているが、それは長年リードの世話をしているルリの欲目というものだろう。

年齢的にもとっくに薹が立っているのだ。美しさの盛りを迎えたばかりのロクサーナに比べると、やはり見劣りしてしまう。

ラウルのことは信じているが、それでも二人が一緒にいる姿を見ると不安を感じてしまう。そういった気持ちは、日に日に積み重なっていた。

考えても仕方ない、気持ちを入れ替えないと。

城内にいると自然と二人の姿を見ることが多くなってしまうが、幸い今日の仕事は外出を伴うものだ。良い気分転換にもなるだろう。

幸運なことに、今日は雲一つない晴天で、袖の長い服を着ていると暑いくらいだった。

番兵からは見えない場所にいたため、思い切り腕を伸ばして欠伸をし、その後何度も腕をぐるぐるとまわす。

「リード様、馬車の準備が出来たそうです」

後ろから声をかけられ、慌てて腕を下ろす。

「あ、ありがとうトビアス……」

恥ずかしそうに礼を言えば、僅かにトビアスの眉が上がった。

「どうかなさいましたか？」

「いや……恥ずかしいところ見られちゃったかなって」

普段のリードは、淑やかな王太子妃として振る舞っていることもあり、こういったあまり慎みのない姿を見られるのは少しばかり恥ずかしい。

「いえ、普段通りの美しいリード様ですが」

けれど、照れ笑いを浮かべるリードに対し、目の前の青年は無表情でさらりと答える。

「あ、ありがとう……。それよりごめんね、午後からは模擬戦の訓練が入ってたんだろう？　それなのに、付き合わせることになっちゃって……」

「問題ありません。エンリケ将軍からも、常にリディ様を優先するよう申し付けられております」

それだけ言うと、スマートな動作でリードを促しながら、馬車へ向かっていく。

年齢はまだ二十歳を過ぎたばかりだという話だが、その落ち着きぶりを見ているととてもそうは見えない。

トビアスはルイスの件があった後、リードにも専属の護衛が必要だというラウルの相談を受けたエンリケが推薦した青年だ。

ラウルの幼馴染で騎兵を統率している側近でもあるマルクの部下だったそうなのだが、優秀さを買われてエンリケの直属の部下になったのだという。

不愛想で口数は少ないが、とにかく剣の腕は立つし任務に関してはどこまでも忠実な男だとエンリケからは紹介された。聞いていた通りトビアスは寡黙な青年で、最初の頃は必要最低限の話しかしなかった。

それでも、最近はだいぶ慣れたのか、ある程度の世間話もしてくれるようにはなった。

エンリケの推薦とはいえ、軍内でも出世株であるトビアスが、リードの護衛につくというのは不本意なのではないかと心配したのだが、トビアス自身は出世に興味がないらしく、リードの護衛を任されたのを名誉なことだと思ってくれているようだ。

焦茶色の髪に灰色の瞳を持ったトビアスは、色彩こそ控えめではあるが、顔立ちは整っている美青年だ。

そういったこともあり、城内にいると女官たちに頻繁に声をかけられているのだが、色恋には興味がないのかその対応は素っ気ない。

ただ、一見真面目(まじめ)一辺倒にも思えるが、先ほどのように気遣いを見せることもあるから、朴念仁というわけではないようだ。

実際、口数は少ないが、リードのことは気遣ってくれるし、根は優しい青年なのだと思う。

年下ということもあり、リードとしては弟のように思っているのだが、おそらく本人にそれを言ったところで困惑させてしまうだけだろう。

どちらにせよ、外交部でもラウルの側近でもない、ロクサーナと何の関わり合いもない人間ということもあり、トビアスと過ごす時間は密かにリードにとって安らぎの時間になっていた。

3

「お前が俺に靡かない理由がようやくわかった」

豪奢な髪をきれいに一つにまとめた壮年の伊達男は、リードの顔を見ると、開口一番そう言った。

既に馴染み深いリサーケ同盟の主、フェリックス・リサーケ。

本邸へと赴き、ごく一部の人間しか立ち入ることが出来ないフェリックスの執務室へと入れば、既にフェリックスはクラシカルな椅子に足を組んで座っていた。

珍しく難しい顔をしていたため、あらかじめ約束していたとはいえタイミングが悪かっただろうかと思ったが、どうやらそうではないようだ。

「あの、一体何を……」

「リード、お前年下の男が好きなんだろう？」

「は……？」

得意げな顔をしてフェリックスは言うが、リードには会話の流れがさっぱりわからない。

「最近、いつもあの護衛の若い男を連れ歩いてるって話じゃねえか。まあ、あいつもバカ王子に負けず劣らず見てくれはいいからな」

そう言いながら、窓の外へとフェリックスが目配せをする。

リードがフェリックスと話す間、トビアスには室内で待っているように言ったのだが、外敵はいつ何時侵入してくるかわからないため、外で待機をすると頑なに屋敷の中には入らなかったのだ。

今日は気候も良いため寒くはないだろうが、直立不動のまま屋敷の外で立っていてもらうのはいさささか申し訳がない。

「あいつの顔、知ってるぜ。一度船の護衛についてきたことがあるんだが、懐かない犬みてえだったのに、今ではまるで番犬だな。さすが女神のように美しい王太子妃」

「……そんなんじゃありませんから！　トビアスは仕事熱心で真面目な青年なんです。貴族出身ではないせいか、出世競争にも興味がないみたいなので、変な気遣いも不要ですし」

確かに、エンリケからも先日会った時、随分懐かれたものだと感心されたが、リードにしてみればそういった実感はない。

ただ、常にリードの護衛についてくれているため、フエントの離宮などへ遠出をする時にも随伴してくれているし、自然と一緒にいる時間は長くなる。

そうなると、リードも親しみを感じるし、おそらくトビアスも少なからずそういった気持ちを抱いてくれているのだろう。

別にフェリックスが言うような関係ではないし、何よりトビアスは積極的にリードに近づこうとしているわけではない。

むしろその逆で、不敬に当たるからと隣を歩くことさえ最初は遠慮していたくらいだ。

「そもそも、フェリックスさんは思い違いをされているようですが、こういった立場ではありますが、私は元々は異性愛者なんですからね？」

リードの周りにいるのはラウルやリケルメといった逞しい身体を持った美丈夫ばかりであるということもあり、確かに彼らに比べれば見劣りはするものの、リードだって男だ。

男性にしては小柄であるが、一般的な女性に比べれば上背だってあるし、自分だって捨てたものではないと思っている。

そういえば、幼い頃は使用人の子供である女の子たちにだってそれなりにモテた。

ただ、それをリードが口にすると、フェリックスからはなんともいえない、含みをこめたような微笑みを向けられてしまった。

「なるほどなあ。どうせあれだろ？　女の子たちからもそれなりにモテたが、男の子たちからはもーっとモテたんだろう？」

「……子供の頃って、異性よりも同性といる方が楽しいと思うものじゃないですか」

当時は既に前世の記憶も思い出していたため、自分に懐いてくる同世代の子供たちを可愛らしいと思っていた。

一緒に遊びながらも、彼らが時折遠慮をしていたのは自分がその家の主人の子供だからだと思い込んでいたのだが、今思えば確かに自分の扱いは女の子に対する扱いと同じか、それ以上だったような気がする。

勿論、そんなことをフェリックスに説明するつもりはないが、何故かフェリックスはニヤニヤとリードの反応を窺っている。

「ふ〜ん、じゃあ本来は女性が恋愛対象であるお前から見てノルエマディアのお姫様はどうだ？　大層な美姫って噂じゃないか」

さすが情報通のフェリックスだ。やはり、この話が出たか、と内心リードは思う。

ラウルの側近であるサビオラは交易の取り決めの関係上、今も時折フェリックスの屋敷に出入りをしているし、そこから情報を得たのかもしれない。

決して悪い人間ではなく、むしろ性格はとても良いのだが、素直すぎるサビオラはすぐにフェリックスの手腕によって情報を引き出されてしまう。

その辺りはラウルもわかっており、機密事項や腹芸が必要なことは最初からサビオラに伝えていないそうだが。

ここまで筒抜け状態だとさすがに情報漏洩(ろうえい)が心配になってくる。

おそらく、既にラウルの側近を始めとする人間がロクサーナの魅力に夢中になっていることも知っているのだろう。

「そうですね……美しいですよ。大切に育てられてきたのでしょうね、優しくて女性らしくて、とても可愛らしい女性だと思います」

ノルエマディアは小国であるが、大陸の中では気候が温暖で、資源が豊富だということもあり潤沢な資産を持っているという話だ。

ただ、軍に関してはあまり強くはなく、それでも独立を保てていたのは歴代の国王の手腕によるものだという。

他の国がみな革命によって王政が廃止されていく中、形だけとはいえ王権が保てているのはそういったところにも理由がある。

「ふーん、何度かノルエマディアにいた時に見たことがあるが、しょんべんくさいガキって印象でしかなかったけどな」

「しょ……っ」

フェリックスの性格をよく知っているリードでさえ、面食らってしまった。

結構な家柄の生まれであるのだが、基本的に日々の大半を海の上で過ごしているからだろう。相変わらず、口が悪い。

「というか、ご存じだったんじゃないですか。人が悪いですよ、フェリックスさん」

「悪い悪い、お前がどんな反応するか試したくてな。まあ予想はしていたが、相変わらず甘いなリード。あのお姫さんは、そんな可愛らしいもんじゃなかったぞ」

「……！　それでは、やはり」

「ああ、お前の予想していた通りだ。対外的にはハノーヴァー、つまりコンラートの支配下に置かれてるってことになっているが、ノルエマディアはかなりの自由が認められているし、王権も以前のままだ。亡命する必要なんて全くないし、実際あっちの国民はロクサーナのこともただの留学だと思ってるようだ」

オルテンシアとノルエマディアの間には正式な国交はないが、どちらも海に面した海洋国家ということもあり、民間の交流の歴史は長い。

リサーケ同盟も、ノルエマディアの商人とは古い付き合いがあるという話は聞いたことがあったため、今回フェリックスにはノルエマディアの内情を調べてもらったのだ。

「これが国内で読まれていた新聞だ」

フェリックスに渡された紙を受け取り、目を通す。

そこにはコンラートらしき男と笑顔で会食をするノルエマディア国王夫妻の絵が描かれていた。

今後のアトラス大陸の発展を願い、国王夫妻がコンラートを招いて開かれたものらしく、そこにコンラートに対する反発は一切感じられない。

「アトラス大陸の救世主として、コンラートはえらい持て囃されてたな。特に、身分の低い者たちには英雄のように称えられていた」

ハノーヴァー連合公国は身分制度を撤廃し、形の上では残った貴族も平民も、みな同じ国民として扱われているのだという。

「英雄……」

記憶の中の歴史を思い出す。いや、明らかにナポレオンが行った治世よりも歴史の動きが急速すぎる。

そもそも、革命の後はしばらくフランス国内は随分荒れていたはずだ。そして、そんなフランス国内をまとめ、強い国を作り上げたのがナポレオンだった。

コンラートのやり方は、その過程があまりにもスムーズなのだ。まるで、あらかじめその先の歴史を知っているかのように。

この先の、歴史を知っている。まさかとは思いながらも、嫌な予感ばかりが頭に過ってしまう。

「どちらにせよ、あのお姫様の目的がただの留学じゃないことは確かだな」

フェリックスの言葉に、ハッとする。そうだ、今はコンラートよりも、目の前のロクサーナだ。

「ロクサーナの、目的……」

「大層な理由を考えているようだが、案外、バカ王子の側室におさまることだったりしてな？」

考えこんでしまったリードに、フェリックスがニッと笑う。

「へ？」

「なんでも、ラウルを始めとする側近連中はみんなお姫様の魅力に夢中になってるそうじゃないか？　サビオラが怒りまくってたぜ？」

「サビオラが？」

「聞いてくださいよフェリックスさん！　みんな、おかしいんですよ？　ちょっと前までリード様リード様って言ってたのに、最近はロクサーナ様のことばかりなんですよ!?　信じられないです！」

フェリックスがわざとらしく裏声を出し、男性にしては高いサビオラの声真似をする。

「似てないですよ」

言いながら、小さく笑う。だけど、サビオラがそんな風に思っていてくれるのは嬉しかった。

「まあ、ラウルに限って心変わりをするなんてことはないだろうが、あのお姫様は裏がありそうだからな。くれぐれも気を付けろよ」

「はい、ありがとうございます」

大丈夫、自分には頼もしい友人がいる。にっこりとリードは微笑み、礼を言った。

「あと、バカ王子に愛想が尽きて年上の男がよくなったらいつでも相談に乗るからな？」

片眼を閉じ、軽口を叩くのは勿論忘れない。

その後は、今回の情報の礼と、オルテンシア王家によるリサーケ同盟からの買い付け。さらに最近の国外情勢に関して話しているると、あっという間に時間は過ぎていった。

それでも予定していたよりも短い時間で終わったのは、後半は四方山話ではなく仕事の話が中心であったこと、何より外で待たせているトビアスのことが気になっていたのもある。

フェリックスも多忙な中、わざわざリードのために時間を作ってくれていたようで、リードが部屋を退出すると入れ替わるように他の人間が慌ただしく執務室の中へと入って行った。

＊＊＊

屋敷の外へと出れば、別れた時と同じ、直立不動の体勢でトビアスが待っていた。

けれどリードの姿に気付くと、少しばかり驚いたような顔をした。

「リード様、もうフェリックス・リサーケ殿との会商は終わったのですか？」

「うん、ごめん、もう少し早く終わらせられたらよかったんだけど……」

「いえ、そんなことは。しかし、困りました。馬車が来るまで、あと半刻ほど時間があるのですが……」

今回、話し合いが長くなりそうだったため、御者に一度城に戻るよう言ったのはリードだった。

お昼時で、食事をとっていないと思っていたからこその気遣いだったのだが、もう少し迎えの時間を早く言っておくべきだったかもしれない。

「私が馬を借りて、城に戻って馬車を呼んでもいいのですが、その間リード様を一人にするわけにはいきませんし……」

騎士団の所属であったトビアスは、馬の乗りこなしも見事なものだという話は聞いている。かといって、わざわざ城に戻ってもらうのは気が引けた。

「うん、じゃあ、歩いて帰ろうか？」

リードとしては、ごく自然な提案をしたつもりだったのだが、横にいたトビアスはひどく困惑したような顔をして少し考えこむと。

「承知いたしました。あまり快適とは言えないかもしれませんが、私の背にお乗りください」

背筋の伸びた姿勢の良いトビアスは、リードの前に出ると、素早く腰を下ろした。

「へ……？」

言われている意味がわからなかったリードはほんの一瞬考え、そして慌てて否定する。

「いや、大丈夫だから！　そういう意味じゃなく、ちゃんと歩くから！」

「城までは歩いたら半刻はかかります、そのような距離をリード様に歩かせるわけには……」

「大した距離じゃないから！　それに俺、重たいし！」

「力には自信がありますし、恐れながらリード様は一般的な成人男性に比べて大変軽い方かと」

「本当に、大丈夫だから！」

何度かそういったやりとりを繰り返した末、ようやくリードは疲れたらすぐに言うという条件で、城までの道を歩くことが出来た。

……真面目だとは思ってたけど、ちょっとズレてるよね。いや、本人はいたって真剣なんだけど。

いざ城までの道を歩き始めてみれば、トビアスは黙ってリードの少し後ろを歩き続けている。

すぐ隣ではなく、僅かに後ろに下がっているところが、トビアスらしい。

ただ、いつもと違うのは、トビアスが時折ちらちらとリードに視線を向けていることだ。

最初護衛のためかと思っていたが、どうやら違うようだ。

「何？」

だから、リードは敢えて自分から声をかけてみることにした。

すると、話しかけられたトビアスが、少し驚いたような顔をする。

「いや、何か話したいことがあるのかなと思って」

トビアスは性格上、仕事に関すること以外は自ら口にしてはいけないと思っている節があるが、リードから尋ねれば答えてくれるかもしれない。

そう思い、問いかけてみれば少し迷うようなそぶりを見せた後、ようやく重たい口を開いた。

「不敬に当たったら申し訳ありません。リード様は……あまり高貴な身分の方らしくありませんね」

「え？」

どういう意味だろう。トビアスの言葉に、僅かに頬が固まった。

「た、確かに……あんまりお上品とは言えないかも」

苦笑いを浮かべて言う。なるべく城では淑やかに振る舞うようにしているが、既にトビアスにはリードの本性がわかってしまっているのかもしれない。

元々全然、大人しい方じゃないからなあ……。

「あ、いえそうではなく！」

けれど、リードの言葉をトビアスは焦ったように否定した。

「立ち振る舞いや仕草は、それは美しいと思っております。さすが、オルテンシアの王太子妃でいらっしゃる方だと思いました。ただ……リード様からは、高貴な方が持つ特有の傲慢さや、平民に対する侮蔑や見下しといった感情を全く感じません。それこそ、まるで同じ人間のように扱っているというか」

「え？　だって同じ人間なんだからそれは当たり前じゃない？」

トビアスが言葉を選びながら話してくれていることはわかるが、思わずリードは反射的にそう答えてしまった。

それに対し、何故かトビアスは驚いたような顔をする。

「確かに、そうなのですが……一般的な貴族の方はそのように思われておりません」

「あー……そういう人もいるよね。自分が恵まれているってわからない、かわいそうな人なんだよ」

「かわいそう、ですか？」

トビアスの言葉に、リードは頷く。

「俺は王太子妃で、多分この国にいるほとんどの人より良いものを食べさせてもらって、良い服も着せてもらってる。でも、それはこの国の、オルテンシアの人々が働いて納めてくれた税のお陰だ。だから、俺はこの国の人々がもっと豊かに、幸せになれるようにしなければいけないと思っているし、そのために働いてるつもり。勿論、まだまだ力不足で、行き届いてないところもあるんだけど……」

こうして口にすると、少しばかり照れ臭い。だけど、忙しい毎日を過ごしていると忘れがちなことだけれど、改めて初心に立ち返ることの大切さを実感する。

「素晴らしいお考えだと思います。俺が知っている貴族連中とは、全く違う……」

「え？」

最後の方が、うまく聞き取れなかったため聞き返したのだが、トビアスからはなんでもないと首を振られてしまった。

ただ今回のことは、トビアスがずっと内心気になっていたことなのだろう。

相変わらず口数は多くはないものの、その後の城までの道のりは随分緊張感が和らいだように思う。

聞けばトビアスは日頃、軍の詰所の外に出ることがないそうで、街で買い物をすることも滅多にないのだという。

だからせっかくなので、リードは自分が気に入っている食堂や雑貨屋を道すがら紹介していった。

そういえば、以前ラウルにもこんな風に説明したことがあったな、と懐かしく思えば。

ラウルのことを思い出したと同時にロクサーナの問題が頭に浮かび、城に近づくにつれてリードの足取りは重くなっていった。

せっかく気分転換に外に出たのだ、早く執務室に戻ろう。

そう思い、城に着くとそのまま中庭を横切ろうとしたのだが、今日のリードはあまり運がよくないようだ。

ちょうど中庭を散策しているラウルとロクサーナの姿が目に入り、リードは慌てたようにすぐ傍にあった木陰へと身を潜ませた。

ロクサーナは何やら深刻そうな顔でラウルに話しかけており、こっそりとリードは耳を傾ける。

「決してラウル様のお気持ちを疑っているわけではなく、私のことを大切に思ってくださっているのはわかるのですが……けれど、もう待ちきれません」

興奮しているのか、いつもよりロクサーナの声は大きく聞こえた。

「いつになったら、私のことを側室にすると皆さまに発表して頂けるのでしょうか？　母国にいる両親のことも、早く安心させたいんです」

ロクサーナの言葉を、リードはすぐに理解することが出来なかった。

けれど、さらに驚いたのはその後のラウルの言葉だった。

「悪い、実はまだリディにそのことが話せていないんだ。その……最近俺たちは一緒の部屋で過ごしていないから。だから、もう少しだけ待ってくれないか」

「はい！　勿論です……！」

ラウルがそう言えば、ロクサーナは嬉しそうにそう答えた。

表情はよく見えないが、おそらく嬉しさにその大きな瞳(ひとみ)を潤ませているのだろう。

対して、リードの心は沈み、自然と顔も俯(うつむ)いていく。

何かの間違いだと思いたかった。けれど、二人の会話を聞く限り、ロクサーナはラウルの側室となることを願い、ラウルはそれを了承している。

「リード様」

「あ……」

そういえば、トビアスも一緒にいたのだった。

自分一人ならまだしも、トビアスにこういった場面を見せてしまったのは、なんとも決まりが悪い。

「中庭は通らずに、城に戻りましょう」

おそらく二人の会話は全て聞こえていたであろうに、トビアスはそれに対する反応を見せず、そう声をかけてくれた。

夫が他の女性と密会し、さらに側室にする約束をしているという場面に出くわしてしまったのだ。

リードも正直、どんな顔をしていいのかわからなかった。

けれど、トビアスがいつも通りに接してくれたため、リードもなんとか冷静でいることが出来た。

「う、うん。そうだね」

リードが頷き、来た道を再び戻るように足音を忍ばせて歩き出す。トビアスはそのまま、リードに寄り添うようにして後に続いてくれた。

その後、執務室へと戻って残った仕事を済ませると、早々に部屋へと戻ることにした。

リードとしては、もう少し執務室で過ごしていたかったのだが、いつまでも仕事に逃げているわけにはいかない。

部屋へと帰り、ラウルにも先ほどの言葉の真意を確かめなければいけない。

「あの……」

「あ、なに？」

寝室へ戻る途中、あの後も執務室の前で仕事が終わるのを待ち続けてくれていたトビアスが口を開いた。

フェリックスとの商談が遅くなると思っていたため、午後はリードについているようエンリケから言われていたからしいのだが、少しばかり申し訳がなかった。

「差し出がましいとは思うのですが、言わせていただきます」

「う、うん」

凛々しい表情で見つめられ、少しばかりリードは緊張する。

「リード様は、大陸一と言われる美しさは勿論、博識さと聡明さ、さらに私のような下々の者に対しても情けをかけられる聖母のようなお方です。貴方のような妃を迎えられ、ラウル殿下は大変僥倖だとも思います」

「へ？　あ、ありがとう……？」

「しかし、ラウル殿下も人間です。時に、血迷うこともあれば、軽挙妄動を起こされることもあると思います。殿下と話し合いの時間を持つことを、お勧めいたします」

トビアスから向けられた真摯な瞳に、リードは何度か瞬きをする。

おそらく、トビアスなりに自分を慰め、励ましてくれているのだろう。

「うん、そうする。ありがとう、トビアス」

心遣いは嬉しくて、微笑んでそう言えば、トビアスの頬が僅かに緩んだ。

けれど、今日はつくづくタイミングがよくないのだろう。

寝室、今回はリードの寝室ではなく王太子夫妻の寝室へと二人が辿りついた時、ちょうど部屋の前で談笑するラウルとロクサーナにかち合ってしまった。

まるで、別れを惜しむかのように熱心にロクサーナはラウルへと話しかけている。

リードとトビアスの姿に気付いたのは、ラウルの方が先だった。

ロクサーナは振り返り、リードの姿を確認すると、何とも言えない気まずそうな表情をする。

「こんばんは、こんな時間までラウルと一緒にいるなんて、ロクサーナは仕事熱心だね」

あくまで知らぬふりをして、リードが話しかければ、ロクサーナの表情に笑みが戻る。

「はい。ラウル様は色々なことを教えてくださるので、とても勉強になります。明日もどうか、よろしくお願いいいたします」

小首を傾げにっこりとロクサーナがラウルに微笑む。

オルテンシアに来たばかりの頃は殿下と呼んでいたはずだが、いつの間にやら名前で呼ぶようになっていたロクサーナに少しばかり感心する。

「あ、ああ……。また、明日な」

ラウルは一応返事こそしたものの、そのままそそくさと部屋の中へと入っていく。リードの方へは、視線を向けようともしない。

仕方ない、自分もさっさと寝室へ戻るしかないだろう。

「遅い時間までありがとうトビアス。あと申し訳ないけど、最後にロクサーナのことを送って行ってあげてくれる？」

「え？」

リードの言葉に、何故かロクサーナが僅かに顔を引きつらせた。

「あ、彼はトビアス。軍に所属していて、俺の護衛もしてくれてるんだ」

「は、はい……それでは、よろしくお願いいたします」

取り繕ったような笑いを、ロクサーナがトビアスに対して向けた。

「勿論です。それではリディ様、また入用な時にはいつでもお呼びください」

トビアスはロクサーナのことを一瞥すると、次にリードに対し丁寧に敬礼を行った。

「うん、ありがとう」

小さく笑って頷けば、トビアスが踵を返し、ロクサーナと共にその場から去って行った。

リードは小さくため息をつくと、重たい気持ちのまま、ゆっくりと寝室の扉に手をかける。

扉に立つ番兵たちから、なんとも気づかわしげな視線を送られ、居心地が悪かった。

＊＊＊

「……二人とももう行ったか？」

リードが寝室に足を踏み入れた途端、鋭い視線のままラウルが問うた。

「うん、大丈夫。トビアスに送ってもらうよう頼んだから、戻ってくることはないと思う」

「そうか」

ラウルが、ほんの一瞬ホッとしたような顔をする。けれど、それは本当にごく僅かな間のことだった。

そして、空色のきれいな瞳をリードへと向けたラウルはわなわなとその手を震わせ、眦を吊り上げていく。

まずい、とリードが耳を押さえた瞬間。

「一体、なんなんだあの女は!?」

ラウルの怒声が、広い部屋に響き渡り、リードは番兵に聞こえてはまずいと慌ててラウルを寝室の奥へと引っ張って行く。

「こちらが甘い顔をしていれば、なれなれしくずっと傍にいて、図々しいにもほどがあるだろう!? 公務中だけならまだしも、食事も一緒にとりたいだのとまで言い出したんだぞ!? お前に食わせる飯はないと、家畜小屋に放り込んでやろうかと思った!」

「ま、まあまあ……」

リードはラウルを寝室のベッドへと座らせ、枕もとのテーブルに用意されていたグラスに水を注ぐ。

それをラウルへと手渡せば、すぐさまあおるように飲み干したが、残念ながら勢いが収まることはなかった。

「挙句、側室にして欲しいだと!? その自信はどこから来るんだともう少しで手を上げそうになったぞ!? 女相手にここまでの怒りを感じたのは生まれて初めてだ!」

「お、お疲れ様……いや、本当に、ラウルがロクサーナの監視をしてくれてるから、助かってるよ……」

労いの言葉をかければ、ラウルはちらりとリードの方を見つめ、小さくため息をついた。

「確かにあいつの化けの皮も剝がれてきてるようだから、意味がないわけではなかったな。ただ、出来ればこんなことは最後にしてもらいたい！　なんで俺があんな女に惹かれているフリをしなきゃいけないんだ！」

未だ苛立ちが収まらないらしいラウルが吐き捨てるように言う。

「化けの皮……やっぱり、ロクサーナの目的は亡命じゃなかったんだな」

ため息をついたリードは、昼間フェリックスから聞いた話をラウルへと説明する。

ラウルは大方の予想がついていたようで、その表情には驚きはなかった。

「だから俺は最初から、受け入れの必要はないと言ったんだ。そもそも王族という立場でありながら、国を捨てるという選択をする時点で、軽蔑する」

「でもさ、一時的に亡命することによって、その後国を立て直すことだって出来るんだよ」

実際リードは、その可能性も当初は僅かながらも考えていた。結局、ラウルの言う通りロクサーナの目的は別にあったようだが。

「それに、ロクサーナを受け入れたからこそ、アトラス大陸の情勢だって知ることが出来ただろ？」

「まあ、それはそうだが……」

それでも、ラウルの表情は不機嫌なままだ。ロクサーナの相手をするのが、そうとうな心理的負担になっているのだろう。

話は数カ月前、ロクサーナの亡命を受け入れる前に遡る。

ノルエマディア王家から秘密裏にロクサーナの亡命の申し入れがあった時、即座にラウルは反対した。

リケルメから事前に話を聞いていたとはいえ、王権が未だ保たれているノルエマディア王家の人間に亡命の必要があるとは思えないというのがラウルの主張だった。

リードもラウルの意見には賛同したのだが、本当にノルエマディア王家が助けを必要としていたら。簡単に撥ね除けることには少しばかり抵抗があった。

それではロクサーナの目的はなんなのか。そう考えた時、思いついたのが今回の作戦だった。

ロクサーナはまだ少女ともいえる年齢ではあるが、結婚が出来ない年ではない。

アトラス大陸一の美姫とも誉れ高いロクサーナを送り込んできた理由、やはりそれはロクサーナの魅力でラウルを骨抜きにするためだろう。

それならばとリードはラウルに頼み、ロクサーナに惹かれ、王太子妃であるリードに見向きもしなくなった王太子、を演じてもらったのだ。

「はあああ!?　俺が、ノルエマディア王家の姫に!?　しかもお前を差し置いて!?」

当初、ラウルは大変な勢いで拒絶した。リードに見向きもしなくなるということは、公の場では仲睦まじい姿を見せることが出来なくなるということだ。

何より、演技とはいえリードに対し冷たく振る舞う、というのがどうしてもラウルには抵抗があったようだ。

「あくまで演じるだけだし、本当に少しの間だけだから……！」

「無理だ」

「え？」

「演技とはいえ、そんな間諜かもしれない他国の人間に心が奪われているふりなど、出来るわけがないだろう？」

確かに、基本的に実直なラウルがそういった謀り事に向いているとはあまり思えなかった。

「じゃ、じゃあロクサーナに惹かれるのは俺ってことにする？」

「はあ!?」

リードがそう言えば、ラウルが思い切り顔を引きつらせる。

「いや、だってラウルが出来ないなら、俺がするしかないかなあって……」

ほら、妃ってことにはなってるけど、俺だって男だし？　と付け加えるように言えば、ラウルがこれ以上ないほど顔を歪ませた。

そして苦虫を噛みつぶしたような顔をし、ようやく了承してくれたのだ。

最初こそロクサーナに対し、ぎこちない態度を取っていたラウルだったが、途中からは開き直ったのか、すらすらと甘い言葉も言えるようになっていたかに見えた。

ただ、どうやらそれもかなりの忍耐と辛抱によるものだったようだ。

そんな風に精神的に疲労困憊しているラウルを見るのは初めてで、そしてどこかでホッとしてしまったこともあり、リードは小さく笑みを浮かべる。

「おい……全く笑い事ではないんだが」

「ご、ごめん。だけど、よかった～って思っちゃって」

「何が」

「え、いやその……側室の話とか……ラウル了承してたからさ。演技だとは思っていても、ちょっと不安になっちゃって」

リードが苦笑いを浮かべてそう言えば、ラウルはこれ見よがしに大きなため息をついた。

「あのなあ……お前は……」

「あ、いやラウルのことは勿論(もちろん)信じてるんだけど。やっぱり、演技とはいえラウルが他の人と仲良くしているのは、見るの嫌だなあって……」

俺から頼んでおいてなんなんだけど、とリードが付け加えるようにしてそう言えば、ラウルは驚いたように切れ長の瞳(ひとみ)を見開き、その大きな手を額へと当てた。

「リディお前それは……、狡(ずる)いだろう」

「え？」

ラウルが長い腕を伸ばし、その胸の中へとリードを抱き込む。

「あの女の世話をさせられて、たまったものではないと思っていたが、あいつ相手とはいえ嫉妬(しっと)するお前の顔は、可愛(かわい)いと思ってしまった……」

「ええ？　何それ？　俺はモヤモヤしてたのに……」

「どこにそんな要素があったというんだ？」

言いながら、ラウルの掌(てのひら)がリードの上着の裾(すそ)から、するりと中へと入ってくる。

外気が肌に触れ、悪戯(いたずら)な手に腰を撫(な)でられ、びくりとリードが反応する。

甘い雰囲気を出さぬためにも、日頃(ひごろ)からなるべく行為を控えるようにしようと言ったのはリードの方だったが、思った以上に自分の身体(からだ)は敏感になっているようだった。

「だ、だって……報告書のことでロクサーナのことを褒めてたし……ひゃっ」

リードがそう言えば、ラウルがその身体をゆっくりとベッドへと押し倒す。

「筆跡を見れば、あれはお前が作成したものだとわかるだろう。小癪(こしゃく)にもサインを自分のものにしてお前の筆跡も真似ていたが、バレバレだ」

「……わかってたんだ？」

「当たり前だろう」

何をいまさら、とばかりに目の前にあるラウルの顔は呆(あき)れていたが、リードとしてはとても嬉しかった。

「ついでに言えば、他の奴らも気付いてたぞ。さすがにみんな引いていたな、ここまでするかって」

「あ、そういえばサビオラがね、フェリックスさんに怒ってくれたんだって。みんながロクサーナを持(も)て囃(はや)しておかしいって」

「サビオラらしいな。やっぱりあいつには話さなくて正解だった」

側近たちに対しても事情を話すと言い出したのはラウルだった。ラウルがリードよりもロクサーナに夢中になるという設定を、周りの人間が信じるはずがない、というのがラウルの弁で、さらに側近たちにも協力してもらうことになった。

ただ、サビオラだけはそういったことに不向きであるため、一切何も伝えていなかった。

「後で事情を話したら、怒らないかな？」

「お前が『庇ってくれてありがとうサビオラ』って笑顔で言えばすぐに機嫌が直るだろう」

「そんなに簡単に？」

小さく笑えば、ラウルもようやく口の端を上げた。見つめ合い、二人の唇がゆっくりと重なっていく。

軽く、じゃれあうような口づけを何度か重ねていくうちに、だんだんと深くなっていく。

互いの唾液が混じり合い、ぞくりと身体が粟立つ。

そうしている間にも、器用にラウルがリードの纏っている衣装を脱がしていく。

最近は気温が低くなってきたこともあり何枚か服を重ねていたのだが、手慣れたもので、瞬く間に肌が露出していく。

そうしたところで、ふとリードはまだ部屋の中が明るいことに気付いた。

「ごめんラウル……灯り、落としてもらっていい？」

ようやく唇が離れたところで、小さな声でそう言えば、ラウルはほんの一瞬動きを止め、こっそりと笑った。

「お前の身体で、俺が知らないところなんて一つもないんだけどな」

「いや、それはそうだけど！　やっぱり、ちょっと恥ずかしいっていうか……」

そう言いながらも、ラウルは煌々とした部屋の灯りを落としてくれた。そうすると、二人を照らすのは枕もとにあるカンテラだけになる。

「俺はお前の身体をもっと明るい場所で見たいんだけどな」

「いいんだよ。……ラウルみたいに、見せられるような身体もしてないし」

服の上からでもわかるが、鍛え上げられたラウルの裸体は逞しく、厚みがある。

「何を言ってるんだ。お前ほど美しい身体を、俺は知らない。勿論、美しいのは身体だけじゃないが」

さらりと口にしたラウルの言葉に、リードの頰に熱が溜まる。

普段のラウルはリードの容姿を褒めたたえることはほとんどないが、こういった時にさり気なく口にしてくれる。

面映ゆいが、それがとても嬉しい。

「なんだ？」

ラウルの顔がゆっくり近づいたところで、リードが微笑むと、ラウルが僅かに首を傾げた。

「幸せだなって思っただけ」

リードがそう言えば、ラウルはもう一度、リードの唇に啄むようなキスをした。

うなじから肩へ、ラウルの口づけがゆっくりと降りていく。

途中で耳朶を甘嚙みされ、身体を震わせれば、楽しそうにラウルが笑う。

軽く息がかかり、そんな些細なことで、リードは自分の体温が上がっていくのを感じた。

「は…………」

ラウルの唇が、肌が、自分の身体に触れるだけで、とても気持ちが良い。

丁寧に、ゆっくりとリードの肌に口づけを落としながらも、胸の尖りを見つけると、さらに執拗にそこを嬲り始める。

「ん……！」

既にラウルの唇も指の感触も知っているそこは、少しの刺激だけでも勃ち上がってしまう。

「可愛いな、お前のここは」

「あっ……やっ………」

ラウルはほんの一瞬唇を離してそう言うと、舌と指で二つの尖りに刺激を与えていく。

ぷくりと勃ち上がったそこを吸われ、びくりと身体が反応する。

さらに、片方の手はゆっくりとリードの下腹部へと伸ばされ、既に勃ち上がりかけているリード自身に触れる。

「ひゃっ………！」

ラウルの大きな手のひらは、リードのものを包み込むと、ゆっくりとさすり始める。

「あっ……！　やっ……」

先端の弱い部分を責められ、快感に打ち震える。

そうしている間にもラウルはリードの足を大きく開かせ、もう片方の手を後ろへと伸ばす。

既に香油がつけられたラウルの指が、円を描くようにリードの秘孔へと触れる。

「久しぶりだから、少しかたくなってるな」

耳元で囁かれ、恥ずかしさに俯く。

「大丈夫、すぐに俺の形を思い出す」

「ひっ…………！」

そう言うやいなや、つぷり、とラウルの長い指がリードの隘路の中へと挿ってくる。

痛みはなかったが、久しぶりの感触に、僅かに身体が強張った。

けれど、それはほんの一瞬のことだった。

「ああ………！」

前への刺激を再開され、高い声が口から洩れる。

後ろと前を同時に責められ、あまりの快感に、ふるふると首を振る。

傷つけぬよう気を使っているのだろう、ラウルの指の動きは丁寧ではあったが、かえって物足りなく思ってしまう。

「ひっ……あっ……」

水音が部屋によく聞こえ、香油と指が増やされていく。

粘膜の中を動くラウルの指は、リードの感じる部分など全てわかっているはずなのに、絶妙なところでそこを避けていく。

もっと中への深い刺激が欲しくて、自然と腰が揺れる。

「ラウル……、もう、大丈夫だから……」

「何がだ？」

ラウルだって、既にリードが何を求めているかはわかっているだろう。

けれど、甘い息を何度も零（こぼ）しているリードを見たラウルは、楽しそうに口の端を上げた。

うう……今日のラウル、意地悪だ。

おそらく、ロクサーナのせいで最近なかなか身体（からだ）を重ねられなかったことに、腹を立てているのだろう。

「ひゃっ！」

そうしている間にも、ラウルの手が止まることはなく、リードも既に声を抑えられなくなっていた。

「……れて？」

「なんだ？」

「はやく……ラウルの、挿れて」

羞恥（しゅうち）から顔を赤くしながら、リードがそう言えば、ラウルは大きく目を瞠（みは）り、

「……お前は……！」

「あっ……」

リードの中にあった指を引き抜き、その腕で軽々とリードの身体を宙へと浮かす。

「へ……？」

そして座った自分の体の上へと、ゆっくりとリードの身体を落としていく。

「ひっ……やっ……」

ラウルの屹立が、ずぶずぶとリードの後孔へと挿入されていく。

既にラウルによって十分に解されていたとはいえ、指とは全く違う圧迫感に、ぞわりと身体が粟立つ。

けれど、リードの胎の中は待ち侘びた刺激に悦んでいた。

「は…………！」

背筋が震え、目の前にあるラウルの逞しい身体に縋るようにその腕を巻き付ける。

それに気をよくしたのか、ようやく全てが胎内におさまると、腰を動かしていく。

「ひっ……あっ……」

緩慢な動きではあるが、自分自身の体重がかかっていることもあり、いつもより深い部分に挿入されている。

「はっ…………あっ……」

ゆらゆらと身体を揺らされながら、嬌声が上がる。

粘着音と、肌と肌が重なる音が、耳によく聞こえる。

目の前のラウルの眉間には皺が寄っているが、それが快感からくるものであることはわかる。

自身の身体で、ラウルが気持ちよくなってくれることが、とても嬉しい。

「あっ……あっ…………」

ラウルも限界が近いのだろう、下からの突き上げが激しくなっていく。

「ひぁ…………っ」

強く抱きしめられ、リードの胎内に、ラウルの白濁が吐き出される。

同時に、自分自身の先端からも蜜(みつ)が零(こぼ)れたことをぼんやりと見つめながら、ぐったりとリードはラウルの上半身に自分の身体を預けた。

ラウルはそんなリードを優しく抱きしめ、こめかみに口づけを落とした。

「……なるほど、そういうことだったんですね」

「う、うん」

執務室の椅子に座ったリードは、恐る恐る自身の目の前に立つシモンの表情を盗み見る。

美人は怒ると恐ろしい。なまじ顔立ちが整っているだけに、独特の迫力を醸し出すからだ。

でも良かった……怒ってないみたいだ……。

こっそりと胸を撫(な)でおろしたのだが、そんなリードの心境が伝わったのだろう。

形の良い眉(まゆ)が、瞬く間に吊(つ)り上がっていく。

「出来ましたら、そういった説明は事前に聞いておきたかったです」

引きつった表情でそう言われ、慌ててリードは謝罪の言葉を口にする。

「ごめん……シモンには話すべきかなあとも思ったんだけど、みんながみんな事情を知っているのも不自然かなあって」

「ラウル様のロクサーナ姫への態度の方が、よっぽど不自然でしたよ。まあ、確かにおかしいとは思いました。ラウル様が夢中になるほど、彼女に魅力は感じませんでしたし」

うーん、辛らつだなあ……。

自らの考えをはっきり口にするシモンらしいと言えばその通りなのだが、さすがにここまで言われてしまうとロクサーナがかわいそうになってくる。

ラウルと身体を重ねてから一週間。一度リードと話して気持ちが落ち着いたのか、ラウルはこれまで同じように演技を続けてくれている。

ただ、事情を知らないシモンはそうはいかなかった。

ロクサーナは外交部の人間でありながらも、最近は頻繁にラウルの執務室へと足を運ぶようになった。

一日の大半をラウルの側近たちと一緒に過ごしていると言っても過言ではない。

いい加減、シモンも我慢がならなかったのだろう。ラウルに直談判をしに行くと、冷え冷えとした瞳(ひとみ)で言われた時、観念したリードはこれまでのいきさつを全(すべ)て説明することにしたのだ。

「だけど、話してくださってよかったです。もう少しでラウル様のことを見損なうところでした」

現在はリードの下についているとはいえ、元々シモンはラウルを慕い、側近となるためにこれまで励んできたのだ。

突然やってきた他国の姫君に入れ込むラウルの姿は、そんなシモンにとってはあまり見たくはない光景だったようだ。

「まあ、ラウル様がリード様への愛情を失うなど、天変地異が起こってもありえないとは思っておりましたが」

小さく笑ってシモンが言う。さり気なく口にした言葉だとはいえ、自分自身のことであるため少しばかり恥ずかしい。

「いや～わからないよ？　ロクサーナ、若いし可愛(かわい)いし」

「大したことありませんよ。本当に彼女がアトラス大陸一の美貌(びぼう)を持つというなら、あちらの大陸には醜女(しこめ)しかいないのでしょうね」

今、外交部に誰(だれ)もいなくてよかった。美しいシモンからすれば、ロクサーナでさえその扱いなのかと背筋が冷えた。

「とはいえ……それでしたらさっさと彼女の本性を出させて、尋問なりなんなりしたいところですね」

「うーん、確かに、そろそろラウルも精神的に限界ではあるみたいで……」

「はい。私もあんなラウル様の醜態を見るのは我慢なりません」

本当に苛立(いらだ)っているのだろう、仕方ないとはいえ、ラウルにああいった役回りを頼んだ自分が責められているようで、リードの方が申し訳ない気分になってくる。

「思った以上に、慎重だよね……なんとか尻尾(しっぽ)を出してくれるといいんだけど……」

そこまで話したところで、扉の外から声が聞こえ、慌ててリードは口をつぐむ。

扉を叩(たた)く音と共に、重厚なそれが音を立てて開かれると、珍しく焦ったような表情で外交部の人間が入室してきた。

「リード様、アローロから手紙が届いております。一刻も早く、目を通すようにというのがアローロ王からの伝言です」

「リケ……父上から?」

椅子から立ち上がり、リケルメの印で閉じられた封筒を受け取る。

机の上にあったナイフを使い、器用に開いた手紙を見たリードの瞳が、大きく見開かれた。

「アローロへ行く!?」

公務を終え、帰ってきたラウルに、リードは朝方受け取ったアローロから届いた手紙についての内容をすぐさま説明する。

リケルメからの手紙には、以前話していた長い間仲違いをしてきた友人から仲直りをしないかと言われ、色々と思うところはあるが、とりあえずは話し合いの席にはついてみる、と書かれていた。

これだけ読めば、旧友との関係の修復について書かれたごく私的な内容に見えるが、実際はそうではない。

以前話した、というのは前回オルテンシアに来た際リケルメが話したジーホアのことで、仲直りというのは和睦か、または国交を結ぶための交渉、ということだろう。

おそらく罠であることはリケルメも薄々感じているだろうが、決定的な証拠もないのに、話し合いの席に最初からつかないというのはアローロ王としての威厳が傷つく。

しかも、表面上とはいえ相手があくまで平和的な話し合いの場を作ろうとしているのだ。それを突っぱねたとなれば、周辺諸国のアローロへのイメージが悪くなる可能性もある。

王権が倒されたジーホアは現在臨時政府を樹立しているそうだが、ジーホアがハノーヴァー連合公国の、コンラートの傀儡であることは明らかだ。

ロクサーナのことは、まだリケルメに何も伝えていない。

けれど、オルテンシアにさえ手を伸ばそうとしているコンラートだ、今回のジーホアからの和睦の件に関わっていないはずがなかった。

だからリードは、それをリケルメに伝えるためにも、アローロへ自ら赴くことにしたのだ。

予定されているアローロとジーホアの交渉の日までまだ二週間近くある。

その間にリードが急遽訪問したことを理由に、交渉の日付を変更することだって出来るだろう。

とにかく、リケルメをジーホア領内へと入らせるわけにはいかない。

けれどそれを説明すれば、ラウルはあからさまに顔を顰めた。

「ダメだ。危険すぎる」

「移動をするのは、あくまでオルテンシアとアローロの領内だから、大丈夫だよ」

リードがアローロを出奔した際にはどこか緊張していた両国の国境検問所で働く兵士たちも、今は両国の関係が安定していることもあり、良好な関係だという話だ。

隣国であるし、オルテンシアからアローロへ向かう分にはそこまでの危険はないだろう。

「さすがに俺が移動するとなると、警備も厳重になっちゃうだろうし、あくまでお忍びってことにするよ。ほら、俺たち今関係が危ういってことになってるし、アローロに里帰りしたとしても違和感はないだろ？」

「……笑えない冗談だな。そもそも、あくまで一部の人間の間でそうなっているだけで、別に城の人間がみなそう思っているわけじゃないからな」

人の噂というのは、気が付けば尾ひれがついているものだ。

ルイスの件で互いに苦い思いをしたこともあるため、今回はあくまで内輪の、事情を知る者たちの間で留めるようにしている。

外交部の人間が、そういった噂話に興味がないのはこういった時に助かった。

とはいえ、外交部内で元々よくなかったロクサーナの印象は、既に最悪なものになってきているのだが。

最近ラウルの執務室にロクサーナが入り浸っているのも、そういった空気をロクサーナも感じているからかもしれない。

「それに、俺がいなくなれば確実にロクサーナは行動を起こしてくると思う」

二人きりとはいえ、リードは僅かに声を潜める。

今日リードがしばらく地方へ向かう話をロクサーナにした際、本人は隠しているつもりのようだがその表情には明らかに喜色が感じられた。

ようやく邪魔者がいなくなる、ロクサーナの瞳から感じられたのは、そんな言葉だった。

「確かに、それはあるかもな。だが、今の状況でお前をアローロに向かわせるというのは……」

公式な訪問となればまた別であるが、王太子であるラウルは基本的にはオルテンシアを出ることは出来ない。

だからこそ、リードを一人で行かせたくないという気持ちがあるのだろう。

「大丈夫だよ、トビアスだってついてるんだし」

「ああ、あいつか」

リードがその名を出せば、ラウルの眉間に皺が寄る。

「いるかいないかわからないような静かな男だとエンリケから聞いていたから認めたんだが、あいつ、お前に対してなれなれしすぎないか？」

「そんなことはないよ。実直で真面目で、とても良い青年だよ」

リードが庇えば、ますますラウルの表情が曇る。

「良いわけあるか。お前になれなれしい人間は、男も女もみんな辺境の地に追いやりたくなる」

「ラウルが言ったら、洒落にならないからそれ……」

曲がりなりにも、王太子なのだ。オルテンシアは独裁国家ではないとはいえ、人事に関する権限はある程度認められている。

「そうしてやりたいのは山々だが、あいつに能力があるのはわかってるからな。だが、くれぐれも油断はするなよ」

「うん、わかってる」

「俺が、一緒に行けたら一番いいんだが……」

ラウルが、口惜しそうに言う。こういったラウルの顔は、以前にも見たことがある。

リードがリケルメとの話し合いに向かった時も、同じような表情をしていた。

けれど、あの時に比べれば今の方が状況は深刻だ。リケルメに、リードの命が奪われるという可能性はなかったが、今回はどんな危険がひそんでいるとも限らない。

「ラウルが心配してくれる気持ちはわかるよ。だけど、この大陸にとってリケルメの存在はとても重要だ。もしリケルメに何かあったら、コンラートによってあっという間にこの大陸もろとも取り込まれてしまう可能性だってある」

コンラートに反発する国も多いはずだ。そうなれば、瞬く間にこの大陸は再び戦火に包まれてしまうだろう。

この世界の平和を維持するうえでもアローロと、そしてリケルメはとても重要な存在だ。

「……くれぐれも、気を付けてくれ。それから……何があったとしても、自分の身を守ることを一番に考えてくれ。俺は、お前が生きてさえいてくれれば、それでいい」

「ラウル……」

絞り出すような苦々しい声で、ラウルが言った。

ラウルとしては、この時期にリードを国外に出したくはないはずだ。

「大丈夫、ちゃんと、ラウルのところに帰ってくるからさ」

だからリードも安心させるように、あの時と同じ言葉をラウルへと告げる。

ラウルがその大きな手で優しくリードの頬(ほお)を包むと、ゆっくりと唇を重ねた。

＊＊＊

リードのアローロ行きは、外交部ではシモンにのみ伝えられ、ラウルの側近たちにすら告げずに秘密裏に進められた。

当初はそれこそ大々的にアローロへ向かう旨を周知するという方法も考えられたのだが、この時期にリードがアローロへ向かうということはそれこそリケルメに何かあったのではないかと、勘ぐる人間も出てくるだろう。

そうなってくると、王太子夫妻の痴話喧嘩では済まない問題になってくるため、リードはあくまで地方に療養に出かけるということに留めておいた。

けれど、ロクサーナにとっては効果があったようで、明らかに以前よりもその表情は活き活きとしていた。


早朝、警備の人数も最小限な中での人目を忍んでの出立には、しっかりとラウルが見送ってくれた。

「気を付けろよ。何かあったら、すぐにオルテンシアに戻ってくるように」

「うん、ありがとう」

リードの手を、包み込むように握りしめると、ラウルが静かに片膝をついた。

そのまま額にリードの手を当て、祈るように瞳を閉じる。

「ラウル……」

滅多に神に祈ることがないラウルだが、今回ばかりはそれ以外に方法が思いつかなかったのだろう。

「必ず、リディを守るように」

立ち上がったラウルが、リードのすぐ後ろに立つトビアスを、鋭い瞳で見つめる。

「……命に代えても、お守りいたします」

トビアスもそれに応えるように力強く頷いた。

そのまま馬車に乗るリードに、ラウルが手を貸してくれる。

力強い、大きなその手を頼もしく思いながら、リードは馬車の中へと乗り込んだ。

王都セレーノからアローロとの国境までは、馬車を走らせれば三日とかからない。

平常時は途中の領地で休息をとったりするのだが、今回は小休憩のみで真っすぐにアローロに向かうことにした。

御者の負担を考え、定期的に交替はしてもらう予定だが、状況が状況であるため、なるべく早くアローロへ向かいたかった。

リケルメをジーホアに向かわせてはならない。リードの頭の中にあるのは、それだけだった。

馬車を走らせて、一日。夜も更け、そろそろどこかで休憩に入ろうと考えている時だった。

馬の嘶く声と共に、馬車が急停車したのだ。

朝が早かったこともあり、ぼうっとしていたリードの眠気も一気に覚める。

「王太子妃殿下！　御無事ですか!?」

慌てたように、馬車のすぐ前の馬に乗っていた男が外から声をかけてくる。

「大丈夫です。一体何が……」

「それが私にもよく事情が、うわあ！」

男の叫び声が聞こえ、慌ててリードは馬車の扉を開く。

薄暗い森の中、そこには信じられない光景が広がっていた。

リードの馬車と、そして従者たちを、松明を持ったたくさんの人間が取り囲んでいたのだ。

……もしかして、マシュルーワ人？

アローロやオルテンシアに住む人々よりも僅かに肌の色が暗く、また髪の色は黒く、さらに癖のある者が多い。

そして、微かに聞こえる声も明らかにマシュルーワの言葉だった。

どうして、マシュルーワ人がここに……。

アローロとは反対側でオルテンシアと国境を接しているマシュルーワだが、現在は表立った紛争もなければ、国交は樹立していないまでも、比較的良好な関係が続いている。

男たちの身なりを見れば、剣を持ち、服装こそ上等なものを着ているが、かといって正規軍ではないことがわかる。

けれど、どうしてこの場にマシュルーワ人がいて、さらにリードたちの馬車を襲うような真似をしているのか。そもそも相手はリードがオルテンシアの王太子妃であることがわかっているのか。

落ち着いて……冷静に考えないと。

まず、彼らの目的は何なのか。なんとか交渉をしようと、リードが口を開きかけた時だった。

マシュルーワの人々の間から、一人の青年がリードのもとへとやってきた。

「え……？」

リードは呆然と目の前の青年を見つめる。

「手荒な真似はしたくありません、私についてきてください、リード様」

目の前にいる青年、マシュルーワ人を従わせていたのは、リードの護衛としてついてきたトビアスその人だった。

「ど、どういうこと？　どうして……」

「この馬車はアローロへは向かいません。イエメサへと向かわせていただきます」

イエメサは海岸沿いの都市で、オルテンシアとマシュルーワの中間地点にある場所だ。

「リード様に、会って頂きたい方がおります」

「会って頂きたいって……誰(だれ)に!?」

リードの問いに、トビアスは何も答えなかった。

「なんで？　トビアス、君はオルテンシアの……」

「貴方のことは絶対に傷つけぬよう言われておりますが、他の者のことは何も言われておりません。どうか、私に従ってください」

余計な情報をリードに入れないためだろう。リードの質問には、何一つトビアスは答えなかった。聞く耳を持たない姿勢のトビアスに対し、リードは小さく首を振る。

「わかった。その代わり、アローロに、父上に手紙を届けて欲しい。俺がアローロに行くことは事前に伝えてあるから、到着が遅れれば心配すると思うから」

そうなれば、アローロ側が大規模な捜索を行う可能性もある。状況を見る限り、それはトビアスにとっても本意ではないはずだ。

「わかりました。あまり時間がとれません。手短にお願いいたします」

リードは自分の鞄(かばん)の中から紙と封筒、そして馬車の中で気を紛らわすために持ってきた飴(あめ)を取り出す。

紙を小さく折り、中央にいくつかの飴を入れて、両端をぐるりと捻って封をする。

誰に見られても大丈夫なように、私用が入ってアローロへと行けなくなったこと、旧友との仲直りはもう少し考えるようにして、それよりも美味しい飴でも食べて欲しいと、簡単に書き残す。

そしてそれを封筒に入れ、トビアスに差し出す。

「絶対に、届けて。別に、中は見てもかまわないから。ただ、飴は絶対に届けて。父上の好物だから」

「……わかりました」

それだけ言うと、トビアスは隣にいた人間に、手紙について説明を行う。

言葉はマシュルーワのものでも、そしてオルテンシアのものでもない、ハノーヴァー連合公国の公用語だった。

あらかじめ計画していたことは、指示を出す様子を見ていればわかる。ロクサーナだけではなかった、トビアスも間諜だったのだ。

「リード様、しばらくまた馬車を走らせることになると思います。申し訳ありませんが、こちらの薬をお飲みになってください」

おそらく、休むように言ったところでリードがとてもそんな心境でないこともわかったのだろう。

見覚えのあるその薬は、ジャスパーの診療所でも処方している睡眠薬だ。飲まないという選択肢は、おそらく残されていない。リードは仕方なくそれを口にし、コップに注がれた水を飲み干す。ゆっくりと、先ほどと同じように馬車が動き始める。

馬車の振動が続くにつれ、アローロの方角からどんどん逸れていくのがわかる。

これから……どうなるんだろう……。

トビアスが自分に会わせたい相手というのは誰なのだろう、マシュルーワの関係者か。いやそれならばこんな強引に連れ去る必要などないはずだ。

気を付けるよう言われたのに、ごめん、ラウル……。

トビアスが自分を裏切るなど、考えもしなかった。

不安から、とても眠れるような心境ではなかった。けれど、薬の効果が強いのだろう。

だんだんと、リードの意識はなくなっていく。そしてぼんやりとした視界の中、何かあたたかい布が身体（からだ）にかけられたことだけがわかった。

5

肌ざわりの良い敷布に、あたたかい毛布。

意識が混濁していたのもあるだろう。目を覚ましたリードは最初、ここがどこであるのかわからなかった。

そうだ俺……マシュルーワ人に囲まれて、トビアスが……。

昨晩の出来事を思い出すにつれ、意識がはっきりしてくる。

ゆっくりと上半身を起き上がらせ、周囲を見渡す。幸いなことに手足は拘束されておらず、自由に動かすことが出来た。

清潔感のある淡い色の部屋は香が焚かれているのか、ほんのりと花の香りが漂っている。

広い寝台の横には、小さなテーブルと椅子まで用意されていた。

部屋の中だけ見れば、どこかの貴族令嬢の寝室といったところだろうか。

自分を傷つけないとトビアスは言っていたが、確かに丁重な扱いを受けていることはわかる。

最悪の場合、不衛生な地下牢に繋がれるということも想像していたため、その点はよかっただろう。

かといって、長居をするつもりは毛頭なかった。

なんとか逃げ出す方法はないだろうか、部屋の中を見ようと音を立てずに立ち上がる。

大きな窓からはたくさんの光が差し込んでおり、それが部屋全体を明るく照らしている。

ふわりと外からの温かい風が頬に触れ、微かに窓が開いていることにも気付く。

近づいてみれば、窓の外はバルコニーになっているようだった。

部屋には扉もあるが、おそらく鍵がかかっているだろうし、場合によってはバルコニーから脱出しなければならない。

高さを確認しようとさらに足を進めれば、バルコニーに人影が見えた。

え……？

バルコニーに立つ、背の高い銀色の髪の男性は外を静かに眺めているようだった。

豪奢な軍服のような服を纏っていることもあり、後ろ姿だけでも、高い身分であることがわかる。

視線を感じたのか、男性がゆっくりと部屋の中、リードの方へ振り返った。

ラウルを始めとして、美形などいくらでも見慣れているリードでさえハッとするほど、男性の顔は整っていた。けれど、驚いたのはそれだけではなかった。

銀色の髪に、紫の瞳を持つ男性の顔立ちは確かに整っていたが、それ以上にその瞳が冷たく、まるで感情というものが欠落しているように見えたからだ。

「……目が覚めたのか」

男の口から出てきたのは、少しなまりのあるオルテンシアの言葉だった。

独特なアクセントには、聞き覚えがあった。ロクサーナの話すオルテンシア語と、よく似ていたからだ。

「はい」

だからリードは敢えて、オルテンシア語ではなくハノーヴァー連合公国で使われている公用語を口にした。

男の切れ長の瞳が、僅かに見開いた。そして、その口元が微かに上がった。

あ……笑うんだ。

人なら当たり前ではあるが、そんな風にリードは思った。それくらい、男性の表情は冷たく、まるで作り物のように見えたからだ。

もしかしたら、話が通じる相手かもしれない。そんな希望を微かに抱く。

「わかった、では食事にしよう」

リードに合わせたのだろう。男性が口にしたのはオルテンシア語ではなく、男が普段から話しているであろうハノーヴァーの言葉だった。

聞きたいことはいくらでもあった、まずここはどこなのか、何の目的があって、自分がここへと連れてこられたのか。そして何より……男は誰なのか。

けれど、焦って口にしたところで男性が易々と答えるとは考えづらい。

それよりも、とにかく冷静になって、落ち着かなければならない。

相手は、自分がこれまで相対してきた人間とは違う。小手先だけの会話では、通用しないだろう。

リードの目の前で男性は鍵を開け、部屋の外にいる人間に何かしらを伝えている。

緊張で、僅かに震える自身の手を、リードはギュッと握りしめた。

部屋に入ってきた数名の人間によって、瞬く間に食事の準備は整えられていった。

給仕をしている人間は、おそらくマシュルーワ人だろう。あらかじめそういった命令が下されてい

るのか、リードの方をちらりとも気にすることなく、淡々と食卓が整えられていく。

声をかけるどころか、目を合わせることすら出来なかった。

やがて、全て(すべ)が終わると男に対して頭を下げ、再び部屋の外へと出ていった。

部屋の中は、再びリードと男の二人きりになる。

男はリードに席に着くように促すと、椅子を引き、まるで淑女を相手にするかのように振る舞った。

「安心しろ、毒は入っていない。お前を殺したところで意味がないからな」

そして自らも席に着くと、そう言ってナイフとフォークを手に持つ。

わかってはいたが、命の危険がないことに内心胸を撫(な)でおろす。

確かにここで自分を殺しても、男に利益はないはずだ。そう思い、リードも同様にナイフとフォークを手にした。

静まり返った部屋の中、テーブルの上に所狭しと用意された御馳走(ごちそう)が、ひどく不釣り合いに見えた。

カトラリーの音だけが響く食事の風景は、貴族の間ではそれほど珍しい光景ではない。

ただ、リードの育った家では話好きの姉たちがいて、義母に時折叱責されながらも好きなようにみな会話をしていた。

最近はラウルと二人で食事をとることが多かったが、その際にも楽しく会話を交わしている。

ラウルのことを思い出したからだろうか、とにかく食事をとって彼のもとに帰らなければという気持ちが胸に過(よぎ)る。

緊張から、喉(のど)を通らないかと思ったが、まだ温かい料理は美味(おい)しく、自然と口に入った。

さすがに楽しく味わうことは出来なかったが、食べ物を口にすることにより、少しずつリードも冷静さを取り戻していく。

「……この状況で食事が出来るとは、外見からは考えられない豪胆さだな」

ちょうど食事を半分ほど終えたところで、ようやく男が口を開いた。

「朝食にしては豪華すぎますが、昼食だと考えれば食べられない量ではありません。何より美味しいものを目の前にして口にしないのは、勿体(もったい)ないです」

「そうだな、今はちょうど昼を少し過ぎたところだ。時間がわかって満足か？」

どうやら、リードの考えは読まれていたようだ。先ほどバルコニーから見えた太陽の位置から考える限り、既に正午は過ぎているのだろうとは思っていた。

「無駄な言葉遊びは趣味じゃない。聞きたいことがあるならはっきり聞け、答えられることは答えてやる」

ぴしゃりと言いきられ、一瞬リードは押し黙る。円滑な話し合い、というのはどうやら難しい相手のようだ。

「それでは遠慮なく聞かせていただきます。貴方は誰ですか？　私はどうしてここに連れてこられたのでしょう？」

まるで、自分は何も知らないという風を装い、そう問いかけてみる。

怒りを買うかと思ったが、リードの問いに対し、男は鼻で笑った。

「お前をここに連れてきた理由……お前はなんだと思う？」

「そうですね、人質でしょうか？　身なりや服装から、それなりの家の人間であることはわかりますし。もっとも、貴方は金銭的に困っているようにも見えませんけど」

「言葉遊びは趣味ではないと言ったはずだ。同じことを二度言わせるな」

今度は、先ほどよりも言葉が強くなっていた。何も知らない王太子妃という振る舞いはどうやら許されないようだ。

……まあ、そうじゃないとわざわざ連れてきたりはしないか。

飲み終わったスープのスプーンを置き、リードは真っすぐに自分の目の前の男を見据える。

「わかりました。それではお聞きします。貴方は誰ですか？　見たところ、かなり身分の高い方だとお見受けいたします。話し方や立ち振る舞いも洗練されていますし、金銭目的の誘拐ではないと思いますが。一体、何の目的があって私をここに連れてきたのですか？」

感情的にならず、冷静に。相手の目的がわからないこともあり、言い知れぬ恐ろしさは感じたが、怯(ひる)まずにリードは問うた。

「確かにそうだな。アローロ王の子であり、さらに若く血気盛んなオルテンシアの王太子の最愛の妃であるというお前を攫(さら)ったとなれば、最悪戦争だ。実際、美しい隣国の王の妃を連れ去った間抜けな王子が戦争を起こし、国を滅ぼしたという古代の伝承がある」

リードの頬が、僅かに強張るが、なんとかそれを表に出さないようにする。男が話したのは、この国の伝承ではなくリードの前世、直人の記憶の中にある世界の伝承だ。

「最初の質問に答えていなかったな。残念だが、身分は高くも低くもない。俺の国では、身分制度は撤廃したからな」

男の言葉に、リードは大きく目を瞠る。

「その顔を見るに、おおかた俺が誰か予想がついているようだな？　コンラート・シュバルツ。ハノーヴァー連合公国の元首だ」

薄々わかっていたとはいえ、コンラート自身からその言葉を聞いた瞬間、リードの肩が僅かに震えた。

やっぱり……この男がコンラート……。

「……どうして私をここに？」

「そうだな……ではこちらもはっきり聞かせてもらう」

手に持っていたナイフとフォークを、静かに目の前の男が置く。

「お前は、何者だ？」

その場を凍てつかせるような、低い声。そして、鋭く、相手の何もかもを暴こうとするような冷たい瞳。

さすがのリードも、押し黙る。なんと答えるのが正解なのか、咄嗟に思いつくことが出来なかったからだ。

＊＊＊

「何者……先ほど仰られたように、私はアローロ王の子で、オルテンシアの……」

それでもリードは、あくまで冷静さを維持しようとしたが、それが通用する相手ではなかった。

「あくまでそれで通すつもりか。まあいい」

リードの答えに対し、鼻で息を吐くように笑う。

「現在このルーゼリア大陸の大部分を支配し、覇権を握っているのはアローロだ。リケルメ王はよほどの才覚の持ち主らしいな、王位についてからは国内はまとまり、対外的に大きな戦争をすることもなく国を栄えさせた。周辺国に反発を持たれてもおかしくないが、表立ってアローロと敵対しようという国は見当たらない。元々国力もあれば、資源も豊かな土地だ。発展する要素は十分にあった。とはいえ、アローロも万全ではないはずだった」

淡々と現在の大陸におけるアローロの立場を分析していく男の話を、リードは黙って聞く。

「そう、アローロにも懸念材料はあった。それが、オルテンシアだった」

「え……？」

ジーホアが不安材料というのならわかる。金山を巡っての対立は今のところ停戦してはいるものの、両国の間に未だ国交は開かれていない。

けれど、オルテンシアとアローロが対立関係にあったことはこれまでなかった。

「確かにオルテンシアの国土はアローロに比べると小さい。だが、港は大きく交易は盛んで、国家規模の財力を持つリサーケ同盟も有している。何より……まだ地下に眠っている資源もある」

どうして、そこまで……。

それは、密かにリードがラウルと共に調べていた内容ではあるが、側近たちにすらその全容は話していない。

あまりにオルテンシアの事情を知りすぎている。おそらく、ここ一、二年ではなく数年前からマシュルーワを通じて調査していたのだろう。

「だが、基本的に現国王のリオネル王は大人しく内向的だというイメージが強く、妃はリケルメ王の姉であるということからも、オルテンシアはアローロの衛星国家にすぎないと思っていた。それこそ、ルーゼリア大陸へ侵攻するとしたら御しやすいはずだと。だが……途中で流れが変わった。お前が、オルテンシアの王太子妃になってからだ」

男が、強い瞳でリードを見つめる。

「議会制度を整えたことを始め、王太子がやってきた改革は全て近代化に繋がるものだ。アローロの衛星国であったはずのオルテンシアが、ここ数年で様変わりした。そして、王太子の行った改革の中心となっていたのは……お前だ」

冷静に、自らの行いを説明していく男に、リードの心臓の音がはやくなっていく。

「もう一度聞く。お前は、何者だ？」

既に、誤魔化しようがないだろう。リードは、観念するように一度だけ強く瞳を閉じた。

「仰ることは、よくわかりました。だけど、私からも確認させてください」

一方的に、こちらの秘密を明かすわけにはいかない。少しでも、相手の情報を得なければ。

「貴方にも、過去の……今の生を享ける前の記憶があるんですね？」

リードがそう口にした途端、男の、コンラートの瞳が大きく見開いた。

その表情から感じられたのは、驚き、そして喜び。

それまで感情を見せることがなかったコンラートの顔つきが明らかに変わったのがわかった。

「やはり、お前にもあるんだな？　生まれる前の、この生を享ける前の記憶が!?」

コンラートが、音を立てて立ち上がり、勢いよくリードのもとへと早足でやってくる。

そして、両方の手でリードの両肩を摑（つか）んだ。

「どの時代だ？　どこの国の人間だった？　そして……、大戦の結果はどうなった!?」

え……？

コンラートが発した最後の言葉からは、どこか祈るような、切実な感情が伝わってきた。

そこで、リードの予想もある程度固まる。コンラートが、どの時代の、どこの国の人間であったかを。

「っ痛」

「悪い」

無意識に力が入っていたのだろう、リードが痛みを訴えれば、ようやく肩を摑む手が放される。

けれど、その視線は何かを期待するようにリードへと向けられている。

前世のリードが直人として生きていたのは、日本という国だった。

東の果てに位置する小さな島国でありながら、近代化に成功したその国はいくつかの戦争を経て、平和な時代を築いていた。

だが、おそらくコンラートはその時代の人間ではない。おそらくもっと前の……それこそ、世界中が戦争をしていた頃の人間だ。

当初リードはリケルメからナポレオンの名前を出されたこともあり、コンラートの前世はそれに近い時代の人間ではないかと考えた。

だが、その考えはすぐに自身で否定した。革命政府を樹立しながらも長い歴史を持つ国はコンラートが積極的に保護していた。それは、コンラート自身が帝国や王国といった絶対王政を真の意味で否定していないからだろう。

あの当時の西洋の国々の立地、歴史、考え方。前世の記憶を必死で思い出し、そして候補はいくつかの国に絞られていた。

そして、コンラートと話すことによってそれは確信へと変わった。何より、リードに揺さぶりをかけるために話した古代の戦争の話は大きなヒントになった。

「結論から言います。貴方が過去に生きていた国、いえ、貴方が過去に生きていた国とその同盟国は、あの大戦で敗れました」

リードの言葉に、コンラートの表情が固まった。

「……嘘だ」

そしてぽつりと、独り言のように呟いた。

「嘘だ！　我が国が負けるはずがない！　ようやく、統一を成し遂げ、帝国を築いた我が国が……」

「嘘ではありません。貴方の国は、その工業力と軍事力を以て当初は戦勝を重ねていました。けれど、とある国の参戦により、情勢は大きく変わりました。西部戦線で膠着状態に陥り敗北し、さらに時の皇帝は退位。四年間の戦争は終わりました」

リードの前に立つコンラートは呆然と、立ち尽くしたままリードの話を聞いていた。

けれど、それが嘘でないことがわかったのだろう。

「……負けた……私の国が……」

コンラートの紫の瞳から、一筋の涙が零れた。

「あれだけの犠牲を強いられてきたのに、負けたのか⁉ まだ二十にもなっていない弟たちも、みな戦場でその命を散らしたというのに⁉」

コンラートの言葉は静かではあったが、その表情からは強い絶望が感じられた。

戦争の結果を、コンラートは知らなかった。おそらく前世のコンラートは戦場でその命を失ったのだろう。

国家のために、その命を懸けたコンラートにとって、敗戦は受け入れがたいものであるはずだ。

がくりと、コンラートが膝をついた。首を振り、とうてい受け入れられないとばかりに涙を流し続ける。

その姿は、現在アトラス大陸の覇権を握り、周辺国から畏怖の念を持たれている男にはとても見えなかった。それこそ、純粋に国家のために戦った、まだ若い青年の姿にしか。

……もしかしたら、彼はずっと、前世の記憶に苛まれ続けてきたのかもしれない。

リードはゆっくり立ち上がり、今もなお静かに頬を濡らすコンラートの前へと立つ。

そして腕を伸ばし、その大きな身体をそっと抱きしめる。

戦場で命を失った後も、おそらくコンラートはずっと自分の国の勝利を信じてきたのだろう。

それこそ、生まれ変わってもその記憶を、思いを忘れられないほどに。

歴史書の中でしか知ることは出来ないが、あの大戦は世界を巻き込んだ最初の戦争で、それこそ死者の数も膨大なものだった。

平和な時代を生きてきた直人には、想像もつかない苦しみだったはずだ。

そして、その記憶を抱えたまま、コンラートはこれまで生きてきた。

初めてコンラートを見た時、まるで氷で出来た人形のようだと思った。それくらい冷たく、感情が感じられなかった。

けれど、そうではなかったのだ。彼は生身の人間で、おそらく前世の記憶さえなければもっと穏やかな生活を送ることが出来た。

コンラートの涙を見たことで、彼も血の通った人間であることを実感した。

だから、ほんのひと時だけでも、彼に寄り添い、その痛みを少しでも取り去ることが出来ればと思ったのだ。

コンラートは抵抗することなく、リードの抱擁を受け入れ、ただ涙を流し続けた。

＊＊＊

涙を流すことによって、ある程度気持ちの整理がついたのだろう。

しばらくするとコンラートは立ち上がり、リードに対しゆっくり休むように伝え、そのまま部屋を出ていった。

最後に小さく礼の言葉を言われたのは、おそらく気のせいではないだろう。

コンラートが部屋から去ると、入れ替わるように給仕が入ってきて、食事の片づけをしていく。

さらに室内に入ってきた女性により、部屋の使い方を丁寧に説明される。

マシュルーワ人であるらしい女性のオルテンシア語にはなまりがあったが、聞き取れないというほどではなかった。

コンラートから、リードの身の回りの世話をするよう命じられたのだろう。

室内には洗面室を始め、必要なものは全て揃っていたため、部屋の外に出ずとも生活が出来るようだ。女性は清潔な衣類も運んできたため、確かにこれといって不自由さは感じられなかった。

けれど、女性やコンラートが出入りをしている扉だけは、常に鍵がかけられていた。

リードが外に出られないようにするためのもので、丁重に持て成されているとはいえ、軟禁状態であることは確かだった。


あらかじめリードが読書好きであるということを調べていたのか、それとも偶然であるかはわからないが、女性はリードの部屋にたくさんの書物を運んできたため、退屈を紛らわすことは出来た。

書物を読んでいる間は色々なことを忘れられるため、ちょうど良いとも思った。

けれど、いざ読み始めたものの文字は理解出来ても頭の中には一向に入ってこない。

それはおそらく、先ほどのコンラートの様子が原因だろう。

これまでリードが持っていたコンラートのイメージは、野望を持った新たな大陸の覇者というものだった。

革命により王権を倒し、富を独占してきた貴族たちからそれを奪い、身分を持たない平民にそれらの富を分配する。

同時に、革命によっておびただしいまでの血が流れてきたのも確かだ。

冷徹で恐ろしい、新たにこの大陸を戦火に巻き込もうとする存在。しかも、自分と同じように近代世界の知識を持った決して気を許してはいけない相手だということはわかっているし、警戒心を忘れたわけではない。

けれどどこかで、彼に対して近しい感情を持ってしまったことも確かだった。

それは、コンラートがリードと同じように過去の記憶を持っていること、さらにその過去に苦しみ、涙を流す姿を見てしまった時、単純に憎しみを抱くことは出来なくなってしまったのだ。

もしかしたら平和的に解決出来るかも、っていうのは、甘いだろうなあ……。

コンラートがルーゼリア大陸への野心を持っているのは確実で、その考えを簡単に変えられるとは思わない。だけど、可能性はゼロではない。

……とにかく、俺もなんとかコンラートから情報を引き出さないと。

時間は、限られている。今のところ、コンラートが自分に危害を加える可能性はなさそうだが、それだって交渉次第でどうなるかはわからない。

コンラートも単純に過去の話が聞きたいだけでリードを捕らえたわけではないだろう。

何より他に、目的があるはずだ。

情にほだされてはいけない、相手はそんなに甘い相手ではない。

リードは密かに決意し、大きく深呼吸した。

その時、控えめに部屋の扉を叩く音が聞こえ、慌てて顔を上げる。先ほどの女性だろうかと思ったが、入ってきたのは別の人間だった。

「トビアス……」

昨日、リードと別れた時とは違い、トビアスはコンラートに近い服装、おそらくハノーヴァーの正規軍の軍服を纏っていた。それを見れば、改めてトビアスがハノーヴァーの間諜であったことを実感する。

「体調は悪くありませんか？」

「え？」

リードの表情を見たトビアスが、静かに問いかけてきた。

「昨晩リード様が飲んだ睡眠薬は強いものだったので、どこか身体に不調を来していないかと……その場合、何か別の薬を処方します」

どうやら、心配してわざわざ様子を見に来てくれたらしい。その気遣いは嬉しかったが、素直に喜べるはずもなかった。

「別に……どこも悪くないよ」

視線を逸らすために下を向き、ぼそりと答える。

「そうですか、それはよかった」

けれど、その後トビアスが発した言葉に、リードはむっとして顔を上げる。

「よくないよ！　全然よくない……！　なんでトビアス!?　俺、お前のこと信じてたのに！」

共に過ごしたのは一年に満たないが、それでも護衛についている間のトビアスは献身的にリードのことを支えてくれていた。強い雨の中でもずっとリードのことを待っていてくれたことだってある。こっそりとした内緒話も、絶対に外に漏らすこともなかったし、そんな真面目で不器用なところにリードは好感を持っていた。

「申し訳ありません、当初から、コンラート様に命じられてリード様を監視するためにオルテンシア軍にも入隊しました」

淡々と答えてはいるものの、トビアスの表情には僅かに罪悪の念が見えた。

「謝るなよ！　だったら、なんでここに来たんだよ？　騙されているのも知らずに、お前を信じ切っていた俺を笑うためか!?」

トビアスがそんな性格でないことはわかっている。本当に、リードのことを心配し、様子を見に来たのだろう。けれど、それがわかっていてもなおリードは感情を抑えられなかった。

「違います！　そんなつもりは……」

反射的に口から出てしまったのだろう、トビアスがハッとして口を手で覆う。

「いえ……申し訳、ありません……」

そして、もう一度リードに対して謝罪を口にする。トビアスの表情には、リードがこれまで見たことがないほど苦渋の色が見えた。

「俺を……逃がしてはくれないよね？」

リードがそう言えば、トビアスの眉が片方上がった。

「……それは……」

逡巡した末、トビアスは肯定も否定もしなかった。けれど、そんなトビアスの反応にリードは僅かに希望を持つ。

「やっぱり、コンラートを裏切れない？」

静かに問えば、トビアスは表情を歪め、そしてぽつり、ぽつりと自らの話を始めた。

トビアスの出自は、かつてアトラス大陸にあった一番大きな国の下級貴族だった。

幼い頃から優秀だったトビアスのために、父親は所有する土地を売り払い、士官学校に入学させてくれた。けれど、既に腐敗しきっていた士官学校では身分の高さで全てが決まり、どんなに良い成績をとってもトビアスが認められることはなかった。

それこそ、雑用という雑用は全てやらされたといっても過言ではない。さらに、トビアスにとって悲劇的な出来事が続いた。

大切にしていた妹が、同じ学校の仲間たちによって乱暴され、自ら命を絶ったのだ。

激怒した父親は司法に訴えたが相手は王家に連なる有力貴族の息子であったため、事件はもみ消された。それが許せなかった父親は、首謀者だった青年を切りつけ、投獄された。

まともな裁判すら受けられなかった父親の獄中死が知らされる頃、トビアスは士官学校を退学していた。

一連の事件は周囲に知られていたため、居場所がなかったこともあったが、当時の上級生の中に、トビアスに同情的だった人間がおり、言われたのだ。「こんな腐った国の王権は、倒さなければならない」と。

そして紹介されたのが、コンラートだった。

コンラートの名は、トビアスも知っていた、隣国で起こった革命の後、混乱状態にあった国を瞬く間にまとめあげた、英雄とも言われている人間だったからだ。全ての人間が笑って、平和に暮らせる国を作りたいとコンラートは言った。トビアスはコンラートの考えに心酔し、自国の革命にも積極的に協力した。まだ十五になったばかりの頃だ。

身体能力や頭の回転のはやいトビアスはコンラートからも気に入られ、その後もずっとコンラートに従い続けてきた。トビアス自身も、コンラートを尊敬していた。

そして二年前、命じられたのがオルテンシアへの内偵だった。

アローロ王の子とオルテンシアの王太子が婚姻を結んだことにより、その内情を探って欲しいというのだ。トビアスはオルテンシア軍の中に潜入し、軍の情報と、そして王太子妃であるリードの情報を探った。

王家に対し、悪印象しかなかったトビアスだったが、その考えはリードを調べたことで大きく変わった。他国の王の子であるにもかかわらず、リードはオルテンシア内で、特に軍の中でも絶大な人気があり、慕われていた。将軍であるエンリケが懇意にしていることもあるのだろうが、実際王太子妃はとても気さくで、それこそ身分や階級を問わず声をかけてくれるという話だった。

そういった話は全てコンラートに報告しつつも、トビアスはどこか懐疑的に思っていたのだが、エンリケに命じられ、リードの護衛についたことでトビアスの考えも大きく変わった。

その容貌の美しさもさることながら、心根は素晴らしく、オルテンシアの民のために勤勉に働く姿にトビアスは感銘を受けた。トビアスが元々、アトラス大陸の出であることも知っていたが、それに対し偏見を持つことはなく、むしろ不遇な立場に置かれてはいないかと気遣ってくれた。

けれど、リードに対して申し訳ない気持ちはあったが、それでも自分は命じられた任務を全うしなければならない。だから、リードをコンラートのもとに連れてきたのだと、苦渋に満ちた表情でトビアスは言った。

リードは黙って、トビアスの話を聞いていた。その過去は、リードが思う以上に重く、過酷なものだった。

「ハノーヴァーの人々にとって、コンラートは必要な人間だったんだと思う。そこは、俺も否定しないよ。トビアスが、コンラートのことを敬愛しているのもわかる。だけど……これからコンラートがしようとしていることは正しいって、トビアスは本当に思ってる?」

コンラートに信頼されているトビアスのことだ。コンラートがルーゼリア大陸に手を伸ばそうとしていることだってわかっているはずだ。結果的にそれが、争いを生むであろうことも。

「それは……」

「王権を倒し、人々が平和に、豊かに暮らせるような国をコンラートは目指してきたんだろ？　それなのに、もしルーゼリアに手を伸ばせば、人々の平和な生活だって壊れてしまうのはトビアスだってわかってるだろう？」

リードの言葉に、トビアスの眉間の皺がますます濃くなる。

「オルテンシアのためじゃなく、ハノーヴァーの人々のためにも、俺はコンラートを止めなければならない。だからトビアス、お願いだ……ここから俺を、出して欲しい」

最後の方は請うように、リードはトビアスに言った。トビアスは苦しげな表情のまま、何の言葉も発しなかった。

6

目の前のテーブルに並べられた色とりどりの料理を見つめたリードは、こっそりとため息をつく。オルテンシアに比べて気温が高いマシュルーワは、農作物の中でも特に果物の収穫が多いと聞く。そのため、甘い果物を使ったデザートが必ず用意されているのだが、毎日続くとさすがに参ってくる。かといって、せっかく作ってもらったものを残すのは気が引ける。

精神的なものもあるのだろう、肉や魚を使った豪華な料理でさえ、今のリードには億劫（おっくう）な気分になる。

「何か嫌いなものでもあったか？」

リードの様子に気付いたのか、ナイフとフォークを手に持ったコンラートが問いかけてくる。

「あ、いえ……甘いものは好きなのですが、こう毎日続くと少し胃がもたれてしまって……」

「次からは減らすよう話しておく」

頷（うなず）いたコンラートが、はっきりと口にした。

次……ってことは、まだこの生活が続くってことだよな。

リードがこの屋敷に連れてこられて、既に今日で五日目だ。

その間、コンラートは毎日必ずリードのもとに顔を出し、時間がある時には共に食事をとっていく。

リードは目の前できれいにナイフでヒレ肉を切るコンラートをちらりと盗み見る。

最初の時こそ内面の弱い部分を見せたコンラートだが、それ以降は常に冷静で、感情を見せない国家元首の顔へと戻っていた。

元々はそれほど身分の高い貴族ではなかったという話だが、コンラートのテーブルマナーは完璧(かんぺき)だった。

年齢的にはリケルメとそう変わらないはずだが、コンラートの方が若干若く見える。

それは、少年ともいえる年齢で即位し、強国・アローロの地位を確立したリケルメと、今もなお対外的な野心を持っているコンラートの違いからかもしれない。

リケルメ、大丈夫かな……。

予定していた通りの日程であれば、リードはとうにアローロに到着し、リケルメに事情を説明していたはずだ。

もし、リケルメが罠(わな)だとは思わずにジーホアへ向かっていたら。

リケルメだけではない、オルテンシアに残してきたラウルのことも気がかりだ。

隙あらばいつでも抜け出せるようにと、体力を落とさないためにも食事はなるべく口にするようにしているが、いい加減この状況をなんとかしなければ。

「なんだ？」

「え？」

「手が止まっている。何か聞きたいことでもあるのか？」

コンラートとは、毎日のように会話をしているが、もっぱら話しているのは自分たちの過去、生まれ変わる前の話だ。

前世の自分とコンラートが生きてきた時代は異なるとはいえ、自分が知っている世界をコンラートも知っている。幼い頃の記憶を思い出してから、今でも時折夢に見るとはいえ、あれは前世でもなんでもなく、自身の想像ではないのかとも思っていたのだ。

けれど、コンラートに出会ったことにより、あの世界は確実に存在しているのだと知ることが出来た。そういった意味でリードは、ある種の親近感をコンラートに持ってしまっていた。

おそらくコンラートも同じように考えており、だからこそ軟禁されているとはいえこれだけの待遇を受けているのだろう。

「あ、その……シュバルツ殿は」

何と呼べばよいのかわからず、とりあえず名字に敬称をつけてみる。

そういえば、これまではなんとなくコンラートに話しかけられるままに答えていたため、リードが自ら名前を呼ぶのは初めてだ。

「コンラートでいい」

けれど、すぐさまコンラートによって言葉を被せられ、閉口する。

「では、コンラートは……どうして革命を終えた後、王にはならなかったのですか？」

この世界においては、まだ王政を敷いている国の方が多く、さらに前世のコンラートの国の人々は帝国を目指していたはずだ。それなのに、何故王政を敷かなかったのか。

「確かに、そういった話もあったな。革命政府の中にも、生き残った王族の中に何人か姫がいたため、娶って王に即位するべきという意見もあった」

「じゃあ……」

「ただ、俺はどこぞの英雄と呼ばれている男の真似事などするつもりはなかったし、必要ないとも思った。それに実際のところ、王を求めていない国は多い」

確かに、これまで王権によって苦しめられてきた国々にとって、コンラートの起こした革命は強い希望にもなっているのだろう。

それこそ、コンラートは否定したがるだろうが、コンラートを英雄のようにあがめたてている人間だっている。

「あの……過去の私が生きていた時代は、王政が残っている国もありましたが、多くの国は、民主制をとっていました。だから、コンラートの目指す共和制国家は、ある意味時代に求められているものだと思います」

この世界と、直人が生きてきた世界は歴史が異なっている。それこそ、近代に入ってもヨーロッパは戦乱に明け暮れていたはずだ。

しかしこの世界はそうではない。アローロという大国の存在により、国家間は均衡を保ち、平和が成り立っている。

「だからこそ、歴史の針をわざわざ早める必要はないのではないでしょうか。貴方がハノーヴァーを発展させれば、自然と倣う国は出てくるでしょう。それなら……」

「なるほど、ルーゼリア大陸には手を出すなと、そう言いたいわけか」

リードとしては、穏便に、遠回しに伝えたつもりだったのだが、こちらの意図をコンラートははっきり口にした。

「そう……ですね。コンラートも知っての通り、今のルーゼリアは平和です。それに、貴方は既にアトラス大陸を一つの連合公国として統一しました。後世の歴史家は、貴方を高く評価するでしょう。もう、十分ではありませんか」

本来であれば、数十年をかけて行うことを、コンラートは数年のうちにその手腕をもって成し遂げたのだ。急速な変化に、アトラス大陸の人間だってまだ対応しきれていないだろう。

「お前が生きていた時代は、よほど平和だったのだろうな」

そう言ったコンラートは、小さく笑った。けれど、それは嘲(あざけ)りといったものではなく、まるで小さな子供が夢を語った後に大人が笑みを見せるような、そういった類の笑い方だった。

「確かに、リケルメ王の治世が続く限り……王太子であるマクシミリアンの治世でもそうなるだろうが、ルーゼリア大陸の平和は続くだろう。いや、むしろその力はさらに強まるかもしれないな」

「え……?」

「海の向こうのアローロには、豊富な天然資源を有する領土がある。今はまだ発掘技術が追い付いていないが、石炭は勿論(もちろん)、石油だってあるだろう。技術が進めば、さらにそういったものの価値は高まる」

……そこまで、調べてるんだ……。

現在アローロは海の彼方にいわゆる植民地を持っている。とはいえ、それはあくまで現地住民を一方的に搾取するものではなく、中には元々その国を治めていた王にそのまま統治させている国もある。

「この数年、アトラス大陸の大規模な地質調査を行った。だが、残念ながらそういった地下資源は眠っていなかった。さらに言えば、緯度が高いため、農作物を作るのにもあまり適していない。今のままの人口規模ならなんとか持つかもしれないが、今後人口が爆発的に増えれば、食料の供給すら間に合わなくなる可能性がある」

食料……そうだ、確かに、人類の歴史は、飢餓との戦いでもあった。アトラスに革命が起こった理由も、そもそも大飢饉がきっかけだ。

この世界の気候は、確かに今のところ落ち着いてはいるが、それこそ場合によっては気候が乱れ、大飢饉になる可能性も大いにある。食料の備蓄に関しては、リードもオルテンシアでしっかり行っている。けれど、オルテンシアはそれが可能でも他の国が同じ方法をとれるわけではない。そうなった時には、おびただしい犠牲が出ることになるだろう。

「……アローロと正式に国交を結び、そういった場合に相互援助が出来るようにすれば……」

「他国に食料を依存する？　馬鹿を言うな。食糧危機に陥った場合、相手に大きな弱みを見せることになるんだぞ」

コンラートの言葉にハッとする。リケルメなら、確かに説明すれば、条件によっては了承してくれるかもしれない。けれど、コンラートはそれで納得するとは思えないし、何よりリケルメだってアローロに益のあることでなければ聞き入れないだろう。

「しかも、そうなれば緊急の場合を考え、アトラス大陸の民は常にルーゼリアの民の顔色を窺わなければならないんだぞ。だいたい、アローロの食料供給がうまくいかなくなった時にはどうするんだ？　アローロ王が自国民を犠牲にして、他国の人間を助けるとでも？」

その通りだ。実際、リードだってオルテンシアの王太子妃として、一番に考えなければならないのはオルテンシアの民のことだ。

「それは……そうですが……」

「欲しいものがあれば奪う、この世界はそうやって出来てきたはずだ。そもそもアローロだって、かつては他国を侵略し、あれだけの大国を作ったんだ。自分たちが十分な領土や資源を獲得出来たから、もう争うのはやめて欲しいというのはいささか都合がよすぎると思わないか？」

リードが、その瞳を大きく瞠る。そうだ……！　コンラートの前世は……！

コンラートは、確かにリードと同じように未来の知識を持っている。それは、この世界よりも数百年先のものだ。

技術革新により、人々の生活はどんどん便利になるが、強国とそうでない国の差はますます開いていく。

そして力をつけた国々は覇権をめぐり、争う。その時の主な原因となるのが資源だ。

持てる国と持たざる国の戦争、その規模は科学技術の発展と共に凄惨なものになっていき、いつしか人類は自らを滅ぼす巨大な兵器を手にする。

リードの脳裏に直人として生きていた頃に見た、半世紀以上前の戦争で新型兵器を使われた地方都市の資料や、特定の民族を収容し、おびただしい数の人々が殺された映像が過った。直人が生きてきた時代は、それだけの犠牲の上に成り立った平和な時代だった。

だけど、この世界の人々に、同じ道を歩んで欲しくない。

「そうですね、少なくとも、貴方が生きた時代はそうでした。けれど、あの大戦が終わった後も、世界は平和にはなりませんでした」

「……どういう意味だ？　お前は、あの大戦は多くの国に甚大な被害が出たが、その後は平和な世の中になったと言ったな？　俺の国は発展し、平和になっていると」

「言いました。その話は、偽りではありません。ですがコンラート、貴方に黙っていたことがあります」

出来れば話したくなかったけど……もう、仕方がないよね。

深呼吸をし、リードはコンラートを真っすぐに見つめる。そして、ゆっくりと自らが知る歴史、コンラートの前世が終わった後の世界の歴史について話し始める。

コンラートには、あの大戦が終わった後、その被害の大きさにそれぞれの国が自省し、平和を築こうと努力したという話をしていた。

実際、その話は間違ってはいない。あの大戦の後、世界はそういった方向に動き始めていた。

ただ、それはあくまで勝者の価値観であり、反発も大きかった。何より、敗戦国にかけられた賠償責任はあまりにも重く、それが後々大きな禍根となったことも確かだ。

そしてその後の経済危機により、持たざる国が持てる国へと戦いを挑む。二度目の大戦は、さらに多くの国を巻き込み、その被害はさらに甚大なものとなった。

さすがに全て(すべ)を伝えることはしなかったが、それでも資源や領土の奪い合いにより、人類が大きな過ちを犯してしまったことは話したかった。

話を聞いたコンラートが、もう戦争などしたくない、そう思ってはくれないだろうか。

どうかわかって欲しい。祈るような気持ちで、リードは話し続けた。

けれど、リードの話を聞いたコンラートの反応は、想像していたものとは全く違っていた。

「人類が自らを滅ぼすことが出来るほどの力……確かに我が国でも兵器の製造や研究は進んでいたが、ついにそれを完成させたのか」

紫の瞳から感じられたのは、明らかな興奮。その表情からは、歓喜すらも見て取れた。

え……？

コンラートのその表情の変化に、微かにリードは身を震わせる。もしかして、自分は伝えてはならない人間に、情報を与えてしまったのではないか。

「リード、お前には心から感謝する。やはり、国を大きくするためにも資源や領土は必要だ。この先のハノーヴァーが、未来永劫栄え、強国となるためにも、やはり海の外へ出なければならないようだ」

笑みを湛え、コンラートが言う。まるで、今にでも歌いだしそうな表情に、ますますリードの背筋は冷えていく。

「たった一つの兵器によって、たくさんの罪もない人々が亡くなるんだよ!? それだけじゃない！ これまで当たり前に幸せな日常を送ってきた人々の生活が壊され、蹂躙されてしまうんだ！ 俺はこの世界の人々に、同じ道を歩んで欲しくない！」

感情が抑えきれず、思わず声を荒らげてしまう。無礼になるとか、機嫌を損ねてしまうとか、そんなことを考える余裕もなかった。

けれどリードの言葉に、何故かコンラートは笑みを深め、そしてゆっくりと席を立った。

「ルーゼリア大陸に間諜を送った際、誰もがお前のことを絶賛していた。女神さながらの美しさを持ち、聡明で、慈悲深く国民を思っている。その情報は正しかったな、しかも、これから先の世も知っているという……」

自分の目の前に立つコンラートを、リードは真っすぐに睨めつける。けれど、そんな反応にすらコンラートは楽しそうに笑った。

「容姿以上に、お前の心は美しいようだ。だが……お前の持つ価値観はこの世界には通用しない」

コンラートが手を伸ばし、リードの細い顎を摑み、強引に上向かせる。

「当初は連れ去られたことに困惑していたようだが、時間が経つにつれ、お前は俺と交渉しようとした。先の未来を聞かせることにより、二つの大陸の対立を、ハノーヴァーとアローロの対立を避けようとした。だが、残念だったな。覇権国家が入れ替わる際に、戦争は避けられない。俺がお前を誘拐した理由を教えてやろう。お前が今後俺にとって邪魔な存在になるかどうかを見極めるためだ。ルーゼリア制覇の足枷となるとわかった時点で、殺すつもりだった」

「……だったら殺してみなよ!? 俺はあんたのやり方に反対だ、絶対に従わない。オルテンシアとアローロを守るために、なんだってする！」

感情的になっては相手の思うつぼだということはわかっている、だが、リードは精一杯の虚勢を張った。

「殺しはしない。お前のことは、ハノーヴァーに連れていく」

「な……！」

「言ったはずだ、欲しいものがあれば奪うと」

コンラートの唇が、ゆっくりとリードのそれへと近づけられる。

「お前は美しく、賢い。その頭脳を、これからは俺のために使わせる」

抵抗しようと必死に顔をそむけるが、力で押さえられているため、避けられない。

小さく笑ったコンラートの息が、リードの顔にかかる。

あと少しで、互いの唇が重なるという瞬間だった。

「コンラート様！」

勢いよく音を立てて、部屋の扉が開かれた。

入ってきたのはマシュルーワ人ではなく、コンラートと似た、トビアスと同じ軍服を纏った青年だった。

「なんだ、騒々しい」

顔を顰めたコンラートが、リードの顔からその手を放す。

青年はリードには目もくれず、ずかずかと部屋の中へ入ってくるとコンラートにこっそりと耳打ちをする。

リケルメ王が……。

詳しい内容までは聞こえなかったが、リケルメの名が告げられたことはリードにもわかった。

コンラートの顔色が明らかに変わり、青年と一緒に部屋を出ていく。

ガチャリという施錠音を聞きながら、こっそりと胸を撫でおろす。

よかった……リケルメ……間に合ったんだ。

表情からして、コンラートにとって良い知らせではないことは確かだった。

けれど、リードの心は晴れることはなかった。むしろ、自分の考えの甘さを悔いていた。

欲しいものは奪うとコンラートは言っていたが、おそらくコンラートは前世からずっと、誰かに奪われてきた人間なのだろう。

この数日間で聞いた、コンラートの話を思い出す。

コンラートは早くに父親を亡くし、再婚した先の裕福な父親から虐待を受けてきた。

母親は生活のため、コンラートを守ってはくれず、寒い冬の日、罰として館の外に出され、重い肺の病気を患った。

さすがに見かねた使用人の女性がコンラートを助け出し、生死の境を彷徨ったことで、前世の記憶を全て思い出したのだという。

それからのコンラートは変わった。知恵をつけ、父親に気に入られるように振る舞い、そして入学した大学で王権へ反発する人間を集めた。

そして生まれたのが、アトラス大陸の英雄であるコンラートだ。哀しい記憶と、哀しい過去を背負いながら。

傷ついてきた人間は、人の痛みがわかるはずだと、どこかでリードは思っていた。けれど、そんなリードの考えはコンラートには通用しなかった。それくらい、コンラートの持つ心の闇は深かった。

……俺には、どうしようもない。

話し合いで何もかもが解決することは不可能だということはわかっていた。だけどそれでも、同じ前世の記憶を持つ者として、わかりあえるのではないかと一縷の希望を抱いていた。しかし、そんなリードの儚い希望は、打ち砕かれた。

結局俺は、何も出来なかった……。

泣いている暇などない。零れそうになった涙を、必死で堪える。

なんとかしなければ……。

そうは思うものの、八方塞りなこの状況を打破する方法は全く思いつかない。

諦めちゃダメだ。なんとか、ここから抜け出す方法を……。

そこに、控えめなノックの音が聞こえてきた。

コンラートがもう戻って来たのかと、息を止める。けれど、聞こえてきたのは全く別の声だった。

「リード様」

耳に入って来たのは、トビアスの声だった。

「え……？」

外套を身に着け、その手にはトビアスが着ているものと同じような外套が持たれている。

「時間がありません、下に馬を用意してあります」

「え……だけど……」

トビアスは、ここに連れてこられたその日に話して以来、一度も顔を見せることはなかった。説得することは出来なかったのだろうと、リードは内心諦めていたのだ。それくらい、トビアスのコンラートへの信奉は揺るぎないのだと。

「貴方の仰る通りです。コンラート様のやり方は、間違っている……、これまでも薄々感じていたことでしたが、今回リケルメ王を殺し、さらに貴方をハノーヴァーへ連れていくというコンラート様の話を直に聞き、確信しました」

「トビアス……」

「何よりハノーヴァーの人間に、他国の人間を殺させたくありません」

リードの説得が、通じたのだろう。嬉しさで胸がいっぱいになるが、それは一瞬のことで、すぐに現実を思い出す。

「でも、コンラートは？」

「側近を集め、会議を行っております。しばらくは、部屋から出てこないでしょう」

リケルメがアローロへ帰国したことはコンラートにとっては誤算だったはずだ。計画の練り直しが必要なのだろう。だからといって、会議が長く続くとは考えづらい。

「わかった」

椅子から、ゆっくりとリードが立ち上がる。

「帰ろう、オルテンシアへ。ラウルのもとへ」

「はい」

リードの言葉に、トビアスが頷いた。

二時間ほど馬を走らせたところで、トビアスは一度休憩をとった。

トビアスにとってはその程度の騎乗は負担にならないが、リードの体力を心配してのことのようだ。

今のところ、コンラートにはまだ気付かれていない様子だったが、いつ追手が来るかわからない。

そのため、リードは最初休憩をとる必要はないと言ったのだが、あたりは暗くなっているし、短い時間だけなら大丈夫だろうとトビアスは判断したようだ。

「あの……」

「あ、何？」

馬を止め木陰に座りトビアスが用意してくれていた水を口に含んでいたら、遠慮がちにトビアスが尋ねてきた。

「ジーホアに向かっていたリケルメ王は、どうして途中で引き返したのでしょうか」

リードがアローロへ向かっていたのは、ジーホアに向かおうとするリケルメを止めるためだった。

けれど、途中でコンラートの手によりそれを阻まれてしまったため、リケルメに会うことはかなわなかった。

なんとか手紙だけは届けることが出来たとはいえ、トビアスもおそらく中を見たのだろうが、ジーホアのことは何一つ書いてなかった。手紙を届けるのはオルテンシア人に扮したハノーヴァーの者であったため、直接的な伝言が書けなかったからだ。

だから、誰に中を見られてもよい内容しか書かなかった。

けれど、アローロとジーホアの間の国境沿いで待機していたリケルメは、リードの手紙を届けられたことにより、途中で引き返してきた。一体、どういうからくりだったのか。

それをトビアスは、ずっと疑問に思っていたようだった。

「ああ、それはね」

マシュルーワはオルテンシアに比べて気候は穏やかだが、さすがにこの時期の夜は冷える。

トビアスに渡された毛布で身体（からだ）を包み込んだまま座っているリードが、僅（わず）かに頬（ほお）を緩めた。

「昔、とある国のお殿様……いや、王様がいて。その当時その国は、いくつもの小さな国に分かれていて、なんとか一つにしようとその王様は思ったんだ。勿論（もちろん）、他の国の王様もそう思ってたから、たくさん戦争をすることになったんだけど。その王様には妹がいてね、王様と同盟を結んだ国の王子様のところに、お嫁に行ったんだ。そして妹は、自分の夫である王子様が自分の兄を裏切ろうとしていることを知ってしまった。妹は、どうしたと思う？」

「兄である王に……それを伝えたんですよね？」

「うん。だけど、一応妹は他国に嫁いでいるわけだし、直接それを伝えることは出来ない。だから、小豆（あずき）……お菓子を袋に入れて兄に送ったんだ。袋の両端を縛って、両側から攻め込まれることを伝えた。妹の密告を知った兄は兵を撤退させ、難を逃れた。まあ、作り話だって話もあるんだけど、なかなか面白いと思う」

「そのお話を、リケルメ王には？」

トビアスの問いに、リードはほんの一瞬、考え、そしてゆっくりと頷いた。

「うん。アローロにいた頃、話したことがある。一度きりだったし、覚えてくれているか少し不安だったんだけど、ちゃんと、覚えていてくれたみたいだ」

あの頃、リードがリケルメと一緒にいられた時間はそれほど多くはなかった。けれど、そのかけがえのない時間はリードにとってとても大切なもので、リケルメと話した話の内容のほとんどを覚えている。

もう、戻ることは出来ない過去。リケルメのことは今でも大切に想っているが、あのような日々を送れることはもう二度とないこともわかっている。だからこそ、リードはアローロで過ごした日々を大事な思い出として心の隅に残している。

そしておそらくそれは、リケルメも一緒なのだろう。それにより命が助かったということもあるが、何よりリケルメが自分との過去を覚えていてくれたことが、とても嬉しかった。

「そろそろ出発しましょう。あと一時間もすれば、国境です」

トビアスの言葉に、リードが深く頷いた。

7

マシュルーワとオルテンシアの国境沿いには、いくつかの検問所がある。

両国には正式な国交が結ばれていないため、検問所に兵士はいるものの、もっぱら出入りするのは商人たちだ。オルテンシアほどではないとはいえ、マシュルーワも商業国家であり、現在発展を続けているハノーヴァーとの関係は重視しているはずだ。

間接的に、今回リードを連れ去ったことにもマシュルーワが関わっていないはずはないのだが、それを追及したところでマシュルーワ側は認めないだろう。

さすがに、隣国の王太子妃の誘拐に協力したとなれば、外交問題になりかねない。

それでも、最悪の事態を想定して、トビアスには国境検問所は通らず、シエーヌ山脈へと向かってもらうことにした。

マシュルーワの山脈を抜けた先が、オルテンシアの領土であり、リードも付近までなら一度だけ訪れたことがあった。

ラウルに結婚を申し込まれ、なんとしてでも自分の言葉で気持ちを伝えたくて、視察を行っているラウルを追いかけたのだ。

今考えても、思い切った行動だったよなあ……。ラウルも、さすがに驚いてたし。

あの時には、考えるよりも先に身体が動いたといっても過言ではなかった。

「リード様、この森を抜ければボスコリオ平原です」

「うん」

星空の下でリードが自らの気持ちをラウルに伝え、初めて結ばれたのも、ボスコリオ平原だった。

あれから二年の時が流れたが、リードにとってはあっという間の二年間だった。

出会った頃と変わらず、ラウルは常に国の行く末を、オルテンシアのことを考え、リードも一緒に様々なことを考えた。

アローロとの国境沿いの砂漠に眠っているであろう地下資源についても、二人で秘密裏に調査を行った。

今の技術ではまだ掘り出すことは難しいかもしれないが、百年後の未来には、必ずこの国の人々にとって有益なものとなるだろう。

少しばかり夢見がちで、高い理想を持つラウルとは時折口論になることもあったが、それでもラウルは必ずリードの言い分を聞いてくれた。

互いに納得がいくまで話し合い、ラウルが折れることもあれば、リードがラウルの考えを受け入れることもあった。

外交部の仕事をしながら、最近はセドリック以外にもリードから学びたいと手を挙げてくれた王家の血を引く子供たちに勉強も教えていた。

サンモルテにいた頃から思っていたことだが、自分は何かを教えることが好きなのだと改めて実感する。どちらかといえば大人しく、引っ込み思案だったセドリックも同年代の子供たちと接することにより、最近は随分社交的になったように思う。

王太子妃となってからの日々は、毎日がとても楽しくて、自分は笑ってばかりいたように思う。

だからこそ、これからラウルと話す内容を考えると、気持ちが沈んでいった。

この暗い森を抜ければ、目の前にボスコリオ平原が広がる。

あと少しで、森を抜けるという時だった。

背後から銃声が響き、トビアスの馬が嘶（いなな）いて動きを止めた。幸い、リードもトビアスも、そして馬にも銃弾は当たらなかったが、耳をすませばいくつもの蹄（ひづめ）の音が聞こえてくる。

「トビアス……！」

二人ともただ集中して馬に乗っていたため、追手が来ていることに気付かなかったのだ。

トビアスはリードを馬に乗せたまま、自身は馬から降り、腰にさしてある剣を抜く。

「オルテンシア領は目の前です。私は足止めをします、リード様は馬で先へ」

「何言ってるんだよ、相手は銃を持ってるんだよ⁉　トビアスも一緒に」

「間に合いません！　早くこの場を離れて！」

感情的になったトビアスが、怒鳴るように言った。

「俺は、今まで誰も守ることが出来なかった……だから、せめて貴方のことは守らせてください」

「トビアス……」

トビアスの言うことはもっともだ。ここでリードが捕まってしまえば元も子もない。しかしそれがわかっているからといって、危険を承知でリードをここまで連れてきてくれたトビアスを見捨てることなどとても出来なかった。

「早く！」

再び怒鳴られ、リードはびくりと肩を震わす。けれど、馬を走らせようとしたところで、もう一度銃声が聞こえてきた。

「万策尽きたな、トビアス」

ハッとして振り返れば、いくつかの馬の蹄の音と共に、ここ数日の内に聞きなれた声が耳に入ってきた。

「コンラート……」

騎乗し、部下を従えたコンラートの手には、マスケット銃が持たれている。どうやら、先ほどの銃声はコンラートだったようだ。

「まさかお前が裏切るとはな……ミイラ取りがミイラになったということか」

口ではそう言いながらも、コンラートの表情には特に変化は見られなかった。

「馬を降りてこちらへ戻るんだリード。目の前でトビアスをハチの巣にされたくなければな」

口角を上げ、笑みを浮かべたコンラートがリードに告げる。

「いけません、リード様！」

「黙れ！」

コンラートが声を大きくした瞬間、コンラートの周りにいた数人の男たちが銃を構えた。おそらく、コンラートの号令がかかればすぐさまトビアスに向けて銃弾が放たれるはずだ。

……あと少しで、オルテンシアだったのに。

悔しさに、涙が零れ落ちそうになる。コンラートのもとに行きたくない。今すぐオルテンシアに、ラウルのもとに帰りたい。

「五秒だけ待つ。五、四、三……」

コンラートの秒読みに、リードはギュッと目をつぶり、馬を降りようとする。けれど、コンラートが全て言い終わる前に、再び銃声が大きく聞こえた。

え……？

銃声は、コンラートから放たれたものではなかった。リードの背後から聞こえてきたその音はコンラートへと向けられ、今度はコンラートたちの馬が嘶いた。

「ここから出ていくのは、お前の方だ」

耳に入ってきた声に、すぐさま振り返り、これ以上ないほどリードは瞳を見開く。

そこにいたのは騎乗したまま銃を構えたラウルと、そしてマルクを始めとする軍の人間たちだった。ラウルの厳しい視線は真っすぐにコンラートを見据え、さらに銃口も迷うことなくそちらへ向けられている。同様に、ラウルの周囲にいる兵たちも皆銃を持っていた。

ラウル……！

どうしてこの場に、とかそんなことはどうでもよかった。とにかく、ラウルが自分を助けに来てくれたことが嬉しかった。

「王子様の登場か」

しばらく互いに鋭い視線を向けていたラウルとコンラートだったが、しばらくするとコンラートが吐き捨てるように言った。多勢に無勢、この状況ではかなわないと思ったのだろう。

「今日のところは引き下がってやる。また会おう、リード」

それだけ言うとコンラートは静かに銃を降ろし、周囲にいた兵たちに撤退の命令を出す。そしてそのまま踵（きびす）を返し、その場を後にするべく馬を進めていく。

「待てっ！」

慌てたように、ラウルの周囲にいる兵の一人が声をあげ、コンラートを追いかけようとする。

「やめておけ、深追いはするな」

「しかし……」

ラウルはマスケット銃を隣にいたマルクへと渡すと馬を降り、そのままリードのもとへと向かう。

「あ……」

呆然（ぼうぜん）としているリードに対し、ラウルは何も言わず、その長い両腕を差し出してくれた。

リードは小さく頷（うなず）くと、そのまま馬から降りてラウルの胸へその身体（からだ）を埋める。

「お前が無事で、本当に良かった」

リードのことを抱きしめたまま、絞り出すような声でラウルが言った。

「助けに来てくれて、ありがとう」

礼を言ったリードの声は、少し掠（かす）れていた。それに気付いたのだろう。リードを抱きしめるラウルの腕の力が、より強いものになった。

そのままラウルの馬に乗り、部隊が本陣を構えているボスコリオ平原へと向かう。

聞けばラウルがこの場所に来ていたのは、トビアスが秘密裏に国境付近にいるオルテンシア兵に言伝をしていてくれたからだった。自分がリードをコンラートの下から必ず連れ出すから、国境付近まで来て欲しいと要請したのだ。

そしてラウルは視察と訓練という理由をつけ、ボスコリオ平原に部隊を率いてきたようだ。一個小隊という、数十名の人数ではあるが、よく見ればマルクを始め、皆ラウルが日頃(ひごろ)から信を置いている人間ばかりだった。

なんでも、最悪の場合はマシュルーワにリードを助けに行くことも考えていたそうだ。

ラウルの気持ちは嬉しかったが、王太子が軍を率いて他国に入ったとなれば、それこそ武力衝突にも発展しかねない。

改めて、戻ってくることが出来てよかったとリードは思った。

そのままボスコリオ平原で一泊するのかと思えば、ラウルは早々に部隊をまとめ、セレーノへの帰還を決めた。既に夜も更(ふ)けていたため、軍馬の足でもセレーノに着いた時にはあたりは明るくなっていた。

「夜が明けたな」

リードを前に乗せ、馬に乗ったラウルが朝日が昇るのを見つめながらそう言った。

「うん……」

海から上がっていく日の光が、ゆっくりと周囲を明るくしていく。

薄暗かったセレーノの街は光に包まれ、美しい街並みがリードの瞳に入ってくる。

そういえば、セレーノには太陽という意味があった。

明るくなっていくセレーノの街を見つめながら、人々が目覚め始める前に城への道を急いだ。

＊＊＊

簡単な食事と湯浴みを済ませたリードは、ぼんやりと寝室のベッドの上に寝転がっていた。

慣れない馬に長い間乗っていたのだし、コンラートとの交渉でもかなりの気を使った。身体は疲れきっているはずなのに、眠気は全くやってこない。むしろ、不思議なくらい意識ははっきりしていた。

それだけ脳が興奮状態にあるのかもしれない。

「まだ起きていたのか？」

報告を終え、同じように湯浴みをしてきたらしいラウルが部屋の中へと入ってくる。

リードが上半身だけ起き上がれば、気づかわしげな視線を送られた。

「眠れなくて……」

「気持ちはわかるが、休んだ方がいい」

リードに近づいたラウルが、その大きな手でリードの髪を優しく撫でる。

ラウルの繊細な顔立ちとは対照的な、厚みのある、大きな手だ。

それをじっと見つめていたリードは、自身の手を伸ばし、ラウルの腕をぎゅっと摑む。

「……リディ？」

「ラウル、お願いがあるんだ」

「なんだ？」

「俺を、抱いて欲しい」

言われた意味が、すぐにはわからなかったのだろう。

きょとんとリードを見据えたラウルだが、次は明らかに動揺した表情を見せた。

「いや……気持ちは嬉しいが……」

リードの方から、ラウルを寝台に誘うということはあまりない。リードにも勿論性欲はあるのだが、ラウルの方がそれは強く、リードが誘うまでもなく、誘いこまれることの方が多いからだ。

「そういう気分じゃない？」

「そんなことはない、ただ、疲れをとるためにも、今は眠った方が……」

ラウルの言葉に、リードは無言で首を振る。そして、じっとその青い瞳を見つめる。

リードの様子がいつもとは違うことに気付いたのだろう。

ラウルはハッとすると、リードの顔をまじまじと見る。

「まさか、コンラートに何か……？」

その声に緊張と、そして静かな怒りを感じたことにより、リードは慌てたように首を振る。

「ち、違う……！　大丈夫、コンラートには、何もされてないよ」

弾かれたようにそう返したものの、ラウルの眉間には縦皺がしっかりと刻まれている。

マルクに聞いた話では、リードが連れ去られたことを知ったラウルの怒りはすさまじいものだったそうだ。それこそ外交筋を通して、すぐにでもマシュルーワ国内へと進軍しかねない勢いで、周囲の人間たちは諌めるのに苦労をしたという。

心配、させたよね……。

今回のことは、リードも全く想像していなかったことだ。トビアスがまさかハノーヴァーの間諜で、またコンラート自らリードのことを連れ去ろうとするなど考えもしていなかった。

コンラートと何を話したのかは、ラウルにはまだ詳しくは伝えていなかった。ただ、リードの様子を見るに、それが良い話でないことはわかっているようだ。

「本当か……?」

ラウルはまだどこか疑心があるようで、その表情は強張っている。

「うん、本当だよ。ただ」

言葉を選びながら、リードは懸命に笑みを浮かべる。

「俺は、ラウルのものだって実感したいんだ。……ダメかな?」

微笑んだつもりが、それは力ないものになってしまった。ラウルは驚いたような顔をすると、リードの頬を優しく包み、そのまま自身の唇をリードのそれへと重ねた。

ラウルのキスは、いつも甘く優しい。

行為の際は、必ず長い時間をかけて口づけをしてくれる。

互いの唾液が混じり合い、舌を搦めとるのは勿論気持ちが良いが、即物的なことを言うのであれば、行為の方が刺激は強いはずだ。

あくまで相手の気持ちを解すための行為だと思うのだが、ラウルは決しておざなりなキスはしない。

まるで、性を知らない少女のように優しく扱われることがくすぐったくも、嬉しい。

「は……、ん………」

口づけながら、先ほど着たばかりの夜の衣を脱がされていく。

外気にさらされ、少し肌寒かったが、すぐに気にならなくなるだろう。

ゆっくりと身体を押し倒され、露わになったラウルの厚い胸板がリードに触れる。

日頃の運動量が違うからだろうか、自分よりも僅かに体温の高いラウルに抱きしめられると、ひどく安心する。

身体のあちこちに口づけを落とされながら、リードの性器がラウルの手に包まれる。

刺激を求めていたそこは、上下に動かされただけですぐに反応していく。

「ひっ……あっ……」

胸の尖りを優しく噛まれ、びくりと身体が跳ねる。

香油をつけた長い指が、ゆっくりと足の付け根へと滑り込んでいく。

「………はっ……あ……」

ゆっくりと狭い部分を開かれ、上擦ったような声が出る。

ラウルは声を聞きたがるが、リードは何度身体を重ねても慣れず、つい口を押さえてしまう。

だけど、今日はそんな余裕もなかった。とにかく、何も考えずにラウルに抱かれたかった。

自分の下腹部から聞こえる卑猥な音でさえ、今は心地よかった。

一本、二本と指が増え、狭い胎の中をかきまわされていく。

窄まりが快感を求めて、自然と収縮していた。指以上の快感が、リードは欲しかった。

「ラウル……、もう、大丈夫だから」

「だが」

リードの後孔を傷つけぬよう、ラウルはいつも慎重に、時間をかけて解してくれる。

だけど、今はそれよりも早くラウルのもので貫かれたかった。

「大丈夫、だから」

掠れた声で哀願すればラウルは頷き、その逞しい腕でリードの足を宙へと上げる。

腰が押し込まれ、先端がゆっくりとリードの中へと入ってくる。

「はっ…………」

異物感はあるが、自分の中に挿入された太く硬いものに、気持ちが落ち着くのを感じた。

粘膜も、喜んでラウルを受け入れている。

もっと動いて、貫いて欲しい。

ラウルの広い背中を強く抱きしめれば、ゆっくりとラウルが腰を動かし始める。

「ひゃっ……！　あっ」

深い部分を抉るように突かれる。リードがどこで感じるかなど、ラウルはとうに知っているのだ。

さらに、ラウルは器用に片方の手でリードの身体を支えながら、もう片方の手を性器へと伸ばす。

「あっ……やっ……！」

揺さぶられながら、勃ち上がった自身をも刺激され、気持ちよさに、何も考えられなくなる。

肌と肌がぶつかり、自身の上にいるラウルは確かに快感を覚えている。

「ひっ……あっ……」

ラウルの剛直が大きくなり、さらに腰の動きは激しくなっていく。

「もっ……ダメ……！」

頭の中が、真っ白になっていき、ラウルが力強くリードを抱きしめた。

ラウルの身体が微かに震え、リードの中に温かいものが流れ込んできた。

満たされていくような気持ちになりながら、リードはゆっくりとその瞳を閉じた。

＊＊＊

目を覚ましたリードの瞳に一番初めに入ってきたのは、ラウルの顔だった。

瞳を閉じていても端整なその顔を眺め、こっそりとリードは微笑む。部屋の窓へと視線を向ければ、既に日が高くなっているのだろう。カーテンから差し込む日差しは、明るかった。

二人して公務、休むことになっちゃったなあ……。

おそらく、昨日の段階ではラウルも午前中は休みをとる予定だったと思うが、午後からは公務をするつもりだったはずだ。

自分のわがままで、外交部の人間は勿論、ラウルの側近たちにも迷惑をかけてしまったことがなんとも申し訳がない。

そういえば、ロクサーナはどうなったんだろう。

昨日セレーノに戻る途中、ロクサーナは軍の機密を盗もうとして捕縛されたという話は聞いていた。

曲がりなりにも他国の姫であるため、牢に入れられているわけではないだろうが、気になってはいる。

一瞬、ロクサーナを人質に出来ないかとも考えたが、その考えはすぐに打ち消した。

間諜として送り込む時点で、一国の姫とはいえ、コンラートの中でロクサーナの価値はそれほど高くないと思ったからだ。

何より、仕方ないとはいえ十代の少女を人質として考えることにそもそも抵抗があった。

こんな甘い考えじゃ、ダメなんだろうけど……。

相手は元々が戦争の経験者なのだ。勝つためだったら、なんでもするだろう。

昨晩、自分を迎え入れてくれた青年たちの姿を思い出す。

戦争をするということは、彼らの命が奪われ、また彼らが誰かの命を奪う可能性もあるということだ。

ガスパールが死んだと聞き、十数年もの間、心の傷を抱えていたレオノーラの姿を思い出す。

そんな思いを、誰にもさせたくなかった。

だけど……他に方法は……。

「どうした？」

低く、優しい声が耳元に聞こえる。

ゆっくりと視線をあげれば、先ほどまで閉じていたラウルの瞼が開いていた。

「え……？」

「泣きそうな顔をしてる」

幼子でも慰めるように、ラウルが微笑んだ。

穏やかな笑みを向けられ、ますます泣き出したいような気持になったが、リードは苦い笑いを浮かべて首を振る。

「なんでもないよ。それより……二人で公務さぼることになっちゃったね」

「たまにはいいだろう。それこそ昨日までは働きづめだったんだし」

コンラートのところにいたのは、リードが交渉をするためだったのだろうと、ラウルはそう言いたいようだった。

けれど、その言葉にリードの表情が強張る。

「ごめんラウル……俺、失敗しちゃった」

ラウルの形の良い眉が、ピクリと上がる。

「コンラートに連れていかれて、色々話してみたんだけど、ダメだった。コンラートは、ルーゼリアの資源を諦める気はないみたい。もしかしたら、戦……」

そこで、言葉に詰まった。戦争に、なるかもしれない。実際に口に出してしまえば本当にそうなってしまいそうで、怖かったのもある。

コンラートがルーゼリアの資源を狙っているであろうことは、なんとなくリードもわかっていたし、その話はラウルにもしていた。それを、絶対に守らなければならないことも。

戦争は、外交の延長線上にあるもので、中にはそれを望む為政者もいる。

けれどリードはそうではなかった。なんとか話し合いで解決をして、武力衝突には発展させたくなかった。

これまで、リードが交渉をする機会は幾度もあった。

フェリックスに国庫の援助を頼んだ時にも、リケルメに後宮を出ることを申し入れた際にも。誠意をもって話せば、みなリードに共感をしてくれた。だが、それはあくまで相手が話の通じる人間であったからだ。

コンラートには、そういった気配が全くなかった。何を言っても、聞く耳を持つことはない。

彼の持つ心の闇は、リードがどうのこうの出来るようなものではなかった。

自身の目的のためならば、手段を選ばない。そんな相手に、勝てるのだろうか。

考えれば考えるほど、後悔の念しか浮かばない。もう少し、コンラートと上手く交渉出来なかったのだろうか。

あの時ああ言えば、こう言えば、と色々考えてはみたものの、それでもコンラートを説得する手段は見つからなかった。

彼の深淵を覗いてしまったことに、恐ろしさしか残っていなかったからだ。

「……何を言ってるんだ？」

「え？」

涙ぐんだ瞳でラウルを見れば、その表情は穏やかだった。

「今回のお前の目的は、叔父上がジーホアに向かうことを止めることだったんだろう？　ジーホアに向かっていた叔父上は途中で引き返してきた。ちゃんと目的は達成出来たじゃないか」

お前は、よくやったよ。

「ラウル……」

笑んだラウルがリードの身体を優しく抱きしめる。

「リディ、全部自分で抱え込むな。確かにお前はとても優秀で、交渉上手だが……限界はある。俺にとってはお前が無事に帰ってきてくれたことが、何より嬉しい」

ラウルが、抱きしめたリードの黒髪を優しく撫でる。

「だいたい、対峙してわかったが……あの男が簡単にこちらの言い分を聞くとはとても思えなかった。お前はやれるだけのことはやったんだ。コンラートがどう出てくるかはわからないが、ここからは俺の仕事でもある。自分を責めるな。まだ、何も終わっていない」

唇を噛みながら、リードはラウルの腕の中で小さく頷く。

実際は、事態は全く好転してはいないし、それこそラウルが言うようにコンラートがどう出てくるかはわからない。

さすがにいきなり宣戦布告ということはないだろうが、厳しい交渉が続くことは確かだった。

それでも、温かいラウルの腕の中はリードの心を和らげ、そして言葉には励まされた。

そうだ……まだ、全(すべ)てが終わったわけじゃない。諦めちゃダメだ、諦めるな。

リードは密(ひそ)かにそう誓うと腕を伸ばし、ラウルの身体を抱きしめた。


二人が想像していた通り、コンラートは引き下がることはなかった。

リードがオルテンシアに戻って十日経(た)つ頃(ころ)、ハノーヴァー連合公国から、一通の外交文書が到着した。

8

テーブルの上には、可愛らしい絵柄のティーカップと、そして甘いお菓子が並べられている。クッキーやチョコレートといったそれは、リードがセドリックや他の子供たちと食べるために用意したものだったが、残念ながら彼らと一緒にそれを食べることは出来なかった。

正午過ぎに届けられた外交文書を目にしたラウルは、すぐさま自身の仕事を中断させ、外交部にいるリードを呼んだ。

外に会話の一切が漏れないようになっているこの部屋で、二人はテーブルの中央に置かれた親書を無言で見つめ続けた。

コンラートから届いた外交文書は、ハノーヴァーとオルテンシアの正式な国交樹立の申し出だった。アトラス大陸の国とはかつては国交が結ばれていたが、革命後はほとんどの国とはそういった関係は絶たれてしまった。

今年はハノーヴァー連合公国が建国されてちょうど五周年になる。その節目を祝う意味でも、ぜひオルテンシアとの間に国交を結びたい。

上質な紙に丁寧に書かれていたメッセージは、前向きで建設的なものだった。

海を挟んでいるとはいえ、大陸の端に位置するオルテンシアとハノーヴァー連合公国の距離は近い。それだけを見れば、決して悪い話ではなかったのだが。けれど、書かれていたのはそれだけではなかった。

両国の発展と、文化交流を目的にして、王太子妃であるリードを大使としてハノーヴァーに派遣することを希望する、と最後の文章が纏められていたのだ。

声を荒らげることはなかったものの、ラウルは明らかに憤怒しており、それこそ今にでも親書を破きかねない雰囲気だった。

まあ……体のいい人質だもんな。

リードにしてみれば、意外とコンラートの動きが早かったことに少し驚いたが、文書の内容はある程度予想していたものだった。

あの時、オルテンシアとアローロを守るためならばなんだってするとリードは口にした。おそらく、どこまで出来るか試されているのだろう。

自己犠牲の精神、というものがリードはあまり好きではない。誰かの犠牲の上に成り立つ安寧や平和を喜ぶことに抵抗があるからだ。

けれど、その立場に自身が置かれた時、どこかで致し方ないと冷静になれる自分がいた。

それこそ、おびただしい血が流れるくらいなら、両国の対立を避けられるなら自分がハノーヴァーへ赴くことなど些末なことではないか。

「あの……ラウル」

部屋に入り、文書をリードに渡したきり何の言葉も発しないラウルに、リードが声をかける。

ラウルは無言で視線だけリードに向けた。

「俺……」

「ダメだ」

言いかけた言葉は途中で遮られた。

「お前を、ハノーヴァーへは行かせない」

リードが、大きな瞳を見開く。

「どうして……」

「お前が考えそうなことだ、予想がつく。ハノーヴァーとの間に諍いを生むくらいなら、コンラートの条件を呑んだ方がいいとでも思っているんだろう？　最悪の選択だ」

最後は、吐き捨てるようにラウルは言った。

「お前は俺を、他国を恐れるあまり、自身の妃さえも差し出す愚かな王太子にしたいのか？」

静かな怒りを孕んだラウルの言葉に、リードの身体が微かに震えた。

「悪い……お前を責めてるわけじゃない」

それに気付いたラウルが、すぐに謝罪の言葉を口にする。

わかっている、ラウルは本当に自身の体面を気にして言ったわけではない。

むしろ、リードのためなら自身の悪評など歯牙にもかけないだろう。

「お前の口からそれを言わせてしまう俺自身に、腹が立っただけだ」

そう言ったラウルの表情は、確かに口惜しそうで、リードは自分の言葉が無神経であったと後悔した。

「いや……俺の方こそ、ごめん」

そもそも、リードはオルテンシアの王太子妃であると同時に、アローロ王であるリケルメの子でもあるのだ。そんなリードの身を簡単に他国に人質として送ることは出来ないだろう。

「でも……他に方法が」

「回答に期限があるわけでもなければ、別に最後通牒というわけでもない。のらりくらりと躱してやる」

腕組みしたラウルが、悪びれることもなくそう言った。確かに、ハノーヴァー側が望んでいるのは友好的な国交の樹立であり、その一環としてリードを招聘したいと言っているだけだ。

断ったからといって何かしらの攻撃を受けるわけでもなければ、そんな謂れもない。

ただ、そうはいっても相手はコンラートだ。

こちらが満足のいく回答を出さなければ、何かしらの対策を練ってくるだろう。

「……それが通用するかな？」

ぽつりと呟いた声は、ラウルの耳にしっかり入っていたようだ。

「まあ、難しいだろうな。あくまで一時的なものだ」

「じゃあ……」

「その間に、議会を招集する。そして、軍備を整える」

ラウルの言葉に、ハッとして顔を上げる。やはり、戦争になるのだろうか。

けれど、そんなリードを安心させるように、ラウルは小さく笑った。

「誤解するな。勿論、最悪の事態は想定しなければならないが、ギリギリまで戦争にならぬよう、努めるつもりだ。だからこそ、弱気な姿勢を見せて、相手に付け入る隙を与えるわけにはいかない」

「あ……」

弱気な姿勢を見せない。つまり、相手に弱みを見せてはいけないということだ。

先日の、コンラートとの会話を思い出す。戦争を恐れ、なんとしてもリードはそれを防ごうと思った。

前世で戦死したコンラートならば、リードと同じように戦争を避けたいと、そう思ってくれるという考えがあったからだ。

けれど、実際は違った。むしろ、両国の間に戦争を起こしたくない、戦争をしたくないというリードの気持ちが、コンラートには知られてしまっている。

だから、相手は強気な交渉に出ているのだ。

「俺が……余計なことを言ったから」

毅然(きぜん)とした態度で、ルーゼリアに害をなすのならば戦争も辞さないと、そういう姿勢でいなければならなかった。

今更それに気付いても仕方ないことだとはいえ、それでも自身の発言を悔やんだ。

「リディ」

沈んでいくリードの表情に、気付いたのだろう。励ますようにラウルが声をかけ、腕を伸ばしてリードの手を優しくその手で覆った。

「元々、アトラス大陸の民はこのルーゼリアに住んでいた。だが、戦争に敗れ、彼らはアトラス大陸へ移り住んだんだ。千年も昔のことだが、彼らがいずれこの大陸を取り戻そうとするのはわかっていた。だが、俺たちだって今更この大陸を譲ろうとは思わない。時代の流れだ、お前のせいじゃない」

温かいラウルの手のひらに包まれ、ゆっくりとリードは頷く。

「ただ……議会は揉めるだろうな。オルテンシアは、戦争から離れて随分久しい。悪いことではないんだが、弱気になっている貴族連中も多いだろうからな」

「だけど、そういう制度にしたんだから、仕方ないよね」

ラウルが改革を行うまで、国の決定は全て王に委ねられていた。

王が戦争を望めば、軍を動かすことが出来たし、否が応でも徴兵も出来るようになっていた。

それを、国家を揺るがすような重要な案件であれば、一度議会に信を問わなければならないというように法を整えたのだ。

今のリオネル王は勿論、ラウルが身勝手な理由で他国と戦争を起こすとは思えない。けれど、この先の王もそうであるとは限らない。

その点は、ラウルも大いに納得してくれたのだが、まさかこんなに早くそういった事態になるとは思いもしなかった。

「安心してくれ、お前をハノーヴァーに行かせたりはしない」

ラウルが、真っすぐにリードを見据える。

「お前が言ってくれたんだろう？　俺たちは、たった一人の犠牲も出さずに百一人の人間を助けることが出来るって。その一人には、勿論お前も入っている」

「うん……そうだね」

弱気になってはダメだ。だってラウルは、全く諦めていない。リードのことも、この国を戦火に巻き込まないことも。

リードは、力強く頷いた。

＊＊＊

城から少し離れた場所にある議会場は大きく、一度に数百人の人間が会することが出来る。

これまでは年に数えるほどしか招集されなかったのだが、改革を行ってからは定期的に議会が開かれるようになったこともあり、一年ほど前に建物を改築した。

どの席からも、他の人間の姿が見えるような設計にしたこともあり、これまで以上に活発に議論が交わされるようになった。

そして、予想していた通り、議会は大荒れした。

「ハノーヴァーはアローロの隣国であるジーホアをも手中に収めたと聞いております、交易により国庫も潤っているようですし、敵対するのは避けるべきです」

「それでは、王太子妃殿下をハノーヴァーに差し出すというのか!?」

「そうは言っていない、だが……」

「リケルメ王が許すわけがないだろう。そんなことをした日には、我が国とアローロの関係は完全に破綻するぞ」

議会に出ることが出来るのは、多くはこの国の有力貴族だ。普段であれば、議論を重ねればそれなりに落とし所が見つかるのだが、今回は平行線のままだった。

中心にいるリードは、なんとも居たたまれない気分になってくる。

「お前たちの言い分はわかった。では、次に私の意見を聞いてくれ」

それまで黙ってそれぞれの主張を聞いていたラウルが、ようやく口を開いた。紛糾し、喧騒の中にあった議会がたちまち静まり返る。

以前も一度見たことがあったが、こういったところはラウルの君主としての資質がなせる業だろう。みなラウルの言葉を聞こうと、固唾をのんで耳を傾けている。

「最初に言わせてもらうが、私自身は戦争を望んでいない。戦となれば、この国の多くの人間は死ぬ。戦費もかかる。国にとって、何も良いことはない。だが……戦争という手段を捨て去ることは出来ない。侵略者の手から、この国と民を守る義務が私にはあるからだ」

戦を恐れるな、ラウルの言葉に、会場にいる者たちの顔つきが変わった。

「で、ですが恐れながら王太子殿下……、ハノーヴァーと敵対することになれば、我が国の今の戦力では勝てるかどうか。そ、それにコンラート殿も王太子妃殿下の命をとろうとしているわけではありません。期間を決めるとか、または定期的にあちらを訪問するとか……」

年配の、名のある貴族がおずおずと手を挙げた。フェリックスほどではないとはいえ、交易で最近はぶりが良いという話だ。

もしかしたら、その相手国にはハノーヴァーも入っているのかもしれない。

「なるほど、ハノーヴァーとの対立を避けるために、我が妃を差し出せと、そう言いたいんだな」

ラウルの返答は、恐ろしいまでに冷静だった。質問していた貴族の、顔色が変わるほどに。

「そ、そうは言っておりませんが……」

「それでは聞くが、王太子妃を差し出したら、ハノーヴァーが我が国を侵略しないという保証はあるのか？」

青ざめた貴族の男に対し、ラウルが居丈高に視線を送る。

「王太子妃の次は周辺にある島々を、さらにその次はオルテンシアの領土の一部を……その度に、ハノーヴァーへと差し出していくのか？」

発言した男は、既に反論することすら出来ないようで、下を向いてしまっている。

男と同じように、先ほどまで意見を言っていた貴族たちもみな、気まずげに視線を逸らしていた。

「外交において、相手国に主導権を握らせるわけにはいかない。勿論、開戦はあらゆる手段をもって避けるつもりだ。だがそれは、安易に相手の要求を呑むことではない。今回のハノーヴァーの要求は拒否する。……何か、異論がある者はいるか？」

会場は咳払いすら憚られるほど静まり返っていた。けれどそんな中、後方で話を聞いていた一人の男性が、手を挙げた。

「なんだ？」

立ち上がったのは貴族ではなく、セレーノの街で商業を営む人々の代表者の男性だった。

議会には貴族だけではなく、少数ではあるが平民も参加することが出来た。

ただ、普段はこういった場においても萎縮してしまっているのか、滅多に意見を言うことがないため参加している人間たちもみな驚いていた。

「あの……私が発言して良いのかわからないのですが……せっかくなので、話させてください」

「ああ、かまわない」

ラウルが言えば、男性は小さく頷いた。

「私は今でこそセレーノ市内で大きな店を営んでいますが、一年ほど前に足を悪くして、働けなくなったことがありました。うちは子供が多くて、女房だけじゃ店をまわせなくて……恥ずかしながら、借金もありました。もう少しで、幼い娘たちを売らなければならないほどに、一時期は困窮しました。そんな時、助けてくださったのが、王太子妃殿下でした」

リードは驚いて、男の顔を見つめる。確かに、初老の男性の顔には見覚えがあった。

「怪我をしたのが、国から頼まれた建物、この議会場を作るためだったこともあって、働けない間の生活費を保障してもらえたんです。無利子で融資をしてくれる先も紹介してもらい、足が治った後は無事に働けるようになり、借金も返すことが出来ました。娘たちも……今では元気に学校へ行っています。それも、王太子殿下と妃殿下が平民も学べるよう、学校を作ってくださったからです。王太子妃殿下は、この国のために、私たちのために懸命に働いてくださいます。私も、私以外の多くの人間も、妃殿下のことを慕い、尊敬しています」

あまり、たくさんの人がいる場で話すのには慣れていないのだろう。少しぶっきらぼうではあったが、それでもみな男性の声に耳を傾けていた。

「だから、王太子殿下のお考えに、賛成です。王太子妃殿下をハノーヴァーにやるなんて、冗談じゃありません」

興奮しているのか、男性の最後の言葉には、怒りすら感じられた。おそらく、貴族たちのやりとりを聞きながら、ずっと苛立っていたのかもしれない。

「ああ、わかった。ありがとう」

ラウルが礼を言えば、男は驚いたような顔をして目を瞬いた。まさか、王太子に礼を言われるとは思わなかったのだろう。

リードも男性の方を向き、ゆっくりと頭を下げる。そうすると今度は、照れたような笑いを浮かべていた。

「ハノーヴァーには返礼を、国交樹立に関しては前向きに検討していきたい旨を伝える。勿論、王太子妃の件は断る。賛成する者は、拍手を」

ラウルがそう言った途端、会場は割れんばかりの拍手に包み込まれた。

すぐ隣に立つラウルを、こっそりとリードは見上げる。

堂々としたその立ち姿は、とても眩しく、頼もしく見えた。

＊＊＊

議会の後、ちょっとした晩餐会が開かれたが、リードもラウルも挨拶を行うと早々に寝室へと戻ることにした。

なんとか議会の承認は得られたが、これで全てが終わったわけではない。むしろ、大変なのはこれからだ。

「なんだ……？」

湯浴(ゆあ)みを終え、ラウルを待っていたリードが戻ってきたラウルに微笑(ほほえ)めば、怪訝(けげん)そうに首を傾(かし)げられた。

「今日のラウル、かっこよかったな～と思って」

リードとしては、素直な気持ちを伝えたつもりだったのだが、何故かラウルは顔を顰(しか)める。

「揶揄(からか)っているのか？」

「違うよ、本当にそう思っただけ。嬉(うれ)しかったよ、ラウルが、絶対に俺をハノーヴァーへは行かせないって言ってくれて」

ラウルならそう言うとわかってはいたものの、あれだけの人数を前に堂々と宣言してくれたのはやはり感動した。同時に、頼もしいとも思った。

「そんなの、当たり前だろう」

何をいまさら、というようにラウルは小さく息を吐くと、寝台へと座る。

二人の目が合い、ゆっくりと唇が近づいていく。けれど、あと少しで重なるというところで、慌ててリードは口を開いた。

「あ、ごめんラウル。その前に、話したいことがあるんだ」

「話したいこと……？」

「多分、ものすごく長い話になるし、ラウルにとっては信じられない話かもしれないけど少しずつ話していくから、聞いて」

キスを阻まれたことに少し面白くなさそうな顔をしていたラウルだが、リードの言葉に、ゆっくりと頷いた。

「ああ、わかった」

「うん。あのね……」

これまで、リードは前世の話は、滅多に人に話したことがなかった。

リケルメは特別で、過去の歴史に関して話すこともあったが、それだって全てではない。

あまりに先の、未来の話をして、この世界に影響を与えたくないと思ったからだ。

けれど、先の世に起こりうることを知っているのはいまやリードだけではない。数百年先のことは、コンラートも知っている。

だからこそ、リードはこの記憶を、情報を自分の胸に秘めておくのではなく、ラウルにも知って欲しいと思ったのだ。

ラウルならば、コンラートのようにその力を自身の覇権のために使うはずがないという確信もあった。

むしろ、コンラートからこの国を守るためにも、ラウルの知恵が必要だと思ったのだ。

9

ギギッという音を立てて、古い扉がゆっくりと開かれる。

オルテンシア城の奥深くには、身分の高い者専用に作られた、特殊な牢があった。王侯貴族で罪を犯した者が出た際に、使用されるものだ。とはいえ、重罪となればやはり他の者と同じように地下牢へ行くことになる。

この部屋の場合、牢といっても鉄格子があるだけで、室内は他の部屋とそう変わらない。食事も届けられれば、掃除も行き届いた室内は清潔に保たれている。

見張りに立っていた番兵に案内されながら部屋の前まで行けば、ひどく不機嫌そうな顔をしたロクサーナが椅子に座っていた。

栄養状態は良いようで、身なりもきれいに整えているが、さすがに軟禁生活はこたえているのか、その表情には疲労の色も見える。

けれど、リードが労りの言葉を発する前に、ロクサーナの方が先に口を開いた。

「あらリード様。ご無事で何よりですわ。てっきり殺されるかと思ったのに、さすがのコンラート様も貴方の美貌には目がくらんだようですわね。私は失敗したようですし、今度教えてくださいな、男性を誘惑する方法」

「お前……」

どうやら、コンラートがリードを連れ去ることを目的としていたことも、知っていたようだ。

ロクサーナの言葉に、ムッとしたラウルがすぐさま反論しようとする。

「ラウル、大丈夫だから」

やんわりとそれを止めたのはリードだったが、それに対しますますロクサーナは顔を歪めた。

「お顔だけではなく内面もお美しい王太子妃様、庇って頂けるのは幸いですが、いい加減退屈ですの。殺すならさっさと殺してくださいません？　ここ、なんだか少しかび臭いですし」

そう言ってそっぽを向いたロクサーナには、それまでの無邪気さは全く感じられなかった。

おそらく、これが素の姿なのだろう。すぐ横に立つラウルの表情が、どんどん引きつっていく。

「あ、先に言っておきますけど私に人質としての価値などありませんから。あの男の前では、私たちの命なんて虫けらみたいなものなので」

あの男、というのはおそらくコンラートのことなのだろう。ロクサーナの表情は悔しげで、少し哀しげに見えた。

何よりリードが気になったのは、私ではなく、私たちと言ったロクサーナの言葉だ。

「その前に……貴方の本当の目的を、教えて頂けませんか？」

「目的？　そこの貴方に夢中な王子様を誘惑して、貴方たちを不仲にさせることに決まってるじゃないですか。貴方がアローロに帰ってくれれば儲けもの、オルテンシアはあの男のものになったというのに……私は全くもって見向きもされていなかったみたいですけどね」

計画が全て頓挫し、捨て鉢になっているのもあるのだろう。取り繕うことなく、ロクサーナは自らの目的を口にしていく。

「あ、いえそうではなくて……どうして、そこまでしてコンラートに従っていたんですか？　間諜として他の国に入るんです、とても、危険なことだと思うんですけど……」

遠慮がちにリードが聞けば、ロクサーナの表情が歪む。

「そんなの、あの男に命じられたからに決まってるじゃないですか。両親や弟たちを、国を守るためにはそれ以外の方法がなかったんです！」

感情的になったロクサーナの声は、どこか悲痛に聞こえた。

「守る……？　お前の国とコンラートの関係は、うまくいっていると聞いているが？」

ラウルが問えば、ロクサーナがその顔を苦しげに顰めた。

「表面上はそうなってますね。この国の王族ほどではないかもしれませんけど、父である国王は国民からも人気が高く、他の国のように革命が起こることもありませんでした。けれど、周りの国が次々にハノーヴァー連合公国に併合されて、私の国は王政こそ残されましたが、それだってノルエマディアの資金を目当てにしてのことです。父も、コンラートに逆らえない……背後から常に銃口を向けられているようなものなんです。従うしかないじゃないですか」

フェリックスの情報によれば、国土の多くが海に面したノルエマディアは、交易により商業国家として栄えているが、軍に関しては脆弱だった。

そういった意味で、ハノーヴァー連合公国に強く出られないのはあるだろう。

そうか……フェリックスさんの情報は間違ってはいなかったけど、真実は別のところにあったみたいだ。

もしかしたら、人の好いノルエマディア王夫妻は何も知らずに娘を逃がしたいと思っていたのかもしれない。

ただ、どちらにせよ、ロクサーナはコンラートを信奉しているわけではなく、むしろ国と家族を人質としてとられ仕方なく、というのが理由のようだ。そういえば、トビアスの任務はリードに近づくことと、さらにロクサーナの監視も含まれていたと言っていた。ロクサーナのやったことは許されることではないが、彼女なりに事情があったのだろう。

「なるほど、わかりました……。それではロクサーナ、ノルエマディアの王女としての貴方に、相談があります」

「……相談？」

訝（いぶか）しげに、ロクサーナがリードを見つめる。

それに対しリードが、にっこりとロクサーナに微笑みかけた。

＊＊＊

目の前に差し出された美しい花に、リードはなんとも言えない笑みを浮かべる。

赤に黄色、紫といった色の濃い花々は、この季節はあまり見かけない。

おそらく、寄港地である南の国々で買ってきたものなのだろう。

「お久しぶりですリード、南国ではこのようにたくさん美しい花々が咲いているのですが、残念ながら貴方の前ではどれも見劣りしてしまうようです。オルテンシアの季節は冬ですが、貴方という美しい花が……」

「長い！」

ルイスの台詞を、すぐ横にいた女性が思い切り遮る。

さらにその花を強引に奪うと、改めてリードの方へと差し出してくれる。

「お初にお目にかかります、王太子妃殿下。いつもルイスがお世話になっております。その節は、色々と申し訳ありませんでした」

「初めましてアリシア姫。こちらこそ、ルイスの働きにはとても助けられております。わざわざ御足労頂き、ありがとうございます。きれいな花も、とても嬉しいです」

そう言ってにっこりと微笑めば、アリシアは何故か頬を赤くして慌てたように自身の髪へと手を伸ばした。

「ルイスが……貴方のことをあまりにも褒めるので、ちょっと、実際に会ったら大したことないんじゃないかとか、そんな風に思ってたんですけど……」

もじもじとしながら、恥ずかしそうにアリシアがリードを見つめる。

「本当にお美しくて、かなわないなあと思ってしまいました……」

笑みを浮かべながらも、少しだけ寂しそうにアリシアは言った。アリシアとルイスの婚姻が結ばれた経緯は、夜会で出会ったルイスにアリシアが一目惚れをしたからだと聞いている。そういったこともあり、少し夢見がちな姫君だという印象を当初は持っていた。しかし交流を重ねたことにより、アリシアへのリードのイメージは随分違うものになっていた。

小柄で可愛らしい外見を持ちながら、その内面は強く、しっかりした女性だ。

そういえば、アリシアは子供と一緒に遊ぶのが好きで、乳母もつけていないと聞く。健康的な肌の色も、おそらく多くの時間、外に出ているからだろう。

リードは小さく首を振り、にっこりと笑いかけた。

「何を仰いますか。アリシア姫も、とてもお可愛らしいですし、その髪留めも、とてもよく似合っています」

そう言えば、アリシアははにかむように笑った。

美しい髪留めは、おそらくルイスの贈り物なのだろう。以前、自分の妃は装飾品にあまり興味を持たないため、自分が買わなければ何のアクセサリーもつけないのだとぼやいていた。

きちんと着飾れば、なかなか見られるのに、どうもその辺に無頓着で。

そう言ったルイスの言葉は不満げではあったが、アリシアへの愛情が感じられた。

アリシアとは、ルイスとリアーヌの件があってから、手紙のやりとりを続けていた。

文面と内容を見るに、明るく気立ての良い女性という印象だったが、想像以上に素敵な女性だった。

「それから、この度はオルテンシア軍の寄港の許可を頂き、ありがとうございます。我々の考えに賛同して頂き、とても心強いです」

リードはそう言うと、二人にゆっくりと頭を下げる。するとルイスもアリシアも、慌てたように首を振った。

「とんでもない、俺たちに出来ることだったら、なんでも言ってください」

「そうですよ！　私たちの海にハノーヴァーの船は近づけません！　今後は、我が国も海軍力を強化する予定です」

力強い二人の言葉に、リードは深く感謝をする。

ハノーヴァーへの対抗手段としてリードとラウルが考えたのは、オルテンシア海軍を定期的に周辺国へ派遣することだった。

船の燃料供給が主な目的であるが、同時にハノーヴァーの船を監視するためだ。

勿論、オルテンシアの船だけでは限界もあるため、今後はアローロとの連携も深めていく予定だ。

当初はハノーヴァーの顔色を窺い、消極的だった近隣諸国も少しずつラウルの提案に賛同しつつあった。

それはここに来て、ハノーヴァーの、コンラートの勢いが弱まってきているというのも要因にあった。あまりにも広範囲、急速に手を広げすぎたためだろう。王政を廃止したものの、その後作られた臨時政府は烏合の衆となり、亡命していた国王が国に戻ってきて王権を復活させている国もあるそうだ。

ジーホアなどその典型で、唯一残った末の皇子が貴族たちによって担ぎ上げられているという。

……いくら資源が欲しいからって、あまりにもあちらこちらに手を伸ばしすぎると失敗するってわからなかったのかな。

とはいえ、コンラートがこれで諦めるとはとても思えない。しばらくは、二つの大陸の間に緊張が続くはずだ。

楽しそうに会話をするルイスとアリシアを見つめながら、リードはそういえば、と七日前に母国へと帰っていったもう一人の姫のことを思い出した。

ラウル……、大丈夫かな。

ロクサーナをノルエマディアに送り届けたのは、ラウルが率いるオルテンシア海軍だった。

当初はリードも同伴することを考えたのだが、コンラートに感づかれるようなことがあっては大変だとラウルが反対したのだ。

ノルエマディア国王夫妻と交渉を終え、予定では今日城へと戻るはずだ。

あくまで予定であるため、多少日付がずれる可能性はあるが、そう考えると落ち着かない気分になってくる。

今どういう状況か、マルクに伝達が来ていないか聞いてみようか。そんな風に思っていると、貴賓室の扉がゆっくりと開かれた。

入ってきた人物に気付いたルイスが思い切り顔を顰め、アリシアは丁寧に礼をする。

「お帰り、ラウル」

「ああ、ただいま」

ちょうど今、戻ったばかりなのだろう、軍服姿のラウルを、リードは眩しそうに見つめた。

＊＊＊

シントラ城が誇る花の間には、多くの人が集まっていた。久方ぶりに開かれた晩餐会ということもあり、多くの貴族が参加しているがどことなく緊張感が漂っているのは、オルテンシア内の貴族だけではなく、近隣の国々の王族までが列席しているからだろう。そしてその中心にいるのは、隣国の王であるリケルメだ。

近々に迫ったオルテンシアとアローロの同盟の施行を控え、両国の親密さを近隣の国々にもアピールしたいという意図もあるのだが、リケルメの目的はそれだけではなかった。

ジーホアに赴く前に無事アローロへ帰ることが出来たリケルメだが、その後聞いたのはハノーヴァーからオルテンシアとの友好関係を築くため、自国にリードを招致したいという親書が届いたという報告だった。

ラウルが勿論反対し、議会でそれは否決されたとはいえ、リケルメの怒りはすさまじいものだった。そんなもの、議会で信を問うまでもないと。

そういった意味で、今回のリケルメのオルテンシアへの訪問は、自分がリードの後ろ盾であることを対外的に伝える意味もあったようだ。

ようやく解放されたが、先ほどまでずっとリケルメの傍にいたこともあり、少し離れた場所にいたラウルの機嫌は明らかに下降していた。後でフォローをしなければと、こっそりと胸の内で思う。

城のバルコニーからは、たくさんの星が散らばっているのがよく見えた。

今日は月が出ていないこともあり、いつも以上に星が美しく見える。

ワイングラスを片手にしばらくそれを眺めていると、かちゃりと扉が開く音が聞こえた。

「なんだ、こんなところにいたのか？」

扉を開けたのは、華やかな衣装を纏ったラウルだった。

「人の多い場所はあんまり得意じゃないんだ」

「さっきまでたくさんの人に囲まれていただろう」

予想通り、そう言ったラウルの顔は少し面白くなさそうだった。そのまま、ゆっくりとリードの隣へやってくる。

「いいの？　王太子殿下がこんなところにいて」

「父上がいれば、なんとかなるだろう。貴族連中の相手ならルイスがやってくれてる」

「うん……思った以上に、たくさんの国が賛同してくれてよかったよ。レオノーラ様と、アリシア姫とロクサーナのお陰だね」

コンラートからの親書に返信をする頃、ラウルは周辺国へ呼びかけ、秘密裏にハノーヴァー包囲網を作った。ようは、ハノーヴァーをルーゼリア大陸へと近づけぬために周辺国へ協力を呼び掛けたのだ。

さらに、ノルエマディアに至っては、港の一つにオルテンシア海軍の基地を作ることを約束してきた。既にハノーヴァー連合公国からの独立の意志があることは伝えられているが、ハノーヴァーに攻め入られた時には、オルテンシア軍が援護すると約束している。

今のところ、ハノーヴァーは母体の連合公国自体に問題が噴出しており、すぐにノルエマディアに攻め入ってくる可能性は限りなく低い。

けれど、念には念をいれるにこしたことはない。

「ああ、そういえばロクサーナがお前に謝っておいてくれと言っていたぞ」

「え？」

「報告書、自分が書いたものだと偽って悪かったと。本人も、気になっていたようだったな」

「そうだったんだ……」

リードとしては既に忘れていたことだが、ああ見えてロクサーナは意外と人が好いようだ。

「それにしても、ロクサーナもいなくなったこともあって、人手が足りないな。誰か他に……」

「え？」

「なんだ？」

思わず、口に出してしまったことに気付いて、慌ててリードは自身の口に手をやる。

「あ……その、これは俺のわがままだから、聞き流してくれていいんだけど」

「ああ」

「出来れば、若い女の子は、やめて欲しいなあって……も、勿論、優秀だったらかまわないんだけど！　でも、そのやっぱりもやもやするっていうか……」

口にしながら、だんだんと肌に熱が溜まってくる。我ながら、恥ずかしい。

「全くお前は」

ラウルが、少し呆れたように、けれど楽しそうに笑う。

「どんな人間が入ってきても、俺がお前以外に惹かれることなんてあるわけないだろう？」

ラウルが、リードの両の頬を優しく包み込む。

「うん、わかってる。ちゃんと、信じてるよ」

それに応えるように、リードが微笑めば、ゆっくりとラウルの顔が近づいてくる。

あと少しで唇が重なるという時、部屋の中の空気がバルコニーへと流れてきたのがわかり、咄嗟に
リードはラウルから身体を離す。

「リード！　こんなところにいたのか！」

バルコニーに出てきた長身の男性は、リードに対し、優しく微笑む。

「あ、リケルメ……」

どうやらリケルメもようやく周りの貴族たちから解放されたようだ。

「ほら、こんなところにいては風邪をひくぞ。早く中に……」

そう言って、リケルメがリードの肩へと手を伸ばそうとするが、すんでのところでそれが遮られる。

「お久しぶりです、叔父上」

「なんだ、ノルエマディアへ婿に行ったんじゃなかったのか？」

ラウルがロクサーナを見送りにノルエマディアに行ったことも伝わっているようだ。

「俺はこの国の王太子ですが⁉」

長身の二人が、思い切りにらみ合う。

リードはこっそり二人から距離を置き、もう一度頭上に広がる星空を眺める。

……この世界の星空は、本当にきれいだ。

記憶の中にある前世の星空は、ここまで光が強くなかったように思う。数百年先の世界においては、星より街の灯りの方が明るかったし、都市部においては大気が汚染されていたこともあり、こんなに美しい空を見ることが出来なかった。星空を見上げることすら、忘れてしまっていたようにも思う。

勿論、この時代に比べると何もかもが便利にはなっていたが、安全で豊かな生活の代償に、失ってしまったものもあったはずだ。

リードにとって、これまで前世の記憶は役に立つこともあったが、どこかで負担にもなっていた。それは、前世の記憶がなければ、あの時代の価値観さえ知らなければ、後宮という環境をもう少し素直に受け入れられたのではないかという思いが強かったからだ。

けれど、それがあったからこそ、リードは後宮を自ら飛び出し、ラウルに出会うことが出来た。

そして、今回はリケルメの命を救うことが出来た。一時的なものとはいえ、戦争だって回避することが出来た。

悠久の歴史の中で、自分の存在はとてもちっぽけなものだ。だけど、リードにも出来ることはある。

リードは視線を星空から、自身のすぐ隣にいるラウルとリケルメへと向ける。それに気付いたのだろう、言い合いをしていた二人が言葉を止め、リードの方を向く。

「なんだ？」

「どうした？」

ほぼ同時に問うてきた二人に、リードは思わず小さく笑ってしまう。

「なんでもない、二人に出会えてよかったなあと思っただけ」

リードがそう言えば、二人ともどこか訝し気な表情をする。確かに二人にとっては唐突な言葉に感じられただろう。けれど。

「それは……俺も同じだ。お前に会えて、本当に良かった」

ラウルがリードを見つめ、真摯な表情で言った。心からそう思ってくれているのだろう、リードの頬に朱が散らばる。

「おい……俺の目の前でいい度胸だな」

リケルメがラウルに視線を向け、思い切り顔を引きつらせた。そして次に、リードに向かって慈愛に満ちた微笑みを浮かべた。

「俺だって同じ気持ちだ、なんといっても、お前のお陰で俺の命は救われたようなものだからな」

得意げな顔をして、リケルメが笑う。ああ、やはりあのメッセージにリケルメは気付いていてくれたのだ。リードも微笑み返し、ゆっくりと頷く。

「……どういうことですか？」

見つめ合う二人に対し、すかさずラウルが口を挟む。そういえば、今回の件に関して、ラウルには何も話してなかった。それどころではなかったのだ。

「教えてやるわけないだろう」

にやりとリケルメが口角を上げれば、ラウルの眉間に皺が寄る。

「あ、後でちゃんと教えるから！　それより、そろそろ中に戻ろう」

そう言ってリードがラウルの手を取れば、ようやく眉間の皺がなくなる。

「そうだな、先に戻ってるぞ」

そう言うと、リケルメはガラス戸をゆっくりと開き、室内へと戻って行った。その際にほんの一瞬、リードに目配せをしたのはおそらく気のせいではないだろう。

「……俺たちも、戻ろうか？」

二人きりになり、なんだか急に恥ずかしくなったリードが、小さく笑って言う。

「ああ、だがちょっと待ってくれ」

「え？」

リードがそう言った瞬間、ラウルが優しくリードの頬を包み込んだ。

互いの視線が合い、そのままゆっくりとラウルの唇がリードの唇に重ねられる。

「ん……」

ただ唇が触れるだけの、優しい口づけ。ふわりと夜風が頬に触れたが、リードの心は温かく、しあわせな気持ちが広がっていった。

大丈夫、ラウルと一緒なら、なんだって乗り越えていける。

「行こう、リディ」

名残惜し気に唇を離したラウルが、リードに手を差し出した。

リードは頷き、ラウルの大きな掌（てのひら）に自身の手を重ねた。

掌編

王宮の長い廊下を歩いている最中、中庭から賑やかな声が聞こえてきた。

視線を向けてみれば、長女のパトリシアが小さな弟と妹、そして侍女たちを連れて歩いているところだった。

「パトリシア」

リケルメが名前を呼べば、その声に気付いたパトリシアはすぐさま身体を向け、丁寧な礼をする。

「ごきげんよう、お父様」

十七になるパトリシアは美しく成長しており、若い頃のマリアンヌによく似た風貌になっていた。

ただ、勝気な性格はリケルメに似たのか。縁談の話がいくつも来ていると言うが、全て断っているため、マリアンヌが頭を悩ませているようだ。

「みなで散歩か？」

「それもありますが、アベルとソフィアを連れてピクニックに行きますの」

リケルメがパトリシアの後ろを見れば、よく似た双子の姉弟と視線があった。

二人はリケルメに気付くと、小さく頭を下げた。

パトリシアがまだ少女だった頃に生まれたこともあるのだろう、兄弟たちの中でも殊更二人のことを可愛がっていた。

「それはいいな」

夏に近づいているアローロは、晴れた日が続いている。今日など雲一つない天気で、絶好のピクニック日和だろう。

昼食が入っているのだろう。よく見れば、侍女たちはそれぞれバスケットを手に持っていた。

「お父様もご一緒にどう？」

パトリシアに問われ、一瞬言葉に詰まる。

「悪いが、この後仕事があるんだ。お前たちだけで楽しんでくれ」

リケルメの答えなど、あらかじめわかっていたのだろう。パトリシアは気にした様子もなく、「それでは」と頭を下げるとそのまま歩き始めた。

ピクニック、か……。

王であるリケルメには無縁に思えるが、過去に幾度か行ったことがあった。

それこそ王宮の中庭で、敷布の上に色々な食べ物を載せて。

……懐かしいな。

庭を見つめ、目を細める。あの日の光景が、昨日(きのう)のことのようによみがえってきた。

――十年前・アローロ

多くのリケルメの妃は、部屋を訪れた時には常にリケルメに気を遣う。

リケルメが少しでも寛(くつろ)ぐことが出来るよう、茶菓子は勿論(もちろん)のこと、用意する茶の温度にいたるまでリケルメの好みに合わせて用意しているのだ。それこそ、一挙一動すら見逃すまいと。

歴代の王に比べれば少ない方ではあるが、後宮には幾人もの妃がいる。

生まれが確かなのは勿論のこと、見た目も美しく、教養を備えた妃たちばかりだ。

正妃であるマリアンヌの存在が大きいため、表立って妃たちが揉めるようなことはない。

それでも少しでもリケルメに多く通ってもらおうと、彼女たちが躍起になっているのはわかる。

それが可愛らしいとかいじらしいとか思えればよかったのだが、そこまでの関心をリケルメは彼女たちに持てなかった。

勿論、自身の妃なのだから愛情がないわけではないし、それぞれの誕生日に贈り物を用意するくらいの甲斐性はある。

彼女たちと過ごす時間もそれなりには楽しめたし、足を運ぶのが厭なわけではない。

けれど、そこには王としての義務や果たすべき役割が含まれている。

そう。だから、リードだけなのだ。リケルメが自ら率先して足を運び、会いたいと切望するのは。


リケルメがリードのもとを訪れることが出来るのは週に二、三度ほどだ。

午前のうちに仕事を終えたリケルメは、昼食をとる前にリードの宮へ向かった。

普段も日の高いうちからリードのもとへ行くことは多いが、今日は特別早かった。

ほんのわずかの間でも、リードと一緒に過ごしたい。我ながら、年下の妃に大層入れ込んでいるなあと思う。

「あれ!? リケルメ！　どうしたのこんな時間に！」

リードのもとへ向かうのは急遽(きゅうきょ)決めたことであるため、先触れが間に合わなかったのだろう。

宮を訪れたリケルメを、驚いた様子でリードは迎え入れた。

普段であれば、嬉(うれ)しさを滲(にじ)ませているのだが、リケルメの顔を見たリードは驚きながらも困惑しているように見えた。

「どうしよう……困ったな……」

「何か予定でも入っていたか？」

「今日は天気が良いから、王太后様と庭の散歩をする約束をしていたんだ」

王太后、リケルメの母にリードはひときわ目をかけられていた。勿論、正妃であるマリアンヌのことを立ててはいるが、リードのことはまるで孫のように可愛(かわい)がっている。

長い間後宮の主であった王太后は、他の妃たちとは距離を置いていた。

そんな王太后の心をも動かしたのは、おそらくリードの人間的な魅力だろう。

「リケルメも一緒に行く？」

リードの言葉に、一瞬呆気(あっけ)にとられる。

つまり、リケルメの訪れより、王太后との約束を優先しようとしているのだろう。

「まったくお前は……」

せっかく自分が早々に仕事を終わらせて来たというのに。そんな風に思わないわけではないが、目の前で首を傾(かし)げているリードはとにかく愛らしく、怒る気にもなれない。

むしろ、自分の母を大事にしてくれているリードの気持ちが嬉しいとすら思う。

「母上には、俺から日程をずらしてもらうよう頼んでおく」

「え？　うーん……だけど、せっかく声をかけてくださったのに申し訳ないな」

「大丈夫だ、母上はそんな些細なことで腹を立てる人じゃない」

腹を立てたとしても、それはリードではなく自分に対してだろう。

そう思ったが、それとリードに伝えるのはやめておいた。

「そう？　じゃあよろしくお願いします」

ようやくリードが納得したことに、胸を撫でおろす。

全く、どうして王である自分がここまで気を遣っているのか。そんな風に思わないでもないが、不快だとは全く思わなかった。

「ああ、わかった」

とりあえず、外で待っている従者に母上に対する言伝を行うために、部屋の扉を開こうとした時だった。

「失礼いたします、お待たせいたしましたリード様。って、まあ、陛下？」

その前に扉が開かれ、部屋の外からひょっこりとルリが顔を出した。

そういえば、いつもリードの周りにいるこの侍女は今日は見当たらなかった。

ルリは少し驚いたようにこちらを見つめたが、すぐに礼を取った。

そして、少し困ったようにリードへ視線を向けた。

「いかがいたしましょう……」

「あ、いいよ。また別の機会にするから。今日はいつも通り部屋で食べるよ」

「何かあったのか？」

他にも、まだ予定があったのだろうか。

「今日は天気が良いから、外で食事をしようかって話してたんだ。その、ピクニックみたいに」

「ピクニック……ああ、今貴族たちの間で流行っているというあれか」

元々アローロには狩猟の文化があり、その合間に外で昼食や軽食をとるという習慣は昔からあった。

けれど最近は特に狩猟の最中ではなくとも、天気の良い暖かい日はそれぞれ食事を持ち寄り外で食べることもあるのだという。

それを、巷ではピクニックと呼んでいるようだ。

「ルリ、俺の分の昼食も今から作れるか？」

リケルメが聞けば、ルリは少しだけ驚いたような顔をした。

「ええ、基本的にはパンや果物ですので大丈夫だとは思いますが……」

「わかった。じゃあ俺もピクニックとやらに参加する」

「え？　いいの？」

リードが、元々大きなその瞳をさらに大きくさせた。

「こんなに良い天気なんだ、建物の中にいるのはもったいないからな」

リケルメの言葉に、リードが思い切り破顔する。

そして実感するのだ。ああ、やはり自分はこの年下の妃を誰よりも愛おしく思っていると。

王宮と、リードの宮のちょうど間にある中庭に、侍女たちが大きな敷布を広げてくれる。

リケルメとリードがそこに座り、持ってきたバスケットを一つ一つ開けていく。

いくつかあるバスケットは、リケルメも一緒に運んだものだ。侍女たちは顔を青くしていたが、自分の食べるものは自分で運びたいというリードの気持ちを察したのだ。

王という立場になってからは、物を運ぶ機会などほとんどないため、新鮮でもあった。

バスケットの中には、色々な具材が挟まれたサンドイッチや果物、そして小さな菓子が入っていた。

春真っ盛りという季節、咲き誇った花のかおりがあちらこちらから香ってきている。

今日は風もなく、ぽかぽかとした陽気がとても気持ち良い日だった。

ちょうど敷布を広げた場所が木陰だったので、眩しすぎるということもなかった。

「外で食べるご飯って、美味(おい)しいよね」

リケルメの隣に座ったリードは、嬉しそうにサンドイッチを頬張(ほおば)っている。

幸せそうな顔を見ていると、リケルメの心も穏やかになっていく。

用意されていた飲み物を口にしながら、とりとめのない会話をしていれば、あっという間にサンドイッチはなくなってしまった。

リケルメ自身、特に大食漢というわけではないのだが、リードと一緒にいる時にはいつもよりも食が進むような気がした。

腹が満たされると、どことなく眠気がやってくる。

常日頃から王として気を張っている自分が、リードが側にいると不思議と気を緩めていた。

「あ、ちょっと」

ごろりと横たわり、リードの膝を枕にする。

「もう、王様がこんなことしていいの？」

上からリードがリケルメの顔を覗き込む。口ではそう言いながらも、声色は優しいものだった。

「別に誰も見てやしないさ」

護衛の兵たちは離れた場所にいるし、食事を終えたこともあり周りにいる侍女の数も減っていた。

二人きり、というわけにはさすがにいかなかったが、ルリをはじめ、侍女たちが微笑ましそうに自分たちを見つめてくれている。

「リード」

「なに？」

「何か、話をしてくれないか？」

このまま眠ってしまっても良かったのだが、せっかくリードが側にいるのだ。それはなんだか勿体ないような気がしたため、なんとなく話を振ってみる。

「うーん、そうだなあ……」

リードが、小さく首を傾げた。

「この前は小さな国の王様がどんどん領土を広げてその大陸の統一をしようとした話をしたから、じゃあ、今日はその妹姫のはなしをするね」

リケルメもリードほどではないとはいえ書物を読むのは好きで、物心がついた頃から古今東西の様々な本を読んできた。

けれど、リードが話して聞かせる話はそんなリケルメが知らぬ話ばかりだ。一度あまりにも続きが気になり、どうやってその話を知ったのか聞いたことがあったが、当のリードは困ったような顔をしてしまった。

そして、本を読んで知ったわけではない、と小さく答えた。

それなら、これはリードが考えた想像上の話なのだろうか。けれど、それにしてはあまりにも現実的だった。自分の全く知らない話をしている時のリードは大人びており、その視線は遥か遠くを見ているようにも感じた。

だからリケルメはそれ以上を追及せず、ただリードの話に耳を傾け続けた。

小さな国の王は領土を広げるため、他の国と同盟を結ぶことにした。

けれど、同盟国に嫁いだ妹姫は、夫が兄を裏切ることを知ってしまった。

「それでね、兄が両方の陣営から追い詰められていることに気付いた妹姫は、それを兄に知らせようとしたんだ」

「……どうやって？」

瞳を閉じたまま、リケルメはリードに問う。

眠気はとうになくなっていたが、こうしているのはひどく気持ちが良かったからだ。

「ええっと、ちょっと待ってね」

リードが近くにあったバスケットから、紙に包まれた飴を取り出す。

そして、もう一度包みなおすと両の端を括った。

「こんな風に。両側を括ることで、両方から攻められそうになっていることを伝えようとして」

「なるほど……兄想いの、賢い妹だな」

「まあ、作り話じゃないかって説もあるんだけどね」

リードがリケルメに見せた飴に、ちらりと視線を向ける。

「美味そうな飴だな」

「あ、食べる？」

リケルメが頷けば、リードはそ再び飴を取り出し始めた。

それを見ていたリケルメは手を伸ばし、紙から取り出された飴をリードの指と共に自身の口の中に入れた。

「あっ……」

「ああ、やっぱり美味いな」

飴と一緒に指を舐めとられたリードが、慌てて手を引っ込めた。

起き上がったリケルメは、恥ずかしそうに指を見つめているリードににやりとした笑みを向ける。

「そろそろ部屋に戻るか？」

顔を近づけ、耳元にこっそりと囁く。

頬を赤く染めたリードが、小さく頷いた。

「父上？」

後ろから聞こえてきた声に、少し慌てたようにリケルメは振り返った。

「どうしたのですか？　そんなところに立ち止まって」

マクシミリアンの言葉を聞き、ようやく我に返る。

どうやら、物思いに耽(ふけ)ってしまっていたようだ。

「いや、なんでもない……」

……もう十年も昔のことだというのに。我ながら諦(あきら)めが悪い。

自分が下した決断に、後悔があるわけではない。リードには、幸せになって欲しいとは思っている。

それでも、あの日々を忘れることなど出来ないだろう。

「そういえばお前、オルテンシアに行っていたそうだな」

話をそらすためにそう言えば、マクシミリアンの頬が僅(わず)かに引きつった。些細な変化ではあるが、見逃すリケルメではない。

「リードに何かあったのか？」

「いえ、何も……用があったのは伯母上ですし。リードにも会えましたが、相変わらずお忙しそうではあったものの、幸せそうでしたよ」

さらさらと、まるで用意してきたかのような口上をマクシミリアンが言う。

確かにマクシミリアンがオルテンシアに向かったのは姉のレオノーラに会うためではあったが、急(きゅう)

遽決まったことであるし、リードに会えたというのがそもそもタイミングが良すぎないだろうか。

そういえば、ここ最近リードに関する報告があまり上がってきてないような気がする。

最後に聞いたのは確か、ラウルと共にオルテンシアの周りにある孤島に出掛けた時か。

どうも、情報を隠されているような気がする。マクシミリアンの様子を見てさらに違和感を持つが、誰に似たのかマクシミリアンは頑固だ。簡単に口を割りはしないだろう。

「まあいい」

いくらマクシミリアンが情報を抑えようとしたところで、自分はこの国の王なのだ。

永遠に隠し通すことなど出来ないだろう。

そう思いながら、リケルメは踵を返し、廊下を歩き始めた。

＊＊＊

王には、為政者には決断せねばならない時というのがある。

アローロ王、リケルメにとっては今がおそらくその時だった。

先刻秘密裏にジーホアから来た書簡には、アローロとの和平のため、交渉の席に着きたいという内容が書かれていた。

相手の王族のサインもしっかりとあることから、おそらく本物だろう。

しかしながら、その王族のサインがそもそも疑わしかった。

近頃の調べによれば、ジーホアの王権は倒され、臨時政府が樹立しているはずだ。

ただ、それがうまく機能せず、結局は王族が政治に介入しているという情報も入ってきている。

隣国ではあるが、国交がないため入ってくる情報に限りがある。何より、向こうが和平を望んでいるというのに、こちらがその交渉の席に着かなかったというのは体裁もよくない。

周辺国にどう思われようと、アローロに盾突く国はない。大国なのだ、それで揺らぐアローロではない。

普段であればそう思うところだが、今は時期が悪かった。

それこそジーホアのように、ハノーヴァー連合公国に与(くみ)してしまう国が出てこないとも限らない。

大陸に、ハノーヴァー連合公国の、コンラートの息がかかった国をこれ以上増やすわけにはいかない。

「ジーホア側から、こちらと和平を結びたいと連絡が来た」

ごくわずかな側近と、マクシミリアンを呼んでそう言えば、目の前のマクシミリアンの表情が目に見えて動揺した。

「父上、それは……」

「俺は、あちら側の話に乗ってみようと思う」

「なりません父上、罠(わな)だという可能性が……」

「ああ、その可能性も高いだろうな。しかしだからといって、無視をするわけにもいかない」

リケルメとしても、これが罠だという可能性を考えなかったわけではない。

　だが同時に、罠だとしてもジーホア側に出来ることは限られているはずだ。

「俺を呼びつけ、人質にでもするのかもしれないが、両国の戦力差は圧倒的だ。ジーホア側として、負け戦は自ら行わないだろう」

　しかも、ただでさえジーホアの内政は荒れているのだ。この状況で、他国と諍いを起こすというのは考えづらい。それよりも、国内が荒れている今だからこそ対外情勢を落ち着けたいと考えるのが普通ではないだろうか。

「交渉の場所を、アローロ国内にすることは出来ないのですか」

「現在、王族の自由は限られており、他国への行き来は出来ないというのがジーホア側の理由だ」

「それは……たとえ和平が結ばれたとしても、権力を持たぬ王族とのそれに意味があるのでしょうか」

　マクシミリアンの言うことにも一理ある。たとえジーホアの王族が和平交渉の席についたとしても、現在のジーホアの代表は臨時政府のはずだ。

　和平が結ばれた後、それはジーホア側の本意ではなかったと、反故にされてしまわないとも限らない。

「そうだな。だが、もしジーホア側がこちらと和平を結びたいというのであれば、俺は話を聞いてもいいとは思っている」

　勿論、両国の間には金山をめぐる問題や、その他にもかつての戦争における賠償などいくつもの問題が横たわっている。

　それでも、ジーホアが和平を望むのなら、こちらがつっぱねる必要もない。

「マクシミリアン、俺がお前を呼んだのは他でもない。もし俺に何かあれば、マリアンヌではなくお前にこの国を委ねる」

　リケルメがそう言えば、マクシミリアンの表情が凍り付いた。何かあった時、それがリケルメの死を意味していることだと、わからないマクシミリアンではない。

「父上それは……なりません。それでしたら、交渉の席にはあなたの代理で私がつきます。この国には、あなたがまだ必要なのです」

「いや、それはダメだ」

　マクシミリアンならそう言うであろうと、リケルメも予想はしていた。

「この国の次期王はお前だ、マクシミリアン。お前の治世では、この国はよりよいものになると俺は信じている。そんなお前を、危険な交渉の場に参加させるわけにはいかない」

「しかし……」

「自分を信じろマクシミリアン。お前が王に相応しい人間であることは、一番近くで見てきた俺がよく知っている」

　幼い頃は、気性が優しすぎると、少々不安に思ったこともあった。

　成長した今もそれは変わらず、リケルメからすると甘いと思う点がないわけではないが、それがマクシミリアンなりのやり方なのだろうと理解もしている。

　同時に、自分にはない良さをマクシミリアンは持っている。他者に対する情は、平和な時代には家臣や民の心を摑む上では必要なのだろう。

実際、リケルメの側近たちからもマクシミリアンの評判はすこぶる良い。

他者を信じることが出来る強さは、自分にはないものだった。

マクシミリアンになら、この国を任せることが出来る。贔屓目なしに、リケルメはそう思っていた。

「わかりました、父上の意志は尊重します。しかし、少し時間をかけましょう。話し合いには応じるという返答をしつつも、様子を見る必要はあると思います」

「ああ、勿論だ。ジーホアとの国境沿いには、療養地もあるからな。そこで少し、時間を稼ごうと思っている」

「はい。それから父上、これは私からの提案なのですが……リードに、相談することは出来ないでしょうか」

マクシミリアンが、少し声を潜めて言った。

「リードに?」

「なんとなく彼なら、より良い意見を出してくれるのではないかと思いまして……」

「お前の気持ちはわかるが、オルテンシアまで手紙を出したとして、それが戻ってくる頃には俺もジーホアに向けて出立しなければならない。時間が……」

「それでも……出した方が良いと、私は思います」

マクシミリアンの言葉に、逡巡する。

リードならば確かに、こちらが想像もしない意見を出してくる可能性もある。

だが、リードは現在オルテンシアの王太子妃だ。今回の件、オルテンシアが絡んでいる可能性はないだろうか。

と考えたところで、すぐさまその考えは打ち消した。リオネルに限って、それはないだろう。ラウルだって、アローロではなくジーホア側につくことはまずないだろう。

いや万に一つもないだろうが、たとえリオネルやラウルが一枚噛んでいたとしても、リードならば、リケルメを裏切ることはないだろう。

それくらいの信を、リケルメはリードに対して置いていた。

「わかった。リードに手紙を出す。早馬で、すぐに届けてくれ」

「はい！」

ジーホア側との交渉は、あくまで秘密裏に行うものだ。リードを疑っているわけではないが、手紙が他の人間の目に触れてしまう可能性も考え、はっきりとした内容までは書かなかった。

おそらくリードなら、こちらの意志をくみ取ってくれるはずだ。

――アローロ国境沿い・メリダシア

「陛下、暖炉の火を、おつけします」

「ああ、頼む」

アローロでもジーホア側に近いこの地は、気候も温暖だ。

だが、日中は比較的暖かいのだが、ここ数日は夜の気温が下がっているため、暖炉にも火を入れていた。

窓から外を見てみれば、風が強いようで木々が揺れていた。

明後日にはこの地を出発し、ジーホア領内に入る。

この深い森を抜けて少し行けば、そこから先はジーホア領だ。

……寝るにはまだ少し早い時間だが、もう休むか。

リケルメがこの地を訪れている表向きの理由は、メリダシアの視察だ。この屋敷の人間たちも、全くそれを疑ってはいない。

しかし視察と言っても外に出たのは最初の一日だけで、後はずっとこの屋敷の中で過ごしている。

交渉の席には着くとすぐにジーホア側へ伝えたものの、肝心の日付はギリギリのところまで遅らせたのは、相手の出方を見るためだ。

そろそろ向こうも、痺れを切らしている頃だろう。

リードからは、何の返答もなかった。さすがに、手紙の意味がわからなかったということはないだろう。便りがないということは、この交渉に挑んでも問題ないということだろうか。

そんなことを考えながら、寝台に座れば。重厚な扉を、けたたましいまでにノックする音が耳に入って来た。

「お休み中、申し訳ありません陛下。至急、お耳に入れたいことが」

「わかった、入れ」

リケルメがそう言うと、すぐさま若い衛兵が部屋の中へと入って来た。

「リード様からの、お手紙です」

差し出された手紙を、すぐにリケルメは受け取った。

まさかこのタイミングで、リードから手紙が届くとは思いもしなかったからだ。

アローロを経由せずにこちらに届けられたということは、それだけ緊急性があるもののはずだ。

手紙と言いつつも、包み紙が妙に膨らんでいるのも気になった。

「この手紙を届けたのは？」

「オルテンシア人なのですが……ただ、少し言葉になまりがありました」

衛兵の言葉に、ますますリケルメの中に焦燥が高まる。

とにかくこの手紙を開けた方がいいだろうと、すぐさま封をしてあるそれを開いた。

「これは……」

手紙と言っても、書かれていたのはほんの短い内容だった。

いつも丁寧な文字を書くリードには珍しく、その筆は少しばかり乱れているようにも見えた。

【私用が入り、アローロへは行けなくなりました。旧友との仲直りはもう少し考えるようにして、それよりも、美味(おい)しい飴(あめ)でも食べて下さい】

「飴……？」

一体、何のことだと。リケルメは手紙に同封されていたいくつかの飴を手にしてみる。

入っていた飴は、アローロやオルテンシアの貴族に好まれ、時折贈り物にも選ばれているものだ。

それ自体は、何の変哲もないものだった。

リケルメが目を留めたのは、飴を包んでいる紙だった。おそらくリードが自分で封をしたのだろう。本来なら一箇所で留めてあるはずなのだが、届けられた飴は両端を捻ってあった。

両端に封をされた飴……。

遠い昔の記憶が、ぼんやりとリケルメの頭に過った。

――それでね、兄が両方の陣営から追い詰められていることに気付いた妹姫は、それを兄に知らせようとしたんだ。

――こんな風に。両側を括ることで、両方から攻められそうになっていることを伝えようとして。

リードの、男性にしてはやや高めの、心地よい声が聞こえてくる。

リケルメが、大きく目を瞠った。

なるほど、そういうことか……！

両側から攻められている。アローロの立地を考えれば、隣国は友好国であるオルテンシアであるため、ジーホアと挟み撃ちにされてしまうという可能性はほとんどないはずだ。

しかし、もしオルテンシアがアローロに援軍を出せない状況に陥っているとすれば。

リードの手紙を届けに来た人間には、なまりがあったという。確か、オルテンシアの隣国であるマシュルーワの人々が話すオルテンシア語は、ひどく特徴的だったはずだ。

これは罠だよ、リケルメ。

おそらくリードはそれをリケルメに伝えたかったのだろう。今現在リードの身は安全なのか、胸がひどくざわついた。それこそ、居ても立っても居られないというほどに。

とにかくそれを確認するためにも、自分はこの地をすぐにでも離れなければならない。

「王都に戻る。すぐに準備をしてくれ」

リケルメはそれだけ言うと、すぐさま立ち上がった。

「かしこまりました！」

衛兵をはじめ、室内にいた者たちがみな部屋を出ていく。

リケルメは自身の手の中にある飴を、もう一度見つめる。リードを手離したことを後悔しなかったことはない。それこそ、出会わなければよかったと考えたことも、一度だけあった。

勿論その考えはすぐに否定したが、それでもそれくらいリードとの別れは辛いものだった。

過ごした日々が幸せであればあるほど、それがなくなってしまったことに悲しみを覚えた。

しかし、それだけではなかった。

お前が、俺の命を救ってくれたんだな、リード……。

あの日々があったからこそ、今の自分も、リードもここにいる。

決してそれは意味のないものではなかった。

瞳（ひとみ）を閉じれば、あの日のリードが自分に対して微笑（ほほえ）んだ。

リケルメは小さく口の端を上げ、手の中にある飴を強く握りしめた。

あとがき

はじめまして、こんにちは。はなのみやこと申します。

この度は『後宮を飛び出したとある側室の話』をお手に取って頂き、誠にありがとうございます。

というのが、最初の単行本を出させて頂いた時のご挨拶(あいさつ)でした。とはいえ今回は、「海と甘い夜」がついております。二冊目を出して頂けるとは思いもよらず。今、とても感激しております。

今回の「海と甘い夜」、「悪役令嬢と闇(やみ)の王」。元々は電子で出させて頂いたのですが、本当にたくさんの方に読んで頂き、大変幸せなことだと思っております。

デビュー作で処女作でもあるこのお話は、私にとって思い入れも強ければ、大切なお話の一つでもあります。今回久しぶりに掌編を書かせて頂いたのですが、書き始めるとすぐに物語の世界に入り込むことが出来ました(本編の裏話、リケルメ視点のお話です。こちらも楽しんで頂けましたら幸いです)。これからも彼らを書くことが出来たらいいな、と思っております。

最後に謝辞を。

いつも素敵なイラストで物語を彩って下さる香坂先生、新キャラクターもみんな魅力的でとても嬉(うれ)しいです。ありがとうございます!

担当Y様、相変わらずご迷惑かけ通しですみません。これからもどうぞよろしくお願い致します。

そしてここまで読んで下さった皆様。皆様のお陰で、この作品を書き続けることが出来ております。

本当にありがとうございます。

令和五年　冬　はなのみやこ

後宮(こうきゅう)を飛(と)び出(だ)したとある側室(そくしつ)の話(はなし) 海(うみ)と甘(あま)い夜(よる)

2023年3月1日　初版発行

著者　はなのみやこ

発行者　山下直久

発行　株式会社KADOKAWA
〒102-8177
東京都千代田区富士見2-13-3
電話：0570-002-301（ナビダイヤル）
https://www.kadokawa.co.jp/

印刷所　株式会社暁印刷

製本所　本間製本株式会社

デザインフォーマット　内川たくや（UCHIKAWADESIGN Inc.）

イラスト　香坂あきほ

初出：本作品はルビー文庫：Dにて配信した『その後の後宮を飛び出したとある側室の話』、『後宮を飛び出したとある側室の話3』を加筆修正したものです。

ISBN：978-4-04-113547-1　C0093　　Printed in Japan